山东大学儒学研究院博士后流动站在站成果

中国海洋大学"985工程"海洋发展人文社会科学研究基地建设经费资助
教育部人文社科研究青年基金项目"民初小说界女作者群体的生成研究"（10YJC751101）成果

民初女性小说作家研究

薛海燕 著

中国社会科学出版社

图书在版编目（CIP）数据

民初女性小说作家研究/薛海燕著.—北京：中国社会科学
出版社，2015.12
ISBN 978 - 7 - 5161 - 7128 - 8

Ⅰ.①民…　Ⅱ.①薛…　Ⅲ.①女性—小说家—人物研究—
中国—民国　Ⅳ.①K825.6

中国版本图书馆 CIP 数据核字（2015）第 282632 号

出 版 人　赵剑英
责任编辑　安　芳
特约编辑　席建海
责任校对　张依婧
责任印制　李寡寡

出　　版　中国社会科学出版社
社　　址　北京鼓楼西大街甲 158 号
邮　　编　100720
网　　址　http://www.csspw.cn
发 行 部　010 - 84083685
门 市 部　010 - 84029450
经　　销　新华书店及其他书店

印　　刷　北京金瀑印刷有限责任公司
装　　订　廊坊市广阳区广增装订厂
版　　次　2015 年 12 月第 1 版
印　　次　2015 年 12 月第 1 次印刷

开　　本　710×1000　1/16
印　　张　13
插　　页　2
字　　数　229 千字
定　　价　45.00 元

代序：本领域研究现状和选题意义

中国古代女性文学作品的数量其实十分可观，但就其体裁论，主要是诗词文赋，而于小说文体（此处所言的"小说"不包含弹词）则少有实践。近代之前，几乎没有一部小说流传后世。据目前所知，中国女性写的第一部小说是近代著名的满族女词人顾太清（1799—1877）的《红楼梦影》，但当时女小说家仍属凤毛麟角，而真正在中国文学史上出现一个女性作家群则是在 20 世纪第一个 20 年，尤其是五四之前的民初几年（1912—1919）①。

民初出现的女性小说家约有 50 人，其中个别作家基本上已成为职业小说家。这批小说家虽然没有写出经典性的作品，但她们的出现具有重要的文学史意义。主要原因在于，民初这个女性小说家群的出现不仅彻底打破了中国女性文学史上无小说的记录，而且又为五四之后第一代女性小说家（如冰心、庐隐、冯沅君、凌叔华等）的脱颖提供了文体样板，奠定了文学基础。但是对于民初这批女性小说家的研究，却基本仍属空白。

20 世纪，谢无量的《中国妇女文学史》（1916）、梁乙真的《清代妇女文学史》（1927）都没有提到近代女性小说家，谭正璧的《中国妇女文学史》（1930）、曹正文的《女性文学与文学女性》（1991）也只是简单提到了较早出现的女小说家陈义臣或汪端。盛英的《二十世纪中国女性文学史》（1995）谈到了民初发表过小说作品的陈衡哲，杜珣的《中国历代女性文学作品精选》（2000）介绍了民初女性小说家刘韵琴及其作品，但都未提及同时的一批女性小说家。研究的阙如，使我们对一些基本事实（比如当时有多少女小说家，其生平事迹如何等）都不清楚。

---

① 本书所讨论的民初即指 1912—1919 年，下同。

21 世纪初,笔者在《中国女性小说的起步》(2000)、《近代女性小说的兴起》(2001)等文中较早指出"古代女性基本上没有小说作品,近代是女性创作小说的起点","民初至'五四'之前可确定为女性的小说作家近 20 人,其他怀疑为女性的小说作家还有 30 多人"。中国近代文学学会会长郭延礼教授在《新世纪古典文学研究路向的思考》(2002)、《重新认识中国近代小说》(2004)等文中,更是反复强调相关研究的重要性,提出"需要我们下真功夫,通过各种途径(尤其是近代报纸杂志、各省通志及府州县志)发掘史料,填补女性文学史的这一空白"。2004 年,上海师范大学硕士学位论文《二十世纪初女性小说作家研究》(沈燕,李时人教授指导)进一步考证 20 世纪前 20 年女性小说家人数,指出民初可确定为女性小说家共 32 人,其中 14 人可考知其籍贯,但有关其生平事迹的钩稽,仍失于简单粗疏。

郭延礼教授在《20 世纪初中国女性文学四大作家群体考论》(2009)、《20 世纪初中国女性小说家群体论》(2011)等文中进一步提出"20 世纪第一个二十年(1900—1919)在中国文学史上首次出现了一个女性小说家群,据不完全统计,大约有 60 余人,其创作既有长篇,也有中篇和短篇"[1]。2011 年,台湾中正大学黄锦珠女士向中国近代文学学会小说分会年会提交的论文《女性主体的掩映:〈眉语〉女作家小说的情爱书写》,有意识地关注了期刊与女性小说群体之间的关系及女作家小说的美学特点,为类似研究提供了一个很好的范本。[2] 同类论著还有:杜敏《现代女性话语的萌芽——以〈眉语〉杂志为中心》[3]、笔者的硕士研究生杨肖敏的《〈礼拜六〉前一百期的女性作品研究》[4]、鲁毅《鸳鸯蝴蝶派编辑策略及清末民初女性小说》[5] 等。类似研究对民初女性小说作者这个特殊群体的勾勒分析逐渐深入细致,有助于提炼相关领域的问题情境,"复原"民初这个最早的女性小说作者群体赖以生成的文化生态。

---

① 郭延礼:《20 世纪初中国女性小说家群体论》,《中山大学学报》2011 年第 2 期。
② 黄锦珠:《女性主体的掩映:〈眉语〉女作家小说的情爱书写》,2011 年中国近代文学学会年会会议论文,济南,2011 年。
③ 杜敏:《现代女性话语的萌芽——以〈眉语〉杂志为中心》,硕士学位论文,中山大学,2009 年。
④ 杨肖敏:《〈礼拜六〉前一百期的女性作品研究》,硕士学位论文,中国海洋大学,2014 年。
⑤ 鲁毅:《鸳鸯蝴蝶派编辑策略及清末民初女性小说》,《济南大学学报》2015 年第 5 期。

本领域研究所要解答的基本问题是民初至五四（1912—1919）之间从事小说创作的女性作家究竟有几位，她们的生平、交游情况如何，创作过多少小说，为什么创作小说；她们与当时的小说界、传媒界、文化界保持着怎样的联系；与五四时期女性小说作家群有无联系；等等。为了研究以上问题，本书将主要采用实证方法：既详尽调查相关文献，又同时进行实地调研。考证民初女性小说作家的籍贯和生平事迹，勾勒民初女性小说作家的基本阵容，是本课题研究的重点。本书将民初小说界女作家按籍贯划分为浙、粤、苏、川、津等几个阵容，并按其发表作品的期刊的不同类型划分为几个不同群体，描述来自不同地域的女性作家与小说创作结缘的方式，及其与不同类型的小说传媒（报纸杂志和出版社）结缘的过程，揭示转型期的地域文化和传播方式在女性小说发轫阶段所发挥的作用。

本书研究主要得出以下结论：

（1）民初（1912—1919）小说界已形成一个有相当阵容的女作家队伍，其中可确定女性身份并初步掌握其籍贯生平情况的女作家合计19人。大部分作家有固定职业（教员、记者等），少数作家如黄翠凝、吕韵清、高剑华等基本上已成为职业作家。

（2）上述女性作家原籍多为浙、粤、苏等地，多数出身名门，接受过新式教育，与"鸳鸯蝴蝶派"作家或南社作家有较密切关系。

（3）上海的报纸杂志是女性发表小说作品的主要阵地，民初女作家（确知为女性的作家）在报刊发表小说合计56篇。作品内容或直接呼应报纸杂志的征稿通知，或与报纸杂志的风格定位相匹配，部分女作家应邀为报纸杂志长期供稿，甚至被聘为编辑，类似现象都表明女性作家与报纸杂志之间已形成良好的互动关系。

（4）《礼拜六》《眉语》作为民初女作家发表小说的两大重镇，在编辑策略上有很大差异，《礼拜六》的"某某女士"作家群和《眉语》的女作者群体表现出不同内涵的主体间性，影响了民初小说界女作家阵容及其作品的基本风貌。

（5）结缘民初主要文学流派及报刊使女作家的交游方式和文学生产方式逐渐超越传统的血缘、地缘关系，表现出更多的自主性，得以更自由地参与时代公共叙事话语。

（6）民初女作家已能自觉地参与时代叙事思潮，如参与民族国家叙事话语等，但女性主体间性的存在使女性较难在民族与民主、个人与国家之间理性权衡。

本书创新之处主要在于：

（1）证实中国女性小说史的第一个高潮在民初。

（2）将致力钩稽民初女性小说作家的生平资料，为进一步的小说史研究奠定外部研究即史料基础。

（3）重点阐释民初小说界几个有代表性的女作家，如吕韵清、高剑华、黄翠凝、黄璧魂、杨令茀、刘韵琴等，为进一步的小说史研究奠定内部研究即阐释学基础。

（4）着意考察民初女作家与当时报刊、文学流派、社会思潮之间的关系，考察其交游方式和文学生产方式，认识其掌握运作文学资源的状态和潜力。

本书第一章探讨"古代女性很少创作小说的原因"；第二章列出笔者在 2000 年初次提出并研究"民初女性创作小说概况"这一命题，在女作家数量、作品数、其生平交游情况、作品内容、艺术特征等方面的研究成果，总结在以上各方面近 15 年内笔者本人及同行学者所获得的进展；第三至五章重点考证浙江籍、广东籍、江苏籍、四川籍等地域合计 19 位已确知性别的女作家生平交游情况，并阐释其创作特点；第六章"近代小说报刊与女作者群体的兴起——以《眉语》女作家群与《礼拜六》'某某女士'作者群为例"，探讨民初报刊奖掖、引导女性创作小说之功；第七章"女作家与民初文学流派"勾勒女作家与"鸳鸯蝴蝶派"、南社等主要文学流派之间的交游关系和文学因缘，考察民初女作家掌握运作文学资源的状态和潜力；第八章"女作家与民初社会思潮——以民初女作家的民族国家叙事话语为例"，评估其参与时代叙事的状态和潜力；余论"中西小说史上早期女性作者群体生成状态述论"比较中西小说史上早期女性作者群体，分析二者生成状态所需条件、表现形态的异同，探讨本领域中西对话的可能。

目　　录

第一章

古代女性很少创作小说的原因①

当代许多女作家以创作小说闻名，但古代小说创作则少有女性问津。究其原因，关键在于古代女性舞文弄墨已属"不务正业"，若再陷溺于"不登大雅"的小说创作，则更易招致非议。②

小说与女性文学在中国传统文学中地位有接近之处——二者均被视为低级文类。如果把历代史书与文献目录当作古文化遗产的"清单"，那么"小说"在此"清单"中所对应的文类则一直处于极不重要的地位。班固作《汉书·艺文志》，所录凡十家，而谓"可观者九家"，"小说"则不与，即没有文化意义。直至清乾隆中期，敕撰《四库全书提要》，以纪昀总其事，仍然以"姑妄存之"的态度对待"小说"，宣称"博采旁搜，是亦古制，固不必以冗杂废矣"。所以鲁迅认为《提要》"论列则袭旧志"。"史家成见，自汉迄今盖略同；目录亦史之支流，固难有超其分际者矣。"③

---

① 本章部分内容在笔者专著《近代女性文学研究》中曾发表，此处作了修订。原文所持主要观点在于：小说界自近代方才出现女作者群，主要原因在于小说文体地位偏低，而"内言出于阃"本就受到限制，即便在明清时期女性诗词写作受到鼓励的情况下，女性的小说创作也很难得到支持。此论受到本领域研究者的认可。参见沈燕《二十世纪初女性小说作家研究》硕士学位论文，上海师范大学，2004年，第3—7页；郭延礼师：《20世纪初中国女性小说家群体论》，《中山大学学报》2011年第2期。

② 在曾发表的上述观点外，笔者认为，不善想象一个完整的虚拟世界也是传统女性很少从事小说创作的重要原因。参见本章附录"清代女作家弹词的繁荣及其文本复制特征"。

③ 鲁迅在《中国小说史略》中以此概括历代史家轻视白话小说的情况，实际上这段话亦可用来描述史家对整个"小说"类作品的鄙视态度。引文见《史略》第一篇"史家关于小说之著录及论述"。

　　追寻"小说"在传统文化中受到轻视的原因，可以在史家关于"小说"的界定中找到某些启示。历代史家多称"小说"为"街谈巷语之说"，即言其资料来源和传播方式与民间口头文化关系密切。民间口头文化与上层书面文化相比具有如下特点：第一，受制于民间教育程度和口头传播方式，民间口头文化浅俗随意，缺乏可信度，容易使"小说"文本"托人者似子而浅薄，记事者近史而悠谬"①。第二，它所携带的民间趣味和价值取向等信息亦时时与上层文化相异，"妖妄荧听""猥鄙荒诞"者，在所难免。在此情况下，为了既能使下俗闻于上，又避免闻者被"徒乱耳目"，必然强调民间口头文化在意义级别上对上层文化的从属地位。由此可见，强调"小说"文本在文类级别中的低级地位，是确保上层意识形态话语权的内在需要。

　　传统文化重视文类级别，强调民间文化对上层文化的从属地位，进一步表现为对白话小说的摒弃。若以"虚构故事"的概念界定"小说"，中国古代小说应该包括文言小说和白话小说两种类型。二者多取材民间，大致都应从属于所谓"街谈巷语"的范畴。而历代史书"小说"类只收文言小说，却把白话小说拒之门外。探询其中的原因，找出白话小说与文言小说及史家认定的其他"小说"类作品之间的差别无疑是问题的关键。白话小说是俗文体，史家认定的"小说"系文言体。俗文文本向俗不向雅，向下（下层民众）不向上（社会上层），文言文本则反之。因此，二者的形式差别实际上折射了服务对象和文化使命的不同。换言之，史家认定的"小说"类作品服务于上层，可以被视为"闾巷风俗""街谈巷语"的"官方"文本，而白话小说则是其"民间文本"，二者在"社会身份"上存在较大差异。鲁迅先生在《史略》中曾经说过一段饶有深意的话，显示出"社会身份"对文本命运的决定作用：

　　　　至于宋之平话，元明之演义，自来盛行民间，其书故当甚伙，而史志皆不录。惟明王圻作《续文献通考》，高儒作《百川书志》，皆收《三国演义》及《水浒传》，清初钱曾作《也是园书目》，亦有通俗小说《三国志》等三种，宋人词话《灯花婆

---

　　① 鲁迅在《中国小说史略》中以此概括班固对"小说"类作品的评价，引文见《史略》第一篇"史家关于小说之著录及论述"。

婆》等十六种。然《三国》《水浒》，嘉靖中有都察院刻本，世
人视为官书，故得见收。后之书目，寻即不载……

"有都察院刻本"看起来不过是文本的一个附加编码，却使文本携带
了"官方认定"的特殊信息，从而受到一定的重视。"社会身份"在文本
命运中竟能起到如此重大的作用，进一步表现出传统文化为确保上层意识
形态话语权所做的巨大努力。

上述分析显示，中国传统文化的一个重要特征是强调社会差别和社会
等级，小说由于其民间文化特征而受到轻视；无独有偶，女性文学在古代
长期受到漠视与排斥，也成为传统文化具有等级偏见的另一实证。

传统中国以家庭为基础单位、男耕女织相结合的经营方式，决定了女
性在社会生产中的辅助地位；而仅足温饱的生活水平，又使两性之间很少
有机会进行平等、和谐的情感交流。主要基于以上两点，轻视女性和要求
女性在生命价值上完全从属于男性及其家庭成为传统伦理规范的基本内
容。所谓"牝鸡无晨。牝鸡之晨，惟家之索"[1] "夫不驭妇，则威仪废缺；
妇不事夫，则义理堕阙"[2] 等，类似言语均说明传统的两性关系以男性对
女性的压抑而非二者之间的和谐为特征。今天我们经常使用"话语权"一
词，传统格言"内言不出，外言不入"[3] 即从社会对话活动的角度限定了
女性的权力，鲜明地体现出男权话语对女性的压制。"外言不入"指社会
信息不宜传入闺阁，"内言不出"则指闺阁信息不宜传之于外——"不入"
"不出"使女性隔绝于社会信息的流通，从而在极大限度内削弱了女性的
社会性，使之成为个体家庭的附属物。以语言文字为载体的文学活动，在
"外言不入，内言不出"的要求下受到直接限制，不仅女性无法受到与男
子同等的社会教育，其认知能力和文字表达能力受到影响，而且即使女性
有所创作，其作品亦很难进入传播渠道。清代女性骆绮兰在其《听秋馆闺
中同人集》中曾云："女子之诗，其工也，难于男子。闺秀之名，其传也，

---

①《书·牧誓》。李学勤主编"十三经注疏"标点本《尚书正义》，北京大学出版社 1999 年
版，第 285 页。

②（东汉）班昭：《女诫·专心》。后汉书卷四《烈女传·曹世叔妻》，（清）王先谦《后汉
书集解》，中华书局 1984 年影印本，第 975 页。

③《礼·曲礼》上。杨天宇《礼记译注》（上），上海古籍出版社 2004 年版，第 335 页。

亦难于才士。何也？身在深闺，见闻绝少，既无朋友讲习，以沦其灵性，又无山川登览，以发其才藻。非有贤父兄为之溯源流，分正伪，不能卒其业也。迄于归后，操井臼，事舅姑，米盐琐屑，又往往无暇为之。才士取青紫，登科第，角逐词场，交游日广；又有当代名公巨卿从而揄扬之，其名益赫然照人耳目。至闺秀幸而配风雅之士，相为唱和，自必爱惜而流传之，不致泯灭。或所遇非人，且不解呻吟为何事，将以诗稿覆醯瓮矣。"①清代黄传骥亦曾为《国朝闺秀诗柳絮集》作序曰："女子不以才见……成帙矣，而刻之无便，传之无人，日久飘零，置为废纸已耳。"以上均可谓知者之言。

宋明以后，社会生活的发展带来精神需求层次的提高，男性对女性创作的态度亦随之有所转变。明代吕尚炯在为《佘五娘诗辑本》所作的小传中曾经介绍有关这位女作家的资料："佘五娘，歙人，产于扬。扬故多富商大贾，其父因以为盐客之小星，客老，五娘郁郁不得志，日以短吟自娱，积而成帙。盐客见之，以夸示友人。其中恨恨诗居半，友人笑语。盐客恚甚，悉付之炬。"这则有趣的材料说明连不太识字的商人也开始以女性亲属能够创作为荣，社会风气由此可见一斑。在这种社会风气下，女性创作的能力有所提高，其作品传播的禁令亦有所松动。尤其在清代，"妇人之集，超轶前代，数逾三千"②。但在传统伦理规范的影响下，即使清代的女性作品编纂者依然多从加强女性道德修养的角度主张保留女作，并没有直接肯定女性文学自身的价值。如戴鉴在《国朝闺秀香咳集续》中所云"夫子订《诗》，《周南》十有一篇，妇女所作居其七。《召南》十有四篇，妇女所作居其九。温柔敦厚之教，必自宫闱始"，及费密亦曰"昔者圣人删定《风》《雅》，王化首于《二南》。然自后妃以下，女子所作为多。至于列国女子之诗，善者存之，即败伦伤道之咏，亦存而不削，使正者为教，而邪者知戒焉。厥旨深哉"③，等等。针对女性创作和女德问题，清代章学诚更明确地表示二者不能兼容。他表示："近有无耻妄人，以风流自命，蛊惑士女；大率以优伶杂剧所演才子佳人惑人。大江以南，名门大家闺秀

---

① 嘉庆二年丁巳（1797）刻本。转引自胡文楷《历代妇女著作考》，上海古籍出版社1987年版，第939页。

② 胡文楷：《历代妇女著作考》自序，上海古籍出版社1987年版，第5页。

③ 《唐宫闺诗》序，上海古籍出版社1987年版，第90页。

皆为所诱。征刻诗稿，标榜声名，无复男女之嫌，殆忘其身之雌矣。此等闺娃，妇学不修，岂有真才可取？而为邪人拨弄，浸成风俗。人心世道，大可忧也。"（《丁已劄记》）类似的忧虑显然不无道理：女性文学作品在立意和主旨方面可以宣扬"女德"，但同时在文字表达和谋篇布局方面却是"女才"的个性化显现。众多女子"征刻诗稿"，显然不能排除其行动中有表现"女才"的愿望，否则大可以创作一些近似《女诫》《女四书》之类的纯教诲性书籍。而由于要求女性之生命价值绝对从属于男性的"女德"和显示女性自身生命价值的"女才"二者之间必然存在难以调和的矛盾，因此支持女性创作而同时希望"以德驭才"，等于让女性文学在"德"与"才"之间走钢丝，其尺度很难把握。事实上，在明清时期关于女性"德""才"能否兼备的问题一直存在比较激烈的争议，类似"女子无才便是德""有德不妨才"等种种说法均产生于此时。此种社会现象说明在社会生产和生活得以发展的条件下，女性才智的初步开发已经与传统的道德规范产生了一定的冲突。它同时也说明在突破"女学""女德"等道德规范之前，女性文学是否具有存在的合理性，将始终是一个值得怀疑的问题。

上文已经比较详尽地介绍了小说与女性文学在中国文化中比较相似的命运，现在有必要提醒读者注意下述事实，即在中国古代文学史上，很少有女性创作的小说作品。据目前所掌握的资料，古代小说中的女性作品只有清代汪端的通俗小说《元明轶史》。这与现当代女性小说的繁荣局面形成了非常鲜明的对比。为了理解这一特异现象，依然必须从小说与女性文学的特殊文化地位中寻找原因。

第一，受环境条件限制，女性文学在传统社会中的生存和发展有一个基本限度，即不能超越伦理规范对"女德"的要求。在以"温顺和平""相夫教子"为基本内容的"女德"之要求下，女性文学的基本美学定位可以概括为"温柔敦厚""幽娴贞静"，而小说文本中则难免有所谓"妖妄荧听""猥鄙荒诞"的通俗文学成分，与"女德"的要求和古代女性文学的美学定位明显抵牾。因此，在传统社会中，女性的小说创作很难不受到一定的限制。父权社会直接约束女性接触小说及弹词等其他通俗类文学作品，这方面的史料显然不难找到。如《再生缘》前十七卷的作者陈端生，其文学造诣多来自家教，而其祖父，清代较有名气的文学家陈句山却对弹词持明显的鄙视态度。后者曾经在《才女说》一文中明确表达这种主张:"世之论者每云'女子不可以才名,凡有才名往往福薄'。余独谓不然……诚能于妇职余闲,流览坟索,讽习篇章,因以多识故典,大启性灵,则于治家相夫课子,皆非无助。以视村姑野媪惑溺于盲子弹词、乞儿谎语为之啼笑者,譬如一龙一猪,岂可以同日语哉?又《经解》云温柔敦厚,诗教也……由此思之,则女教莫诗为近。才也而德即寓焉矣。"① 这段话显然以"女德"要求为出发点对女性所能接触的文学体裁类型做出了明确界定。其中"《经解》云温柔敦厚,诗教也",可谓揭示了"女教莫诗为近"的根本原因:诗文词向来被视为传统文学的正宗,历代文人孜孜于此,已经使之形成了"词采华丽""怨而不怒"的艺术风格,因此此类作品既能对女性"大启性灵",增强其"相夫教子"的能力,同时亦能在潜移默化中加强"温柔敦厚"的"女德"教育。而通俗文学文本则以其"荒诞夸张""浅俗鄙俚"的特点而受到"女教"提倡者的鄙弃。从这段表述看,陈句山对女性学习和创作的态度在当时已属相当开明,连这样的人都反对女性接触"盲子弹词,乞儿谎语"等通俗文学,显然女性的通俗文学创作在社会的传统势力方面很难得到足够的支持。

第二,基于古代女性活动范围狭窄和缺乏独立的经济能力,其作品的传播具有很大的依赖性。由于传统势力并不鼓励女性创作小说,因此女性小说作品的流传不能不受到一定影响。如上文提到汪端曾作通俗小说《元明佚史》,此书当时很可能没有刊本行世,以致胡文楷堪称详尽的《历代妇女著作考》虽然收录了汪端的其他诗文作品,却唯独没有收录此书。今天我们能够见到的女性小说如此之少,部分原因亦很可能在于有些此类作品由于缺乏传播渠道而被历史所湮没。传播的困难,也不能不在一定程度上影响女性创作小说的积极性。

第三,同样重要但容易被忽视的一点,即在社会舆论的引导和约束下,众多女性自觉遵守"以德驭才"的要求,很难对主流意识形态和女性文学的既定美学定位做出怀疑和叛逆行为。父权社会认为"哲夫成城,哲

---

① 《紫竹山房文集》卷七。乾隆浙江陈氏刻本。参见《四库未收书辑刊》九辑二十五册,第302页。

妇倾城"①，"生男如狼，犹恐其尪；生女如鼠，犹恐其虎"②。女性在智慧和个性上强于男性被视为危害秩序的不祥之兆，这种观念的灌输和种种实际社会条件（包括教育、阅历、机遇等）的限制孕育和强化着女性的"第二性"心理，使许多女性在价值判断上具有强烈的依赖性。表现在文学创作方面，社会舆论对女性决定自身是否创作和创作什么等问题也经常产生巨大作用。比如清代单士厘在其《清闺秀正始再续集初编》自序中曾经探讨女性文学作品之所以少有的原因，她这样说："中国女性，向守内言不出之戒。能诗者不知凡几，而有专集者盖鲜，专集而刊以行世者尤鲜。"其中的"守""戒"二字专言女性面对种种创作禁忌的自律和自抑态度，角度新颖而断语准确，足以给人以深刻的启示。明清时期，女性才智的初步开发对既有的"女德"规范产生了一定的冲击，在"才""德"之争的社会压力下，多数女作家在创作中采取了更加小心翼翼的态度。清代女性作品集的序言每每宣称"性情所在，志节所存"③"诵其所作，皆温厚和平，无乖正始"④ 等，不仅在表示姿态，而且也反映了当时女作的实际情况。直至21世纪初，陈寿彭和薛绍徽的女儿陈芸在编订《小黛轩论诗诗》时，依然从传统"以德驭才"的角度为女性创作辩护，她说："方今世界，有识者咸言兴女学。夫女学所尚，蚕绩、针黹井臼、烹饪诸艺，是为妇功。皆妇女应有之事。若妇德妇言，舍诗文词外，末由见，不于此是求，而求之幽渺夸诞之说，殆将并妇女柔顺之质，皆付诸荒烟蔓草而湮没。"此段论述虽然高度肯定了女性作品在表现女性方面的意义与价值，但同时也将其抒写内容过分限定于所谓"妇女柔顺之质"和"妇德妇言"，直接约束了女性作家突破"柔顺"的界定审视自我和将视线投向闺阁以外的广阔天空。从文学体裁角度审视，表现"妇女柔顺之质"和"妇德妇言"的要求使具备"温柔敦厚"风格的"诗文词"成为女性创作的上选。认真体会陈芸所说的"若妇德妇言，舍诗文词外，末由见"，与陈句山所言"女教莫诗为近"不期然有异曲同工之处，只不过后者站在男性角度要求女性

---

① 《诗·大雅·瞻卬》。程俊英《诗经译注》，上海古籍出版社1985年版，第610页。
② （东汉）班昭：《女诫·敬慎》。《后汉书》卷八四《烈女传·曹世叔妻》，转引自清王先谦《后汉书集解》，中华书局1984年影印本，第974页。
③ （清）胡孝思：《本朝名媛诗钞》序。转引自胡文楷《历代妇女著作考》，上海古籍出版社1985年版，第912页。
④ （清）黄秩模：《国朝闺秀诗柳絮集》序。转引自胡文楷《历代妇女著作考》，第921页。

作家在体裁选择上尊重"女德"的要求，而前者则从女性角度出发对此要求做出了带有自律特征的回应。小说创作于是在众多男性的要求和众多女性的自律二者结合之下，很难走进女性文学体裁选择的视野。像汪端那样于诗文、评论、小说等多种体裁均敢于尝试，不为性别偏见所拘囿的女性作家（汪端著有《自然好学斋诗》《明三十家诗选》等），在传统时代毕竟少见。

时至近代，报纸杂志逐渐成为主要的传播载体。而很多近代报纸杂志在文体编排上将小说与诗文、论说并列，对作家作品亦全部依据文体归类，打破了将女性作品置为另类的传统惯例，寻求一种不带偏见的文化逐渐成为时代的主题。小说和女性文学地位的显著提高，进而使女性逐渐消除创作小说的禁忌。从包天笑的一段话，可以看到当时报纸杂志为女性创作突破"诗词"的拘囿所做出的巨大努力，他在《我与杂志界》一文中如是云：

> 惟女子在旧文学中，能写诗词者甚多，此辈女子，大都渊源于家学。故投稿中的写诗词者颇多，虽《妇女时报》中亦有诗词一栏，但不过聊备一体而已。办《妇女时报》的宗旨，自然想开发她们一点新知识，激励她们一点新学问，不仅以诗词见长……

弃"旧"迎"新"为女性的小说创作开辟了天地。

概言之，中国古代女性其实不乏诗词创作，甚至出现过李清照等一流的作家，但几乎没有女性创作小说。清代汪端的历史小说《元明佚史》、晚清满族女作家顾太清的《红楼梦影》，是目前所知现存最早的女性小说作品。直到 20 世纪初，尤其是民国初年，才出现了一个写作小说的女作者群体，其中个别作者，如黄翠凝、吕韵清、高剑华等发表过多篇小说，且以写作小说为主要谋生方式，基本上已成为职业化的小说家。这样一个群体的出现，在小说史、女性文学史上具有开创性的价值。

第二章

民初女性创作小说概况^①

女性大量创作小说，始于近代。准确地说，20 世纪初（尤其是民初）的报纸杂志为女性大量发表小说提供了最初的阵地。女性创作小说的种种顾虑何以会在近代得以消除？女性较早创作的小说具有哪些特点？这些小说的问世究竟具有怎样的意义？以上这些，无疑都是值得探讨的问题。而限于种种条件，这些小说迄今尚未进入学者的研究视野。为了更好地理解现代以来众多女作家对于小说的创作热情，更好地把握女性小说史，有必要对这些小说给予足够的关注。换言之，整理与分析 20 世纪初报纸杂志上发表的女性小说，可以为研究女性小说史提供新的视野和打开新的天地。

第一节　已形成相当的阵容，堪为"五四"女性创作小说热潮的先声

根据《中国通俗小说总目提要》和《中国近代小说目录》进行统计，1900—1911 年，即辛亥之前发表的小说中，署名为"某某女士"的主要有以下几种。

1.《东欧女豪杰》，作者署"岭南羽衣女士"。1902 年 11 月至 1903 年初《新小说》连载。阿英《小说二谈》引金翼谋《香奁诗话》"张竹君"条云："竹君女士，籍隶广东，自号岭南羽衣女士"；而冯自由《革命轶

---

① 本章为笔者《中国女性小说的起步》原文，发表于《青岛大学学报》2001 年第 1 期。此处全文采录，仅在笔者本人及学界同仁近年研究证明应作修订之处加注，用以表示该领域近年进展情况。

史》（第二集）"康门十三太保与革命党"一节中，有"罗普，字孝高，顺德人，康门麦孟华之女婿也。戊戌东渡留学……新民丛报社出版之《新小说》月刊中，有假名羽衣女士著长篇小说，曰《东欧女豪杰》……即出自罗氏手笔……"等语，则羽衣女士乃与梁启超创办《新小说》月刊的罗普，为康有为在广州长兴学舍及万木草堂讲学时的嫡传弟子。

2.《洗耻记》，作者署"冷情女史"。1903 年苦学社编辑，中原活版所印刷。

3.《女举人》，题"如如女史著"。1903 年上海同人社石印本。

4.《女狱花》，一名《红闺泪》《闺阁豪杰谈》。王妙如①著。1904 年刊。王妙如（约 1877—约 1903），名保福，字以行，浙江杭州人。同乡书生罗景仁之妻。生平事迹见罗景仁《女狱花》跋。

5.《姊妹花》，署"番禺女士黄翠凝著"。1908 年由改良小说社刊行。黄翠凝②，张毅汉之母，辛亥前后一直活动于小说创作和翻译界，其《猴刺客》（短篇）发表于《月月小说》1908 年 10 月第 21 号，《离雏记》（短篇）发表于《小说画报》1917 年 7 月第 7 号。近代知名作家包天笑在其《离雏记》中曾经介绍："黄翠凝女士者，余友毅汉之母夫人也。余之识夫人，在十年前，苦志抚孤，以卖文自给，善作家庭小说，情文并茂。今自粤邮我《离雏记》一篇，不及卒读，泪浪浪下矣。"云云。《离雏记》由"我"——一个 6 岁的女孩讲述自己的经历，是近代小说中罕见的第一人称非自传式人物化的例子，尤其值得注意。

6.《侠义佳人》，题"绩溪问渔女史著"。据胡文楷的《历代妇女著作考》，此书即绩溪女士邵振华所作。初集 1909 年 4 月、中集 1911 年 7 月由商务印书馆出版。下集未见，或竟未出版。邵振华，安徽绩溪人，邵作舟女，桐乡劳闇文妻。

7.《最新女界现形记》，题"南浦蕙珠女士著"。1909 年 10 月，新新小说社刊前五集，次年 6 月刊后六集。

8.《新金瓶梅》，署"作者：慧珠女士"，不知是否与《最新女界现形记》的作者同为一人。1910 年上海新新小说社刊行。

---

① 见本书第三章"民初小说界女作家里籍生平考论（上）。
② 见本书第四章"民初小说界女作家里籍生平及其作品考论（中）。

9. 《女英雄独立传》，署名"挽澜女士"，男作家陈渊的化名。《女英雄独立传》1907 年 1 月 4 日至 3 月 4 日刊于《中国女报》1 期和 2 年 1 号（原 2 号），未刊完。

以上作品均为长篇章回小说。

10. 《女子爱国美谈》，署"曼聪女士演"。1902—1903 年连载于《杭州白话报》7—15 期。

11. 《幼女遇难得救记》，署名"季理斐师母"，1909 年 2 月至 1910 年 6 月连载于《中西教会报》复刊 198—214 册。从"师母"的称呼及《中西教会报》这个发表刊物来看，"季理斐"可能是某位教士的夫人，其女性身份当可确定。

12. 《东方晓》，署名同上。1910 年 7 月至 1911 年 12 月连载于《中西教会报》复刊 215—232 册。

以上作品均未见，但由其连载多期这一共同点，亦可大致判断为长篇。

13. 《女儿叹》，署名"曼聪女士"，1903 年刊于《杭州白话报》2 年 21 期。

14. 《家庭乐》，署名"金陵女史"。1904 年 10 月 23 日刊于《白话》第 2 期。

15. 《猴刺客》，黄翠凝著，1908 年 10 月发表于《月月小说》第 21 号。

以上作品为短篇。

上述作品的作者除王妙如、邵振华、黄翠凝和季理斐师母可以断定为女性之外，其他则尚无确切资料判断其性别。至于同时期有无其他女性作家发表小说，因未透露其女性身份，今天则更加难以考证。

由上面介绍的几部小说，至少可以得到如下信息：第一，上述小说有一个共同点，即多以描写或讽喻当时的女界现象为主，表现出改良女界的明确愿望。第二，这些小说大多为长篇，其中章回体小说更占据了相当大的比重。考虑到章回体小说一向为群众所喜闻乐见，容易达到"教化"效果，可知以章回体为主的体制特点实际上折射了 20 世纪初志在"改良群治"的小说创作观念。第三，无论上述署名"某某女士"的作家是否真的是女性，此种署名现象频频出现均说明以女性身份而创作小说不再成为社会的禁忌。第四，这些小说大都由小说报纸杂志连载或经小说社发行，说明此时报纸杂志已经成为小说传播的重要载体。对女性而言，在报纸杂志上发表小说既无需出资，又有较广大的读者群，这对于帮助其突破财力缺乏和作品接受范围狭窄等不利因素具有非常重要的意义。

署名为"某某女士"发表的小说以长篇居多的情况，随着近代短篇小说创作受到重视而逐渐得以改变。根据《中国近代小说目录》进行统计，辛亥之后至"五四"署名为"某某女士"发表的长篇小说仅有以下几篇①：

1. 《双泪痕》，署名"次眉女士"。全书 22 章。1915 年上海中华书局、上海文明书局出版。

2. 《玉如意》，署名同上。全书 22 章。1915 年上海中华书局、上海文明书局出版。

3. 《潇湘梦初编》，署名"湘州女史"。全书 14 回。1918 年铅印。

4. 《雪莲日记》，署"雪莲女士著，江都李涵秋润词"。小说实为李涵秋所作。1915 年 7 月 5 日至 1916 年 7 月 5 日连载于《妇女杂志》1 卷 7 号至 12 号和 2 卷 6 号。

另外《鸳鸯蝴蝶派小说分类目录》上韵清女史吕逸的《返生香》，因未见②，不知其篇幅长短。

而相形之下，署名为"某某女士"发表短篇小说的作家则较多，作品数量也比较可观。仅据《中国近代小说目录》进行统计，署名"某某女士"在报纸杂志上发表短篇小说的作家共有 48 人，小说数量为 81 篇；署名"无闷女士"的短篇小说集一部，名叫《凝香楼奁艳丛话》，1912 年由上海中华图书馆石印。通过这个数字，不难发现报纸杂志在鼓励和帮助女性创作短篇小说方面所做出的巨大努力。

关于报纸杂志上的"女性"短篇小说，除《中国近代小说目录》所提供的资料之外，尚有以下作家作品，如奚浈女士的《奇囊》1915 年 12 月 25 日发表于《中华妇女界》1 卷 12 期，曾兰的《铁血宰相俾斯麦夫人传》1914 年 8 月发表于《娱闲录》第 2 期，畏尘女士的《鬼事欤》1914 年 10

---

① 吕韵清《返生香》已见，为长篇。因此，20 世纪第一个 20 年署名"某某女士"发表的长篇小说合计共 17 篇。郭延礼师在《20 世纪初中国女性小说家群体论》文中总结女作家在此期间共发表长篇 17 篇，大约据此。郭文见《中山大学学报》2011 年第 2 期。

② 吕韵清《返生香》已见，为长篇。

月连载于《娱闲录》7—8 期,《朋友》1914 年 11 月 16 日发表于《娱闲录》第 9 期,《哀馔记》1915 年 1 月发表于《娱闲录》第 13 期,志隐女士的《卖花女》发表于《小说新报》1915 年 11 月第 10 期,黄翠凝的《离雏记》1917 年 7 月发表于《小说画报》第 1 期,沦落女子的《落花怨》和《埋情冢》发表于《游戏杂志》第 19 期,幻影女士的《隐恨》发表于《游戏杂志》第 18 期,《伤心人》和《侮辱》发表于《游戏杂志》第 19 期,正运女子的《薄命人》发表于《游戏杂志》第 19 期,毛秀英女士的《奈何》发表于《游戏杂志》第 19 期,陈衡哲的《一日》1917 年 6 月发表于《留美学生季报》第 4 卷第 2 期,蒋吴剑文女士的《薄幸郎》1914 年 10 月发表于《欧洲风云周刊》第 10 期。概言之,《中国近代小说目录》共漏载奚浈女士、曾兰、志隐女士、沦落女子、正运女子、陈衡哲和蒋吴剑文女士等 7 位署名为女性的作家,及其小说 16 篇。①

值得注意的是,1919 年上海广益书局出版署名为"波罗奢馆主人"(即胡寄尘)之《中国女子小说》,书中称"是编所辑女子小说十种,均从各处辑来,其中如《黄奴碧血录》,系从《神州女报》得来,其他各篇皆然"。观其意,盖谓所收作品多选自报纸杂志。由于此书极为罕见,故特列其目录如下:

《黄奴碧血录》,美国嘉德夫人原著,杨季威女士译述;

《荒冢》,朱怀珠女士著;

《有情眷属》,同上;

《辟尘珠》,同上;

《狸奴感遇》,吕韵清女士著;

《女露兵》,日本龙水斋贞一著,汤红绂女士译;

《寒谷生春记》,徐寄尘女士著;

《白罗衫》,吕韵清女士著;

《旅顺勇士》,日本押川春浪著,汤红绂女士译;

---

① 笔者当年未见民初报刊《眉语》《娱闲录》等,漏算《眉语》13 位女作家及其小说 26 篇。沈燕硕士学位论文《二十世纪初女性小说作家研究》补充了上述作家作品信息。参见沈文,硕士学位论文,上海师范大学,2004 年。郭延礼根据以上成果,概括 20 世纪初前 20 年小说界共有女作者 60 余人,合计发表短篇小说 150 余篇。参见郭延礼师《20 世纪初中国女性小说家群体论》,《中山大学学报》2011 年第 2 期。

《祈祷》，李碧云女士著。

其中《黄奴碧血录》《女露兵》《旅顺勇士》系翻译小说，《寒谷生春记》系散文，暂置之勿论。此外除吕韵清的《狸奴感遇》《白罗衫》发表于杂志《七襄》，今天已收入《中国近代小说目录》，其他如朱怀珠女士的《辟尘珠》《有情眷属》《荒冢》及李碧云女士的《祈祷》则不知出处。由上述资料推断当时发表于期刊而今天已很难见到的女性小说，尚有一定的数目。日后若仍不加注意，更多的女性小说将随着杂志的散佚而湮没。笔者因深感于"波罗奢馆主人"所言之"零篇断简，散而不聚""吉光片羽，至足珍也"（《中国女子小说》），将目前所掌握的资料，共 57 位作家，101 篇作品①加以汇总，按照可以确定作家为女性、有一定根据可以相信作家为女性、尚无根据判断作家性别及确知作家系男性化名等四种情况，分类逐次说明如下：

1. 吕韵清女士②，名逸，浙江浔溪人，与秋瑾及徐自华姐妹均有交往，郭长海、李亚彬编著的《秋瑾事迹研究》曾简单介绍其资料。韵清在《七襄》1914 年 11 月 17 日第 2 期、1914 年 11 月 27 日第 3 期和 1914 年 12 月 17 日第 5 期分别发表《凌云阁》《狸奴感遇》和《白罗衫》，1915 年 3 月 5 日在《女子世界》第 3 期发表《秋窗夜啸》，1915 年 4 月 30 日在《小说丛报》第 10 期发表《彩云来》，1915 年 12 月 30 日在《小说大观》第 4 期发表《花镜》，在《春声》1916 年 3 月 4 日第 2 期和 1916 年 6 月 1 日第 5 期分别发表《金夫梦》和《红叶三生》。在《彩云来》中，吕韵清提到刚刚创作《蘼芜怨》小说，目前尚不知发表于哪种刊物。吕韵清是极值得注意的一位高产女作家。

2. 温倩华女士③，字佩萼，别号鹣影楼主，江苏无锡人。其《黛吟楼诗稿》收入《历代妇女著作考》。曾任《游戏杂志》主任，其小说作品《手术》1914 年 6 月 27 日发表于《礼拜六》第 4 期。

3. 陈翠娜女士④（约 1901—?），字翠娜，浙江钱塘人。陈蝶仙（天虚

---

① 本数据为笔者在 15 年前所统计结果。后沈燕、郭延礼师都作了补充修正。
② 见本书第三章"民初小说界女作家里籍生平考论（上）"。
③ 见本书第五章"民初小说界女作家里籍生平及其作品考论（下）"。
④ 此处生平信息有误。见本书第三章"民初小说界女作家里籍生平考论（上）"。

我生）和朱曼因女士之女，《历代妇女著作考》收录其《翠楼吟草》（1927年排印）。陈翠娜是民初女性小说家中最年轻的一位，1914年12月《女子世界》第1期曾刊登其照片，题名"十二龄女子陈翠娜"。其小说《新妇化为犬》1915年11月27日发表于《礼拜六》第48期。

4. 杨令莤女士①，江苏无锡人，《历代妇女著作考》收录其《莪怨室吟草》（1927年排印）。其小说《瓦解银行》1913年5月1日刊于《小说时报》第18期。小说用文言写成，但模仿通俗小说的章回体。

5. 曾兰女士②，字仲殊，号香祖，四川成都人，著有《定生慧室遗稿》，其小说《铁血宰相俾斯麦夫人传》1914年8月连载于《娱闲录》2—3期。

6. 黄翠凝女士③，前面已经介绍过，系《姊妹花》《猴刺客》的作者。其《离雏记》发表于《小说画报》1917年7月第7号。

7. 汪咏霞女士④，字鹣影，浙江仁和人。其小说《埋愁冢》连载于《女子世界》1915年3月5日第3期和1915年7月6日第6期。

8. 陈衡哲女士，现代著名女作家，"五四"之前的作品《一日》1917年6月发表于《留美学生季刊》第4卷第2期，为其早期创作。

9. 明离女子⑤，其小说《珠光宝气录》1917年8月5日发表于《小说海》第3卷第8号，前面有冯升所作的序言，其中称"女甥徐文系撰《珠光宝气录》，固侠家言也"云云，可确定"明离女子"的姓名及身份。

10. 李张绍南女士，其姓名显示"张"为父姓，"李"为夫姓，不似化名。且其小说《赖丁格》1916年5月25日发表于《中华妇女界》2卷5期，《英国改良监狱第一人》1916年6月25日发表于《中华小说界》2卷6期，二者均署明身份为"留英看护专科李张绍南女士"，李女士为留英女学生无疑。

11. 蒋曾淑温女士，其姓名亦为夫姓＋父姓＋名字，不似化名。其小

---

① 见本书第五章"民初小说界女作家里籍生平及其作品考论（下）"。
② 见本书第五章"民初小说界女作家里籍生平及其作品考论（下）"。
③ 见本书第四章"民初小说界女作家里籍生平及其作品考论（中）"。
④ 见本书第三章"民初小说界女作家里籍生平考论（上）"。
⑤ 见本书第三章"民初小说界女作家里籍生平考论（上）"。

说《蕙儿求学记》1918 年 9 月 5 日发表于《妇女杂志》4 卷 9 号。

12. 蒋吴剑文女士，亦类上两条，不似化名。其小说《薄幸郎》1914年 10 月 2 日发表于《欧洲风云周刊》第 10 期。

另外尚有梁令娴女士①，为梁启超之女。郑逸梅在《民国旧派文艺期刊丛话》中介绍《小说名画大观》时，曾提到"著作和绘画者，除上面提到外，尚有……梁令娴女士、查孟词女士"，可见梁女士亦为民初一位小说作者，但由于笔者目前尚不知其作品名称②，故暂不涉及。

以上作家均能确定其女性身份。

13. 陈守黎女士，其小说作品《不可思议之侦探》1914 年 8 月 1 日刊于《中华小说界》1 卷 8 期。另郑逸梅在《民国旧派文艺期刊丛话》中称其尚有小说《不良之妇》发表于杂志《五铜圆》，今笔者尚不知其具体刊行日期。1919 年 3 月《小说新报》第 1 期刊登其尺牍文《代比邻新嫁娘致怔夫书》，同样署名"陈守黎女士"，实用文尚少使用化名的先例，由此可以参证陈守黎的女性身份比较可靠。

14. 畹九女史，其小说《和珅轶史卿怜曲本事》1916 年 1 月刊于《小说丛报》第 18 期，另外与民哀合作的《铁血制鸳鸯》和《离婚》分别刊于《小说丛报》第 2 年（1917）第 6 期和第 7 期。畹九女史 1916 年 2 月在《小说丛报》第 19 期中还发表有笔记《寄愁室丛拾》，同样署名"畹九女史"，可在一定程度上参证其女性身份。理由同上条。

15. 朱怀珠女士，1919 年的《中国女子小说》收录其作品，《中国女子小说》的作者"波罗奢馆主人"与朱怀珠女士大致生活在同一时代，他相信这位作家的女性身份，大概有一定的根据。朱怀珠女士著有《荒冢》《有情眷属》和《辟尘珠》三部小说作品，但可惜均不知出处。

16. 李碧云女士，据《中国女子小说》介绍，她著有小说《祈祷》，不知出处。可初步判断其为女性，理由同上条。

17. 汤红绂女士③，《中国女子小说》同样收录其作品，可见其女性身份亦有一定的可靠性。《中国女子小说》收录的全是其翻译作品，其独立

---

① 见本书第四章"民初小说界女作家里籍生平及其作品考论（中）"。

② 据沈燕硕士学位论文，已知梁令娴短篇小说《巴黎警察署之贵客》刊登于《中华妇女界》第一卷第二期（1915 年第 2 期）。

③ 见本书第四章"民初小说界女作家里籍生平及其作品考论（中）"。

创作的小说《红绂女史三种》刊于 1909 年《民呼画报》。

18. 番禺黄璧魂女士①，其小说《沉珠》1918 年 10 月刊于《小说画报》第 17 号。郑逸梅在《民国旧派文艺期刊丛话》中介绍《小说画报》时，提到"有两位女作家，如徐斌灵的《桃花人面》，黄璧魂的《沉珠》"云云。郑逸梅非常熟悉当时的文坛掌故，曾在《民国旧派文艺期刊丛话》中指出化名"梅倩女史"的是男性作家顾明道，以他的见闻能够不怀疑黄璧魂的女性身份，可能有一定的根据。

19. 璧魂女士②，其小说《孝子贤孙》1916 年 1 月 22 日刊于《礼拜六》第 86 期。怀疑"璧魂女士"即为"黄璧魂女士"的简称。

20. 徐斌灵女士，其小说《桃花人面》和《德国诗集》分别刊于《小说画报》1918 年 6 月第 13 号和 1918 年 9 月第 16 号。相信其女性身份有一定根据，理由见"番禺黄璧魂女士"条。

21. 忏情女士③，其小说《小玉去矣》1916 年 4 月 22 日刊于《礼拜六》第 99 期。《女子世界》第 6 期有吴忏情女士的小影，怀疑即为小说作者忏情女士。

22. 惠如女士④，其小说《阉婚》1915 年 2 月 1 日刊于《小说海》1 卷 2 号。怀疑即为近代知名女诗人吕惠如，尚无实据。

23. 幻影女士⑤，其小说《坟场谈话录》《声声泪》《回头是岸》《贫儿教育所》《噫！惨哉》《不堪回首》《慈爱之花》《别矣》《灯前琐语》《小学生语》《农妇》和《絮萍》分别刊于《礼拜六》第 19、22、48、61、62、67、70、73、81、82、83、86 期，另外《艳娘》刊于《小说丛报》第 4 年（1917）第 1 期，《隐恨》刊于《游戏杂志》第 18 期，《侮辱》和《伤心人》刊于《游戏杂志》第 19 期。共有 16 篇作品。如果能够确定其女性身份，那么她无疑是民初最为高产的短篇小说女作家。笔者注意到，

① 见本书第四章"民初小说界女作家里籍生平及其作品考论（中）"。
② 即为黄璧魂，同上。
③ 即为"吴忏情"，尚未考知其生平里籍情况。
④ 沈燕硕士学位论文《二十世纪女性小说作家研究》（2004）考证"惠如女士"为徐张惠如，并搜集了其小说和诗文创作情况。参见本书第四章"民初小说界女作家里籍生平及其作品考论（中）。
⑤ 目前尚无实据判定"幻影女士"性别。笔者认为"女士"作者的不在场，是《礼拜六》编者有意识的编辑策略。参见本书第六章"近代小说报刊与女作者群体的兴起"。

其作品全部系文言体，其中叙事者亦自称"幻影女士"，并经常自我介绍籍贯及工作情况，如"今夏予病脑乱，思见故乡云树，适表姊自穗石来省吾母，乃与之归江夏……"（《声声泪》）、"予自壬子秋间作保傅于姚氏……"（《坟场谈话录》）等。一般而言，传统文言小说不同于白话小说，后者的叙事者多自称普泛意义上的"说书的"，叙事者与作者之间存在明显的距离，因此在叙事者操纵的文本中很少直接透露关于"作者"的具体信息，而文言小说的叙事者则经常使用真实作者的姓名及身份，叙事者与作者没有明显的距离，因此叙事者的自我介绍往往反映作者的实际情况。尽管在近代小说转型期种种创作惯例都在被打破，但我们仍然可以借此作为判断"幻影"身份的线索之一。当然，最终确定"幻影"的性别，尚有待于进一步的考证工作。

24. 秀英女士①，其小说《死缠绵》《青楼恨》《子骗》《杀妻记》《女学蠹》和《聱翁之遗产》分别发表于《礼拜六》第 66、70、74、77、86、94 期。秀英作品大多严格遵循传统文言小说的客观记录（主干）+ 主观评述（结尾）式，叙事者在主观评述中亦自称"秀英"，如《子骗》结尾云："秀英曰，今日之世界，一骗局之世界也，大者骗国，次者骗官，小者骗财，至于冒认父母以行其骗术，是殆所谓一骗而无不可骗矣……"若说这样严格遵循传统文言小说创作模式的作家也能打破文言小说署作者真名的惯例，化名为女性，可能性似乎不大。因此，姑且按照其作品体例的特点暂且认定"秀英女士"为女性，以俟进一步的证据。

25. 毛秀英女士②，怀疑即为"秀英女士"，其小说《奈何》发表于《游戏杂志》第 19 期。

26. 庆珍女史，其小说《旅行述异》刊于《小说丛报》第 4 年（1917年）第 4 期。《旅行述异》严格采取传统文言小说的客观记录（主干）+ 主观评述（结尾）式，结尾云：

> 红韵阁主曰：此纪实也，舅氏亲为余告。壮者名寅生，恐虎也。僵常食其族，故幻形假木客报之。虽然，客众不死于僵，反射杀僵睛，亦云幸矣。

---

① 与"幻影女士"情况相似。参见本书第六章"近代小说报刊与女作者群体的兴起"。
② 沈燕将"毛秀英"与"秀英女士"断为一人，但亦未见"毛"所著小说《奈何》。

庆霖曰：以此而观柳仙先生之割瘤，殆非虚语。

其中"红韵阁主"显系叙事者自称，也是"庆珍女史"的别号；"庆霖"系批注者，其名字与"庆珍"接近，可能有某种亲属关系。我们可以借助上述线索进一步考证"庆珍女史"的身份。

27. 绿筠女史，其小说《金缕衣》1915 年 4 月 10 日刊于《女子世界》第 4 期，这部小说实际上是安徒生童话《皇帝的新衣》的早期译本。小说为文言体，同样采取客观记录（主干）+ 主观评述（结尾）式，结尾云："外史氏曰，天下事之相蒙者，类此正多，岂独一查理却得斯之金缕衣为然？"自命为"外史氏"同样是文言小说作者的惯例，可见这篇小说亦有遵循传统的明确创作意识和严正的创作态度，作者系男性化名的可能性亦不大。其他则尚无进一步的证据判断其性别。

28. 正运女士，其小说《薄命人》刊于《游戏杂志》第 19 期，亦采取客观记录 + 主观评述式，主观评述云："正运亦弱女子，无金钱势力以相助，殊可憾也。"可初步相信其女性身份，但亦无进一步的证据。

以上作家均有一定根据可相信其女性身份，但证据尚不够充分。

29. 曼聪女士，其小说《女儿叹》刊于《杭州白话报》2 年（1903 年）21 期。

30. 金陵女史，其小说《家庭乐》1904 年 10 月 23 日刊于《白话》第 2 期。

31. 姚琴祯女史，其小说《一血剪》1916 年 1 月 10 日刊于《小说丛报》第 18 期。

32. 孟词查女士，其小说《宝石鸳鸯》1915 年 8 月 1 刊于《小说大观》第 1 集。郑逸梅在《民国旧派文艺期刊丛话》中介绍《小说名画大观》，提到"著作者和绘画者，除上面提到外，尚有……梁令娴女士、查孟词女士"，不知"查孟词女士"和"孟词查女士"是否为同一人，若同为一人，则相信"孟词查女士"的女性身份亦将有一定的根据。

33. 颖川女士，其小说《郎颜妾臂》《绿篮记》《火里鸳鸯》发表于《礼拜六》第 63、65 和 66 期。

34. 鹅西女士，其小说《苦海沉珠记》发表于《礼拜六》第 63 期。

35. 镜花女士，其小说《爱之果》1915 年 10 月 30 日刊于《礼拜六》

第 74 期。

36. 静英女士，其小说《割臂盟》《阿凤》和《人月重圆》分别发表于《礼拜六》1915 年 7 月 17 日第 59 期、1915 年 8 月 21 日第 64 期和 1915 年 9 月 11 日第 67 期。

37. 黄静英女士，疑即"静英女士"，其小说《拾翠》1917 年 8 月 5 日刊于《小说海》3 卷 8 号，《钓丝姻缘》《覆水》和《负心郎》分别刊于《小说月报》1915 年 10 月 25 日 6 卷 10 号、1915 年 11 月 25 日 5 卷 11 号和 1916 年 2 月 25 日 7 卷 2 号。

38. 吴香祖女士①，其小说《孽缘》1915 年 10 月 25 日刊于《小说月报》6 卷 10 号。

39. 沦落女子，其小说《落花怨》和《埋情冢》刊于《游戏杂志》第 19 期。

40. 汪艺馨女士，其小说《酒婢》1916 年 9 月 5 日刊于《妇女杂志》2 卷 9 号。

41. 汪芸馨女士，其小说《棋妻》出处同上。

42. 汪桂馨女士，其小说《三妇鉴》1918 年 11 月 5 日刊于《妇女杂志》4 卷 11 号。（从上述三位作家的姓名来看，可能相互之间有一定的亲属关系）

43. 华潜鳞女史，其小说《玉京余韵》连载于《妇女杂志》1916 年 8 月 5 日 2 卷 8 号及 1916 年 12 月 5 日 2 卷 12 号。

44. 朱敏娴女士，其小说《女博士》1917 年 12 月 5 日刊于《妇女杂志》3 卷 12 号。

45. 华壁女士，其小说《卖报女儿》连载于《妇女杂志》1918 年 2 月 5 日 4 卷 2 号和 1918 年 3 月 5 日 4 卷 3 号。

46. 若芸女士，其小说《霜猿啼夜录》连载于《妇女杂志》1917 年 11 月 5 日 3 卷 11 号和 1917 年 12 月 5 日 3 卷 12 号。

47. 叶碧分女士，其小说《雷劫》和《姽婳将军》分别刊于《中华妇女界》1915 年 9 月 25 日 1 卷 9 期和 1916 年 4 月 25 日 2 卷 4 期。

---

① 沈燕判断此即为女作家曾兰。见本书第五章"民初小说界女作家里籍生平及其作品考论（下）"。

48. 雪平女士，其小说《贞义记》1915 年 10 月 25 日刊于《中华妇女界》1 卷 10 期。

49. 奚涢女士，其小说《奇囊》1915 年 12 月 25 日刊于《中华妇女界》1 卷 12 期。

50. 蕙英女士，其小说《嫦儿》1916 年 4 月 3 日刊于《春声》第 3 集。

51. 畏尘女士①，其小说《咄咄人师》《鬼事欤》《朋友》和《哀馑记》分别刊于《娱闲录》1914 年 9 月第 5 期、1914 年 10 月第 7 期、1914 年 11 月第 9 期和 1915 年 1 月第 13 期。

52. 养晦女史，其小说《遗憾》1915 年 2 月刊于《娱闲录》15 期。

53. 志隐女史，其小说《卖花女》1915 年 11 月刊于《小说新报》第 10 期。

54. 绿珠女士，其小说《为德不卒》1915 年 6 月刊于《小说新报》第 4 期。

55. 佩兰女史，其小说《奇婚记》1913 年 8 月 1 日刊于《神州丛报》1 卷 1 册。

以上作家尚无线索判断其性别②。

56. 梅倩女史，男，顾明道的化名。郑逸梅在《民国旧派小说名家小史》中"顾明道"条曾详细介绍他"冒充"女性创作的情况："他最初的作品，刊登在许啸天所辑的《眉语》杂志上。该杂志多载女作家的文字，他就化名'梅倩女史'，撰著短篇小说……"《眉语》可惜尚未见到，《中国近代小说目录》所收录的署名"某某女士"的作品亦未见出自《眉语》，只有《小说新报》1919 年第 2 期刊登有署名"梅倩女史"的《酒楼人语》，看来就是顾明道的大作。

从上面的介绍可以看到，在民初报纸杂志上署名为"某某女士"发表短篇小说的众多作家中，可以确定为女性及有一定根据相信其女性身份的已接近半数。而且其中如吕韵清女士、幻影女士、秀英女士等均发表了相当数量的作品，吕韵清的作品还被收入《鸳鸯蝴蝶派小说分类目录》，成

---

① 笔者认为畏尘女士当即余焘，字一钧，而自号为"畏尘室主"。参见本书第五章"民初小说界女作家里籍生平及其作品考论（下）"。

② 以上作家中"吴香祖女士"即曾兰，"畏尘女士"即余一均。

为鸳蝴派的一位代表作家。除此之外，温倩华女士等人甚至成为《游戏杂志》等杂志的主任，在刊物策划中担负一定的责任。总之，综合作家阵容、作品数量及影响和在作品媒介组织中的地位等多方面的情况，不难发现民初女性作家的小说创作行为已初步表现出群体化和职业化倾向，这种倾向的出现继女性署名权在小说文本中的确立之后，成为女性小说史功劳簿上又一个不该磨灭的记忆。

第二节　理性与非理性两种运思方式[①]

　　民初女性小说的作家阵容和作品数量，直接开启了女性小说创作行为群体性和职业性的先声，而后者对于女性小说争取崇高的文化地位无疑具有非常关键的作用，基于此，民初女性小说在女性小说史上应该成为值得重视的一页。但直到目前为止，甚至女性小说的爱好者和研究者对于民初的女性小说亦所知甚少。这种缺憾不能不影响我们对女性小说史的清晰认识。因此在下面的文章中，笔者打算着重从女性小说的总体运思方式、女性价值观念的审美投射及小说艺术表现形式的探索三个方面，论述民初女性小说的得与失，旨在宏观把握这一时期女性小说的总体面貌，而且希望这一初步的研究工作能够引起更多学者的重视，将其目光投射于这一领域。那对廓清女性小说史和加深学界对现当代女性小说的认识都将会是一件非常有意义的事情。

　　在具体的论述展开之前，有一点需要首先明确，即上文所介绍的五十多位署名为"某某女士"的作家及其作品，除"梅倩女史"和"雪莲女士"因可以确定其男性身份不予考虑之外，其他均暂且视为女性小说列入讨论范围，这主要出于下述原因：第一，女性解除创作小说的顾虑根源于社会女性观念和"女教"内容的巨大变化，而新的女性观念和"女教"方针孕育于戊戌时期，至辛亥已经历了十余年的发展和成熟阶段，有的研究

　　[①] 郭延礼师将其归纳为女作家小说题材范围的扩大，参见郭延礼师《20世纪初中国女性小说家群体论》，《中山大学学报》2011年第2期；鲁毅则将其概括为"民族国家叙事话语的延续"，参见鲁毅《鸳鸯蝴蝶派编辑策略与清末民初女性小说创作》，《济南大学学报》2015年第5期。本书第六章"近代小说报刊与女作者群体的兴起"、第八章"女作家与民初社会思潮"讨论了女性参与公民社会叙事和民族国家叙事的主体间性问题。

者甚至断言"民初 10 年间，中国女子教育在走向与男子教育并轨的进程中留下了大步迈进的脚印……不是量的简单增加而是质的飞跃"①，因此，辛亥时期的女性小说作者比前一阶段有明显增加是情理之中的事情。第二，民初署名为"某某女士"的小说大多系文言体，就惯例而言，白话小说作者很少署名，而文言小说作者则多署真名，这一点也可以作为判断民初以"某某女士"署名的作家大多确系女性的根据。第三，民初署名为女性的小说多散见于报纸杂志，其中有些杂志已很难见到，因此搜寻起来相当不易，如果在判断作者性别的过程中把握标准过于苛刻，可能会使一些确系女性手笔的小说与研究者失之交臂。

民初，女性创作小说的禁忌得以解除甫及十年，其时作家阵容和作品数量已有一定规模，题材范围亦涉及爱情、伦理、社会、教育、侠义、侦探等方方面面，这便说明当时女性对于小说文体具有一定的新鲜感和较强的创作欲。而在阅读小说文本时可以发现下述两种情况：一是部分作家自觉地以小说创作表达对社会现实问题的理性思索；二是另外一部分作家显然主要出于尝试心理而非理性态度创作小说，止于讲述故事，相对忽略挖掘故事中隐藏的深意。理性与非理性两种不同的运思方式，使民初女性小说在意蕴层次上表现出"深刻"与"肤浅"两种不同趋向。

吕韵清、幻影、杨令茀等作家理性思索的主要对象，集中于社会上种种黑暗现状及女性在现实中的命运。其中吕韵清少女时代曾受教于秋瑾，在女性独立方面具有一定的自觉意识。她的小说《彩云来》在题头诗中表述：

　　由来绝艺抵兼金，却笑香亭句浪吟（"他日悲欢凭妾命，此身轻重恃郎心"，袁香亭句也）。绝代佳人应独立，底须轻重恃郎心。②

小说讲述女主人公影娥遭丈夫遗弃，最终凭借刺绣事业的发展争得独立的故事，意在提醒女性以经济独立求精神独立，这在女性尚很少进入经济领域的民初有一定的现实意义。

杨令茀的《瓦解银行》借银行瓦解的故事揭示了上流社会只顾个人利

---

① 罗苏文：《女性与中国近代社会》，上海人民出版社 1996 年版，第 156 页。
②《小说丛报》第十期（1915），第 1 页。

益、不计国家得失的社会问题。小说中中饱私囊的"五大人"逃亡瑞士，受其陷害的商人黄某亦重金贿赂英商，得以逃脱罪责。叙事者对此评价说：

> 嗟乎！谁生厉，至今为梗。国际凌夷，纪纲弛废。作奸犯科者，悉以金钱势力，托底西人，恬不知耻者……兼以先朝勋贵，民党巨公，不得意于新政者，亦纷纷携资，适彼乐土。输出套资，何可胜计。伤哉！吾国宁有富强之日乎？[1]

这段话从国家名誉和金钱两方面的损失分析类似"银行瓦解"一类的事件所带来的危害，加深了作品的内涵。

相比之下，幻影女士的忧思范围更加扩展到家庭、教育、医疗、灾异、治安及民俗等诸多方面。其《隐恨》讲述家庭不和带来的悲剧，《农妇》描述勤劳善良的农村产妇死于愚昧无知的收生婆之手，《噫！惨哉》呼吁读者为水灾的受害者捐资捐药，《声声泪》感慨无辜的乡村母子被匪寇所害，《侮辱》则描写外国水手欺辱中国女子，在场的中国人不仅无人制止，且拍掌哗笑……幻影的深刻之处在于她能够看到种种黑暗腐败现象的根源在于民族素质的低下。在小说《侮辱》中，叙事者"幻影女士"感叹说："吾心如焚，不知当恨谁也。恨水手之欺凌女子也？欧洲素尚文明，乃敢公然行此者，欺吾国弱也。恨吾国弱也？恨吾国程度不足也？呜呼！人侮辱我欤？抑我招人侮辱也？"基于此，幻影将消除腐败的希望寄托于教育。她在《贫儿教育所》中描绘了一幅教育兴村的理想画卷：

> 离禅数里，有村曰"茝乡"，居民数百，大都务农，未受教育。风俗愚顽，贫不聊生。丰年仅足温饱，歉岁则啼饥号寒，至于鬻子女以求活。会某女士游于其地，见贫民子女之愚顽，恐流为无赖，甚者或作盗贼，遂设贫儿教育所于村中……茝乡于是乎富庶，人知爱国济人，无奢靡之风。贫者富而富者仁，无赖盗贼以绝。邻村效之，南邑日益兴焉。[2]

---

[1]《小说时报》第十八期（1913年5月1日），第26页。
[2]《礼拜六》第六十一期（1915年7月31日），第47页。

类似的思考均可见其责任感与见地。

与吕韵清、杨令茀、幻影等诸人同时，相当一部分女作家的小说创作尚停留于讲述故事的阶段，对事件本身的"奇""怪""烈"等感官刺激性备加注意。如庆珍女史的《旅行述异》描述苗族老人被家人抛弃后化为"僵"，在山中危害兽类及行人，最终被虎设计陷害。故事中蕴含着人情冷酷的现实因素，但小说的叙述视点主要以旅行者为角心人物揭示其担忧、恐惧及最后如释重负等心理感受，如：

> （旅行者）方燃火间，猝见亭柱上有印文，就而视之，则地方官告示也。略谓"山有僵怪，遗害行人……勿以夜过，致丧生命"云云。客众素知苗种中有僵怪，睹示大震。余舅性忠诚而胆细微，尤惧不可言，几纵声哭……
>
> 俄顷，履声橐橐，暗中若有人来，诸客相愕然，燃火厉声叱之。履声近，视之，人也，状若山民，貌极魁梧，插手笑曰："诸君想迷途矣……吾庐不远，便请过从如何？"诸客正苦山亭不足以避雨，欣然从之。
>
> 入室，主人谢众客，为此山除害，众亦快然。时众心安而思睡，相与倒头而卧……①

类似的描写只能突出故事之"异"而很难对僵怪产生之现实原因进行具体揭示。

惠如女士的《阉婚》亦津津乐道于奇人异事。小说主人公"阉某"由宦官变为巨商，并娶贵族女子为妻，经历颇具传奇性。叙事者为了在两千字的短文中顺叙其数年的"发迹史"，有意强化了"奇遇"在故事结构中的地位。如"阉某"本系一穷汉，"又一年而某之奇遇至矣"，遇到内宫南府总管，因善歌而被选入内宫；意外逢义和团之变，卷款逃出后宫，成为巨商，且入外国籍，"乃一变为蛹，再变为蛾，事宁有奇于此哉"。终焉向一贵族女子求婚，此事本属荒唐，而女子之家偏偏因贪图财富而允婚，"刀锯之余，天下所同耻，乃复一曲求凰，居然射雀，事又宁有奇于是

---

① 《小说丛报》第 4 期，1917 年。

哉"。单纯突出"奇异"情节的叙事结构，亦使乱世中的变态、荒诞心理等故事内涵未能充分表现。

再如姚琴祯女士的《一血剪》涉及自由婚恋的悲剧。小说主要转述了张鉴澄夫妻之间的一段谈话及费薛瑛的绝命书。由张氏夫妻的谈话可知张费之间相恋已久，只是使君有妇，罗敷有夫（费已订婚），难有结果。费薛瑛在绝命书中表示："自信既许于君，岂可再适他人？"叙事者则在结尾评论："情之祸人，亦烈矣哉！"小说中人物话语显示出薛瑛的"贞烈"，叙事者的语言则强调故事结局之"烈"，都未表现出引导读者进行理性思考的趋向。

从社会反响来看，内涵深刻的女性作品在当时更受到真挚的欢迎。杨令茀的《瓦解银行》1913 年 5 月 1 日在《小说时报》18 期发表时被冠以"名篇"的称号，幻影在《礼拜六》连续发表 15 篇小说，《礼拜六》的编辑钝根还在其《贫儿教育所》后面刊登启事说："幻影女士，屡承惠赐，慈光照人，曷胜感佩……"云云。这对于引导和帮助女性小说走向深化，具有不容忽视的积极意义。

第三节　限于既定价值体系内的女性自我追寻①

民初女性小说的女性视角，其基本特点是自居于弱势地位仰视男性，主要表现在其小说在选择描写对象、塑造人物及评判事物中自觉不自觉地接受反映一般男性思维特征的既定规则和标准，没有探索女性自我面貌的自觉要求。上文所述理性与非理性作家均有此弊端。这也说明只要女性满足于仰视男性，其眼光无论如何锐利，亦无法躲开男性的遮蔽，而看到自己头上那片明朗的天空。

选择描写对象并不完全等同于选择题材，题材可以指称家庭、伦理、社会、教育、侦探等大的类别，而描写对象则主要指在某一类别中叙事行

---

① 黄锦珠称之为"女性主体的掩映"，参见黄锦珠《女性主体的掩映：〈眉语〉女作家小说的情爱书写》，2011 年中国近代小说国际学术研讨会会议论文集，济南，2011 年 10 月，第 99 页；鲁毅则将其命名为"男性话语的文本实践及'越轨书写'"，参见鲁毅《鸳鸯蝴蝶派编辑策略与清末民初女性小说创作》，《济南大学学报》2015 年第 5 期。笔者在本书中界定为女性的主体间性，参见本书第六章"近代小说报刊与女作者群体的兴起"。

为的真正兴趣所在。民初不少女性小说讲述女性关心的家庭和婚姻故事，但很少作品真正表现女性所熟悉的生活细节和生活情趣。试观"理性"派作家幻影和"非理性"派作家姚琴祯分别在其《灯前琐语》和《一血剪》中有关家庭生活的一段描写：

> 女郎曰："姊亦太小心，不将甥儿交乳媪保抱，自讨劳碌耳。"妇曰："乳媪腐愚，最易误事。且堂上老姑慈爱甚，诸孙偶小病，辄为之镇日不宁，故宜仰体老人心，加意将护。汝姊夫终日营营，又何暇内顾。予念不为人妇则已，既为人妇，即当尽妇职，不敢为一己之学问，放弃家庭之责任也。"女郎叹曰："姊境遇尤佳，惟忙耳。若长姊则不堪问矣。夫顽姑恶，相处大难。度惟以眼泪洗面耳。"妇曰："我国家庭，大抵如是，求其雍雍睦睦者，百不得一。长姊处境虽拂逆，然无负于人，无忝于职，问心无愧，自有真乐，且儿已长成，苦尽甘来之日不远矣。"女郎曰："我国家庭，以贵族豪富之家为最纷乱，所谓家长主妇者，每以赌博为消遣，子女髫龄，即染恶习。某女士为小学教师，尝告予，六七岁龄之小学生，亦知博技，且有随母赴场赌番摊者。哀哉！中国家庭如是，尚何望乎振兴也？"
>
> ——《灯前琐语》

> "嗟嗟，吾述此中心惨栗，愧悔不胜。幸分属夫妇，非他人比，且深信姊于亲前，决不流露一二，故敢直陈以消吾闷。顾转念以思，又恐姊或因是以妒以怨，而恨及伊人，致数年来同师之友，相爱之情，从此而斩，是则某罪不更大也？故迟迟未敢言也。"
>
> 语时，绣燕楼头，夫妇两人并肩同坐，夫呈不愉之色。其妻屡屡问之，所答乃如是，不禁惊且疑，语之曰："有何愤懑事，不妨详以告我。妾何人，岂肯于亲前进谗言，又岂肯效世俗之人，垄断君之爱情也？约言之，誓守秘密，设法为君玉成耳。"夫曰："善。吾心碎，吾肠裂矣。姊即责吾，吾亦奚恤。但愿吾姊终能曲谅吾心。"
>
> 既而曰："费薛瑛，非姊同学，交称莫逆者乎？两月前，曾来访汝，近已绝迹，不踵吾门。但吾则朝夕过从未尝或懈……彼本姊友，辗转而为吾友，始则相爱，继则相亲，终则堕入情网……"
>
> ——《一血剪》

细读上面两段文字，《灯前琐语》以姐妹谈话展开家庭问题的讨论，《一血剪》则以夫妻谈话介绍情节的缘起，分别服务于阐述问题和展开情节的创作目的，个体性的家庭生活都并非主要描写对象。之所以出现这种情况，部分原因可能在于相对缺乏细节描写和场面描写的传统小说的影响，但也说明女性尚未把眼睫之前的具体生活天地自觉纳入小说创作的艺术视野（徐斌灵的《德国诗集》讲述夫妻之间的感情生活经历，属于特例，且这篇小说在艺术上较有特色，本书在下一节将详细论及）。

民初女性在创作小说时很少考虑到自身的生活特点，这固然可以避免使其小说的表现天地过于狭窄，但也削弱了创作主体的个性，说明女性尚缺乏足够的艺术创造性和独立判断能力。倘若与五四女作家描写"我自己的生活"的自觉性相比①，更能体会出二者之间的差距。

从选择描写对象到具体塑造人物，小说的性别视角必然由"隐"入"显"，因为小说对两性角色关系的安排方式，不能不表现出作者对现实中两性关系的认识特征。民初女性小说塑造人物形象，多数将女性置于辅助和顺从男性的地位，这一点集中体现了其女性视角的仰视特点。

幻影《絮萍》中絮萍拒绝刘氏母子的求婚，愿意献身教育，似乎有别于其他女性形象，而她这样表白不嫁人的考虑："一家良好，不吾足也。当养成无数好女子，使之分任改良家庭之责而后快。"后来刘氏子娶一妇，"习染浇习，不知妇德"，絮萍代教之，"讽以微言，涵以德性，宛转规劝，渐归于正"。事实证明絮萍不仅不反对"妇德"，而且以推广后者为己任。吕韵清的《彩云来》讲述女主角影娥因发展刺绣事业而赢得独立，但小说在结尾交代："（影娥）不十年积巨万。其时余（影娥之夫）已娶妾生子，客死异乡，而子尚幼。影乃出资扶柩，为营葬，抚妾而教子成名焉。"显然在以传统妇德的内容来表现主人公的道德完满。可见"理性派"所追求的女性理想人格虽然表面上增加了进取、独立等诸多内容，却依然以传统妇德为立足点。传统观念的深刻影响由此可见一斑。

民初女性小说的女主人公多为"贤妻良母"类型，徐斌灵《桃花人面》中的"灵芝"是一个例外。灵芝是"我"的同窗女友，婚后写信把"我"请去，倾诉因与表弟交往而被丈夫疑及贞操的痛苦与委屈。此事不

---

① 庐隐曾说："对于题材，我简直想不出，最后还是决定写我自己的生活吧。"此语出于《庐隐自传》，上海女子书店1934年版，第80页。

久灵芝即离婚，后来又再婚。"我"听另一位女友"冯女士"提到灵芝的现状，"有三个姑娘，一举一动都监视着，翁姑又很严"，但灵芝却依旧我行我素，"听说她从前离婚是与表弟有什么关系，至今还是如此，不知道真不真。有人还说曾见她与那表弟携手同行咧"。"我"觉得灵芝遭人如此非议，说明她不善交友，即写信劝她与众朋友搞好关系，但没有收到回信。几天后，"我"路遇灵芝，恰逢她与一位男子亲密地走在一起，"我"上前欲打招呼，而灵芝却"大有不能接近之状"，径自去了。

今天的读者从灵芝的立场考虑，不难体会其要求女性交际自由的愿望和反抗社会约束的情绪，但作品显然急于用道德评判的态度表明自己的立场，而没有兴趣分析、发露"另类女性"的特有心理。小说结尾这样描写：

> 我又回到上海本寓，不期在路上偶然遇见灵芝，倒被他一吓。地方是沪南的龙华，时候是三月，正是春风和暖、桃花开放之际。我与丈夫及爱儿三人同往游玩，瞥见前面过来一位打扮得天仙似的姑娘，张着灰色洋伞，半遮颜面，目光四射，似乎怕人瞧见。一个年轻男子并肩而行，且行且语，形状很觉亲密，却不像是丈夫。四边的人都对他们观看，一半是有羡望之意，一半是带嘲笑之态。我粗一看，似乎此人颇面熟，然而也不一定要想他是谁。到走近时，洋伞一斜，便露出他的全体面貌来。我此时宛如触电一般。不消说了，这美丽的姑娘就是灵芝……我丈夫问我道："是谁？"我道："此人么，曾在我家的邻居遇过他的。"①

"我"关心的是灵芝是否有出轨行为，而并非其出轨的原因，这里"我"的目睹"证实"了灵芝倾诉委屈情由不实，而冯女士所听到的传闻则非虚，"真假"鉴定构成了不容置疑的叙述主体，表达了轻蔑、鄙视灵芝的鲜明态度。拒绝正视、分析女性超越价值规范的心理及行为，这种态度从另一个角度显示了男权规范在女性小说人物形象塑造中的强大支配能力。

民初女性小说多系文言体，不少作品中在场的叙事者使用作者身份，

---

① 徐斌灵：《桃花人面》，《小说画报》第13号，1918年6月。

表达对事件的态度。叙事者的相关话语亦能表现出作家的性别意识。如秀英女士在其《杀妻记》中讲述了这样一个故事：英人麦克与德女梅丽相爱结合，后来第一次世界大战爆发，英德为敌，麦克因爱国故，杀妻奔赴前敌。如此残忍无理的行为，连《礼拜六》的男性编辑钝根都觉得过分。他在文后评价：

> 钝根曰：爱国诚可嘉，杀妻终太忍。麦克不欲与德妇同居，暂使归国可也。或竟叱而逐之，亦尤可也。处置之道多矣，何必杀？①

而秀英女士则通过叙事者表达态度说：

> 杀妻求将，昔我国之吴起曾为之，惟彼为一己之功名耳。若麦克以爱国故，竟杀其新婚之爱妻，令人可怜而又可敬。回视吾华男子，且有因狎日妓而卖国者，何中外人之不相及也。吁！可胜叹哉！②

赞赏与肯定态度溢于言表。女性作家对同性生命的尊重尚不及一个男编辑，这才真正令人"可胜叹哉"！"秀英女士"固然是一个极端的例子，但女性叙事者的话语不同程度表现出对女性价值的轻视，却是一个不容否认的事实。

正运女子的《薄命人》中有这样一段话：

> 大雪之夜，独坐一室。围炉不暖，重衾觉薄，捉笔指僵，阅书意乱，闷极无聊，解衣欲睡。忽闻户外哭声，自远而近，凄惨欲绝。正运诧甚，急启窗外视，则邻女金云，且行且哭，其悲痛迫切之状，令人不忍卒睹。正运闭户幽思，悄然泪下。伤哉金云，遭逢侘傺，备受酷虐，如此寒夜，犹啼哭道途，必有奇悲极郁，不能自制者。正运亦弱女子，无金钱势力以相助，殊可憾也。③

女性的弱者意识表露无遗。

幻影的《回头是岸》塑造了一个因情感失意投身教育的外籍女性。叙

---

① 《礼拜六》第七十七期，1915 年 11 月 20 日。
② 同上。
③ 《游戏杂志》第十九期，1914 年。

事者在结尾评价说：

> 吾闻欧洲高洁之妇女，遇失意事，辄寄其情于慈善事业，或来我国设婴堂，立学校以教养华人，虽尽瘁不恤。返观吾国妇女，则又如何？予见闻寡陋，未敢饶舌，惟近观小说，凡失意者，皆以一死自了，绝不念父母邦家，诚恐涓涓不塞，将成江河也。不忖简陋，而作是篇，以为失意者劝。幻影附识。①

劝导女性不必因失意于情感而自弃，这对女性生存价值的认识程度已经比宣扬在此情况下女性应"一死自了"者高出万万，但对比男编辑钝根的评语，仍可看出其保守倾向：

> 钝根曰：……然谓欧洲妇女遇失意事，辄寄其情于慈善事业，此言犹有未尽。盖欧洲妇女，大半服膺基督教，热诚所至，甘弃声色居处之好，而尽瘁于慈善事业者，正不必失意者为然……②

当然并非所有的欧洲妇女都因宗教信仰而献身社会，但钝根至少意识到女性可以把献身社会置于献身男性之上，不必因失意情感才"寄情"社会事业，这对女性价值的定位方式更为开明，显示出他作为"智识人士"的思维特征，非一般男性可比。而女性突破凡庸认识自我如此困难，亦显然受限于其内心深处的"第二性"心理。

民初女性小说在选择描写对象、塑造人物及评判事物中接受反映一般男性思维特征的既定规则，显示出其女性视角的仰视特点，说明女性小说真正书写自我的阶段尚远未到来。

第四节　艺术探索的混乱与创获

民初是女性小说的起步阶段，又是中国小说的转型期。这双重因素使女性小说的艺术探索呈现出一定的无序状态，同时又在无序探索中得到了一些创获。

---

① 《礼拜六》第四十八期，1915 年 5 月 1 日。
② 同上。

民初女性小说的艺术创获表现在叙事视角、叙事结构、叙事时间等方面。首先值得一提的是其叙述视角的突破。如徐斌灵的《德国诗集》，小说由"我"——一位少妇讲述这样一个故事："我"发现丈夫有外遇，而其情妇珠儿却是一个温柔善良、命运坎坷的少女，这使"我"的不满最终转化为满腔同情。这个故事涉及夫妻感情的隐私，作者又是一个成熟女性，容易使人怀疑小说有自传的成分，这对女性自传体小说的出现可能有一定的启示和影响。

而吕韵清的《狸奴感遇》和黄翠凝的《离雏记》，分别由"我"——一只狸猫和一个 6 岁的女孩介绍自己的经历，叙事者身份与作者之间则有明显的距离。两篇小说中"猫"和"小女孩"的个性特征均比较突出。如《狸奴感遇》中的狸猫"予乃于主人前作滚地之戏以娱之，往返回旋，柔若无骨"，"盖予兄为东邻买乞去，已经三月，闻歌寻声而返，自此恋恋弗去。女主逢人称道弗已，特遗尿于地，窃食于橱，皆讳而勿言"，类似之处，颇足解颐；《离雏记》中的小女孩"我每到家门，心里打算着我妈多分已经回来了，她手里一定拿着些什么东西，等我们回来分呢"，想念母亲与渴望得到东西的心理纠结在一起，颇能体现孩童思维的特征。

近代第一人称的短篇小说中，多是"我"叙述我的见闻，如吴趼人的《平步青云》（1907）、徐卓呆的《温泉浴》（1907）、报癖（陶佑曾）的《警察之结果》（1907）、苏曼殊的《绛纱记》（1915）。吴趼人的《黑籍冤魂》（1906）由"我"讲述我自己的故事，但作品开头和结尾中另有一个"我"（使用作者身份），作为故事的见闻者评述。这说明近代短篇小说第一人称叙事者人物化（直接参与故事）的艺术尚未成熟。在此情况下，女性小说则在第一人称自传式人物化和非自传式人物化方面均提供了比较成功的例子，其独创性应该引起我们的注意。

上文提到的徐斌灵的《德国诗集》及吕韵清的另一篇小说《花镜》，表现出一定的"诗化文本"特征①，初步突破了传统小说以情节为重心的结构模式。古代诗论强调"诗言志"，诗对创作主体而言最具表现性；而小说则主要用来"补正史之阙"（指文言小说的采集民俗功能）和"羽翼

---

① 此处提出的女作家小说的"诗化文本"特征得到了郭延礼师的认可，后者将其概括为民初女作家小说艺术创新的重要表现之一。参见郭延礼师《20 世纪初中国女性小说家群体论》，《中山大学学报》2011 年第 2 期。

信史"（白话小说普及性地讲说历史），着意于讲述故事，叙事速度过快，不利于表达作者的情思和志趣。诗化小说对加强小说的表现功能具有重要意义。考察近代小说，诗化文本尚极为少见，因此上述女性小说中的诗化文本对于研究诗化小说及近现代小说表现性的增强等课题均有重要意义。

吕韵清的《花镜》有两条情节线索：明线讲述新藻如何帮助幼稚、浅薄的少妇绥珠成长为贤妇人的故事，暗线则描写卖花女薛妹在新藻与绥珠居室一带售花的经历。小说以新藻的佣人勤先的一段话及叙事者的评论干预点明了"花"与"人"之间的联系，从而使两条线索得以相互映照：

> （薛妹）言次，解晚香之束，令女（勤先）自择。并以闹红数剪予之，曰："晚香太素，宜以此花伴插，则红绿相间，愈悦目矣。"女摇首曰："此洋牡丹耳，有色无香，流品斯下。吾主尝言，梅兰秋菊，品格独高，任近何花，亦能自保其芬馥。设在他卉，则一经劣品熏染，若人之交友，未有不气味同化者，可不慎所择哉？"……而吾（叙事者）至此，试综薛妹篮花，以方少妇（绥珠）。若娇小之茉莉花，轻盈之玉兰，以及凤仙洋菊之类，咸不足以相比。所可仿佛者，其惟含笑花欤？盖其笑靥尚开，憨态可掬；方以含笑为当，特惜华饰浓姿，俗而不韵，其无诗书涵育从可知矣。①

勤先之语以人喻花，使卖花的举动充满了人文气息；叙事者则以花喻书中人物，使人物描写形象而灵动。"花"与"人"之间的互喻关系，赋予小说以一定的寓意诗化文本的特征。

诗化倾向更明显的是徐斌灵的《德国诗集》。"德国诗集"指"我丈夫"经常讲到的德国诗人莱奈乌氏的作品。小说首尾照应，突出了"诗集"中的诗意在小说意蕴层次中的重要地位：

> 我丈夫是德国文学科出身的学生，他在德国诗人之中，最爱莱奈乌氏的诗，这一种金边的小形诗集，常在他书桌上。这位先生的诗，读了如见暮春落花，如闻少女夭逝。我丈夫时常讲给我听，这悲怆的诗味，最足令人感心。不想我有生以来的境遇，恰与莱奈乌氏的诗一般。
>
> ——开头

---

① 《小说大观》第四集，1915 年 12 月 30 日。

　　我回到家中，一抬眼就看见那金边革面的德国诗人莱奈乌诗集。一见这德国诗集，就想起珠儿（"我丈夫"的情人）。咳！这德国诗集，不想竟成了我那伤心材料咧！

——结尾

　　故事中"我"经人提醒，有些怀疑丈夫已有外遇，丈夫在一细雨之日坦白承认自己情感出轨，并述及其情妇珠儿病重，将不久于世。故事高潮迭起，而反复的景物描写和心理描写却增强了抒情气氛，缓冲了情节发展的张力：

　　　　其时有种种传闻入我耳中……我暗想或者有什么秘密的书信藏着没有。在抽屉书架内四面寻觅，一些也找不到……

　　　　到明年春间，在柳暗花明的时候，我靠在楼上窗口，眺望外面景色，觉得我家四面的景象，大有留春不住的样子。我一见暮春将去，不免又想起那久未提及的莱奈乌氏诗来，心中非常悲凄。可怜我欢乐的春日，已梦也似的过去了……

　　　　我丈夫似乎亦已打定主意，向我说道："这种话，却是很难对你说。"他说了一句，又不接下去，便道："我实在做错了事，非先向你谢罪不可。（以下讲述其外遇和珠儿的病况）"我问道："如今你说要死，究竟怎样了？"丈夫道："他生在平和的山中，性质荏弱，怎能在这喧哗不堪的都会中度日呢？肺部有病了。"……我不觉也陪他挂下泪。从玻璃窗内，瞧瞧外面的景象，如临画图，明明是一幅暮春的写景……①

　　类似之处清晰地表现出传达诗意为小说的主要创作目的。
　　小说频频提及德国诗集，而其浓郁的自怜自伤情调却表现出女性情感特征，与传统闺秀诗词似有更深隐的联系。如以下句子：

　　　　我在学校时代把自身譬喻作野外开着的无名之花，时常伤心坠泪，世上的悲哀，世上的烦恼，怎么恼得人如此呢……我譬如春天开着的无名之花，我丈夫好奇，把我采集供养了已有三年，我总也忘不

---

　　①《小说画报》第16期，1918年9月。

掉的……

　　某君所著的小说，我更爱读他最有名的《秋水记》，其中的女主人公紫云真是写得令人伤心，你想他在大病之际，心中挂念丈夫，还强是把蓬乱的头发梳好，装饰整齐。想到他此时的心理，怎能不替他难过。有一天我还与丈夫谈起此事，他说："不错，小说果真作得好，我也极佩服，不过紫云的性格，不很明了，为了这一点事，就害起病来……"我就驳道："不然，女子性质，大半如此柔弱，失了依靠，没有一个不如枯叶一般，绝无生气的。"①

　　这些地方表明叙事者在以传统女性"温柔""感伤"的情感特征体验和把握生活，读之令人联想到历代闺秀诗词中如"莫道秋来不憔悴，满庭都是断肠花"②"销魂不待君先说，凄凄似痛还如咽。还如咽，旧恩新宠，晚云流月"③"恨此生却似，海棠开无主。佳期难据。怕鱼沉雁杳，寻伊何处"④之类句子，其中莫不包含期待幸福而深知祸福难由自主的感叹。

　　女性诗词传统中的忧郁和感伤气质渗透在女性的艺术思维中，对现代女性创作（包括小说创作）有着深远的影响。徐斌灵的《德国诗集》刻意渲染忧郁、感伤的诗性氛围，启示了在小说创作中延续女性诗词传统的可能，对于认识某些现当代女性小说中的诗化和抒情化因素具有重要的参考价值。

　　民初女性小说中亦有某些作品，如幻影的《灯前琐语》《慈爱之花》等描写生活的一个场景，没有明确的时间刻度，这对突破传统小说有始有终的叙事时间模式亦有一定意义。

　　传统小说文本叙事的所指时间一般明确对应历史时间，且尽力保持时间的线性连续，以显示故事的内部世界与真实的外部世界之间的联系，达到"补史"和"羽翼信史"的创作目的。现代小说的一个重要特点即在于加强叙事主体驾驭叙事时间的个体性，丰富叙事时间与历史时间的对应关系，以深化小说表现生活和阐释生活的能力。

　　以往在考察近代小说的时间处理方式时，已经发现了倒叙、插叙及截

---

① 《小说画报》第 16 期，1918 年 9 月。

② （明）叶纨纨：《秋日偶题》，《芳草轩遗稿》。

③ （明）徐璨：《忆秦娥·春感》，《拙政园诗余》。

④ （清）方是仙：《女冠子》，《萍香词》。

取生活的横断面等新的因素，但很少把这时期的女性小说纳入考察范围。如幻影的《灯前琐语》《慈爱之花》的叙事时间均为斩头去尾的"剖面式"，二者分别转述两姊妹关于家庭黑暗问题和个人立志问题的谈话，结尾分别云："妇乃怅然而起，道晚安而去，女郎亦灭烛就寝。天上月光辗转出没，犹与层云相激战云"，和"妹呼曰：'夜深矣，吾侪宜返室，天下无难事，坚毅可成功也。'姊点首，遂相将入室去。园中寂然，惟余月明花影"。均恰当地表现出作者的忧患意识，而没有执着于交代事件本身的起讫。两部作品与《买路钱》（徐卓呆著，1907）、《化外土》（朱炳勋著，1910）、《地方自治》（饮椒著，1907），都是近代小说中在截取生活横断面方面较有代表性的作品。

如上所述，近代女性小说在叙事视角、叙事结构和叙事时间等方面的突破，显示出女性关于小说创作的巨大潜力。而表现在小说文本中的一些粗制滥造现象，同时又说明有些女性作家对于小说艺术探索尚没有足够的自觉意识。如秀英女士的《青楼梦》等作品有多处情节漏洞；绿筠女士的《金缕衣》几乎就是《皇帝的新衣》的译本；幻影在作品中频频表示"爰凭理想，撰成是篇"（《贫儿教育所》）、"幻影草是篇，亦为难民请命也"（《噫！惨哉》），其作品宣传和说教成分失之过重；等等。女性的小说创作潜力在其具有足够的探索意识之后必然能得到更充分的开掘，支持女性小说展开真正的起飞。

结　语

通过考察民初女性小说的运思方式、女性视角和艺术探索可以发现，此时的女性小说在理性思索和艺术表现方面均表现出一定潜力，对现当代女性小说有着深远的影响。徐斌灵的《德国诗集》、吕韵清的《狸奴感遇》及黄翠凝的《离雏记》关于第一人称自传式人物化和非自传式人物化的尝试，《德国诗集》与吕韵清的《花镜》对小说诗化途径的探索，幻影女士的《灯前琐语》《慈爱之花》截取生活横断面的创获等，均为近代小说在叙事视角、叙事结构、叙事时间方面转型的重要例证。这些例子的发现，对认识近代小说具有重要意义。

近代女性小说虽取得了一定成就，但探索自我面貌的意识尚远未成熟，其女性视角的自贬和自抑倾向更暴露了女性的"第二性心理"。歌德在其《浮士德》中曾热情呼唤:"永恒之女神,引领我们飞升。"而女性自身的飞升之路却艰难而漫长。握笔创作小说的女人最终成为艺术女神,需要凤凰涅槃般的精神提纯和磨炼。至于书写了女性群体创作小说最初篇章的民初女性小说,其得失将值得我们永远铭记。

第三章

民初小说界女作家里籍生平考论（上）

——浙江籍女作家

第一节　"慧而解事"的通俗写手：吕韵清

一　生平事迹：追寻理性和智慧的一生

（一）吕韵清生年和生父

吕韵清，又名吕筠青，浙江石门（今桐乡市崇福镇）人，字逸（初）。亦署石门女士吕逸，号友芳旧主、韵清女史。在上海小说林《女子世界》撰有诗作《题女子世界侠女传后》《寄张竹君女士》《忧国吟》《女魂》等。① 筠青的远祖是明末清初思想家吕留良。辛亥革命后，韵清曾上书浙江都督蒋尊簋，请改崇德县城东岳庙为吕留良专祠，以颂扬祖德。② 沈惠金《吕韵清：绝妙风华笔一枝》③ 说韵清"父亲是太虚法师吕在廷"，不知何据？据《太虚大师全书》载："太虚大师（1889—1947），中国近代佛教界的领袖，新佛教运动的巨擘，民国以来佛教革新运动的倡导者，十六岁出家，十八岁受具足戒于宁波天童寺寄禅和尚，法名唯心。"④ 而吕在廷（1881—1958），一名元兴，字肖夔。光绪二十六年（1901）秀才。曾为崇

① 陈玉堂编：《中国近现代人物名号大辞典》，浙江古籍出版社 1993 年版，第 146 页。
② 颜剑明：《关于吕留良的画像》，《嘉兴日报》2003 年 5 月 6 日。
③ 沈惠金：《吕韵清：绝妙风华笔一枝》，见《嘉兴日报》2011 年 8 月 8 日《南湖副刊》。
④ 《太虚大师全书》，宗教文化出版社 2004 年版。

德县修志副馆长。这两个人生年都晚于韵清，不可能是她的父亲。

韵清生于清同治年间，南社著名女诗人徐自华（1873—1935）《寒谷生春记》、秋瑾之弟秋宗章《记徐寄尘女士》都曾谈到吕韵清与徐自华的少年往事，可资了解韵清生平：

> 会友芳旧主（指韵清）亦翩翩来集。友芳余总角之交也。三十年前，嘘寒问暖、伴读聊吟，几无片刻之离。先君视同犹女，暇辄教之度曲，自以碧玉箫倚声属之。月明凉露，往往夜午不休。余《忏慧词》中，《意难忘》一阕即感此事而作也。今忽忽十数年矣，美人迟暮，业已洗尽其铅华，赁庑萧骚，终难忘夫结习，盖顷正与倦鹤、小凤、朴安诸子，有《七襄》杂志之刊，兼与病倩相倡和，故兹特来访也。
>
> ——《寒谷生春记》

> 其（指徐寄尘）尊人杏伯先生，风流蕴藉，有名士气。尝于所居月到楼中，授女士以昆曲，杏伯先生挟笛，女士与义妹吕韵清合谱"赏秋"等阕，丝竹达旦，不亚霓裳风景。①
>
> ——《记徐寄尘女士》

她与徐自华为"总角之交"，又被后者称为"义妹"，生年当略晚于1873年。② 韵清幼年失怙，受自华父亲徐多镠（杏伯）怜爱，视同义女，与自华姐妹一同成长，浸染琴棋书画等传统教育。

韵清《返生香》小说中一个重要的女性角色馥馥，同样幼年失怙，赖杨公夫妇怜爱，与杨家静娴小姐一同长成，经历或与韵清相似："乃父历任浙西教谕，仅有子女二，男名寿寿，女即馥馥也。孰知寿寿仅七龄，乃父遽殁于任。母夫人提携弱小，扶柩南归，而寿又失踪，遍访无着。母乃忧痛交集，病发于床，家事赖一老妪主持。妪识吾家陆妈，尝携馥馥至吾家。内子怜其孤弱，馥又慧辩绝伦，遂留伴静娴读书。邻居勿远，往返固

---

① 秋宗章：《记徐寄尘女士》，《秋瑾史集》王去病主编，华文出版社1989年版，第99页。

② 郭延礼说吕逸"年龄略长于徐自华（1837—1935）"，其中"1837"当是"1873"之误。笔者不同意郭延礼此处判断：吕逸被徐自华呼为"义妹"，被赞许为"天生道韫小者佳"，年龄当略小于徐自华。参见郭延礼《20世纪初中国女性小说家群体论》，《中山大学学报》2011年第2期。

甚便也。"

沈惠金提到的吕在廷固然不可能是韵清的父亲，但在廷父吕序镛，据《海宁州志》记载："吕序镛，字金声，号夔卿。石门人，诸生。幼聪颖，从王宝铨游。年十六入邑庠，两应乡试，均荐而不售。生咸丰丙辰（1856），卒光绪庚辰（1880），享年仅二十五。著有《凝青集》。吕序镛妻陆贤贞。吕序镛妻陆氏：虹舫女，适石门吕，越十八月寡，年二十八，食贫，矢节抚腹子，藉缝纫度日，现年四十四。"

1880 年，韵清 7 岁左右，因失怙受徐杏公格外怜爱，带到家中与亲女自华等相处，孩子们成为"总角之交"。如果这个吕序镛是韵清生父，似乎能说得通。只是州志记载陆氏"越十八月寡"，抚遗腹子吕在廷成长，那她似乎不该先有一个女儿。即便有一个女儿，也不可能与徐自华年龄相仿。陆氏 26 岁嫁给吕序镛，她是否后者继室？吕序镛是否有个前妻？

（二）石门姐妹

韵清擅诗词，少年时即被徐杏伯誉为"谢道韫"。徐自华在 1903 年所作的《和小淑新秋玩月元韵》曾提到此事：

> 病废针工懒废诗，今观佳句且酬之。
>
> 月明三影瑶阶散，又见聪明笔一枝（髫年时韵清、兰湘共吟咏，先叔父赠句言："月明三影共瑶阶，道韫天生小者佳。"）。①

幼年丧父的吕韵清聪明伶俐，天分很高。徐自华的父亲徐杏伯喜爱音乐，常教自华和韵清学唱昆曲。吕韵清与徐自华相伴同居徐家月到楼，每逢月明，则徐杏伯吹笛，吕韵清与徐自华"合谱《赏秋》等阕，丝竹达旦，不亚霓裳风景"，"明月下，按霓裳"②。少年吕韵清与徐自华伴读联吟，朝夕相处，结下深厚的姐妹情谊。吕韵清的少年时期几乎是在徐家度过的，她诗词写得很好，尤其擅长绘梅花，她的文艺功底无疑植根于

---

① 徐自华：《和小淑新秋玩月元韵》，《徐自华诗词选抄》，郭延礼点校，选自《近代文学史料》，中国社会科学院文学研究所《近代文学史料》编辑组，中国社会科学出版社 1985 年版，第 77 页。

② 徐自华：《意难忘秋宵忆韵清》，《徐自华诗词选抄》，郭延礼点校，选自《近代文学史料》，中国社会科学院文学研究所《近代文学史料》编辑组，中国社会科学出版社 1985 年版，第 98 页。

徐家。

1902 年，石门知县林孝恂把有 700 年历史的传贻书院改办为石门县学堂，任举人曹宝骏为堂长，聘请萧山人韩澄总理教务。韩澄，字靖盦，一作静庵，书法名家，富有革新思想。1904 年春，韩靖盦商同石门士绅吴宝骥等人创办石门公立文明女塾，延请吕韵清教授各课。韩靖盦受聘兼任上海小说林主编《女子世界》杂志的调查员，经韩引荐，吕韵清的诗歌、小说、传奇故事等作品接连在该刊发表。①

清光绪三十年（1904）七月，《女子世界》第七期发表署名"石门文明女塾女教员吕韵清"的组诗《忧国吟》，诗曰："沉忧日抱杞人思，怕见江山破碎时。叹息蛾眉难用武，临风空读木兰词。体言红粉喜谈兵，为感时艰也不平。屡欲臆睫双剑起，桃花马上请长缨。鸣不能平每放吟，忍看西力渐东侵，闺中尚洒伤时泪，谁说人无爱国心！千秋女杰有秦梁，不信军中气不扬。我愤时艰无死所，拼教马革裹沙场。横流沧海奈时何，拔剑空吟砍地歌。热血一腔无洒处，为民我愿溅强俄！"是诗一出，好评如潮。

1906 年春，嫁在南浔梅家的徐自华受聘主持浔溪女学。吕韵清受徐自华之邀出任国文兼图画教员，适逢鉴湖女侠秋瑾也来浔溪女学执教，几位相处甚欢。同年夏，秋瑾离开南浔去上海，徐自华也辞职回乡侍奉双亲，吕韵清遂辞去浔溪女学教职，到上海住过一段时间。据说在此期间还掩护过准备起义的秋瑾和同盟会会员陈伯平。② 1927 年，杭州举行秋瑾殉国 20 周年纪念活动，吕韵清赋诗六首，收入《秋侠殉国廿周年纪念特刊》，其中第三首是追忆秋瑾殉国前到崇福造访自华募集资金及诀别，韵清前往相会之事："丁未五月十三夜，秋瑾自申来访，寄尘遣使速逸往谈，留徐氏家三日……灯窗灯影话三更，醉语惊心不忍行。闻说阎浮新折简，重逢或可卜来生。"少年时期和青年时期的吕韵清，受血缘和地缘社交文化圈③的影响，性格中兼具文人风雅、士子血性双方面特征。

---

① 有关韩靖盦事迹及其与韵清之间关系，参见沈惠金《吕韵清：绝妙风华笔一枝》，《嘉兴日报》2011 年 8 月 8 日《南湖副刊》。

② 同上。

③ 女性交际网络的近代演变理论，参见魏中林、花宏艳《晚清女诗人交际网络的近代拓展》，《暨南大学学报》2011 年第 2 期。

（三）写《白罗衫》寄托对秋案的感慨

与秋瑾的交往对吕韵清有很深刻的影响。韵清1914年在《七襄》发表的小说《白罗衫》，塑造了一个反面角色柳萍，后者入过女学，后参加北伐，似乎是革命女性，但她的丑恶行径却令人不齿。她为人做妾，携金私奔，事败入狱。对外却托词为同盟会会员，因被怀疑而入狱。后来加入女子北伐团，担心自己旧年丑事被知情人、同盟会会员赵武播扬，又深恨赵武对她态度冷漠，遂设计告密，导致后者被捕牺牲。

秋瑾就义，世人盛传秋瑾系因被出卖而遇害。"告密者"先被认为是胡道南，后被认为是章介眉。《鲁迅全集》第一卷《坟》第四段说："秋瑾女士，就是死于告密的，革命后暂时称为'女侠'，现在是不大听见有人提起了。革命一起，她的故乡就到了一个都督——等于现在之所谓督军，——也是她的同志：王金发。他捉住了杀害她的谋主，调集了告密的案卷，要为她报仇。然而终于将那谋主释放了，据说是因为已经成了民国，大家不应该再修旧怨罢。但等到第二次革命失败后，王金发却被袁世凯的走狗枪决了，与有力的是他所释放的杀过秋瑾的谋主。"此文入选中学课本，注释中说这个"谋主"是胡道南，而胡早在1908年就因被怀疑为秋案告密者，被王金发暗杀。鲁迅所说的只能是章介眉。韵清笔下的柳萍，是否影射章介眉？

如果《白罗衫》确为感慨秋瑾之事而做，"白罗衫"之名有可能根据秋瑾被捕就义时"着白色汗衫，外穿玄色生纱衫裤"而虚构。那么此作就像鲁迅小说《药》写夏瑜被害一样，把主角虚构成为男性革命党人。区别在于鲁迅感慨所系，主要是国民蒙昧，启蒙者任重道远；而韵清强调的则是赵武作为一个普通人有致命的性格缺陷，既直率开罪小人，又没有自卫之心，故而招祸。作为一个自小多历艰辛的女子，韵清更关心的可能是如何规避人生风险，理性面对人世沧桑。正如韵清小说《返生香》中，叙事者借人物于丹初之口评价孤女馥馥："馥小姐已既失所怙，而有母如无，家居寂寞，生趣尽矣。凡忧患两字，易断丧儿童天性，脱非往来于尊府，得主人甘露春云之庇，乌能活泼泼地如今日者。尝察孤儿女性质，大都异于常儿，或勤笃耐劳，或慧而解事，令人怜悯，不致流离失所。而遭遇即在其中，虽不乏顽强愚蠢之流，然究居少数，岂天怜孤弱，特赋良能欤。"这应该是韵清的夫子自道。

（四）结缘近代报刊和社团

正如徐自华在《寒谷生春记》所回忆，当时韵清正与南社作家倦鹤（陈匪石）、小凤（叶楚伧）、朴安（胡朴安）、病倩（陈去病）等人商讨编辑小说杂志《七襄》。其《凌波阁》《狸奴感遇》《白罗衫》后来都刊载于《七襄》。她同时也有多篇小说发表于《小说丛报》《春声》《香艳杂志》等"鸳鸯蝴蝶派"报刊，与后者渊源颇深。其"劝俗导俗"的小说观念更与民初"鸳鸯蝴蝶派"相契合，而与晚晴"小说界革命"旨趣不同。魏绍昌《鸳鸯蝴蝶派研究资料》和芮和师《鸳鸯蝴蝶派文学资料》都将韵清作品列入《鸳鸯蝴蝶派小说目录》，把她当作"鸳鸯蝴蝶派"的代表作家之一。与早期作品借助血缘、地缘等为基础而得以人际传播不同，韵清在民初以后的作品流传，尤其是小说作品，主要经由报刊和社团而实现。本书第七章将着重强调，吕韵清是民初女小说家中少有的与南社、"鸳鸯蝴蝶派"两大文学派别都有很深渊源的一个，是民初小说界社交观念和传播意识最自觉的女作家之一。此处不赘。

韵清的夫婿王艺也是"鸳鸯蝴蝶派"代表作家，著有《语怪》《孤雏泪史》《斗富奇谈》《纨绔镜》等小说。据沈惠金文介绍，吕韵清少年丧父，事母至孝，直到母亲故世后才嫁与王艺，定居杭州。王艺字兰仲，别号无愁、毋仇等，年龄比韵清小几岁，民初曾供职浙江省水利局，居住在杭州旧藩署内东公廨 24 号。王艺善书法，有汉魏金石风骨，而韵清善绘画，杭城以得其夫妇合作之扇面为荣。夫妻俩无子女。

韵清精通绘画，曾任石门文明女塾和浔溪女学的图画教员。当今画家、嘉兴名士吴藕汀的《画牛阁谭艺》"1975 年 9 月 10 日"条曾提到吕韵清："吕逸字韵清，能画梅花，很秀丽，女史笔耳。我见过张鸣珂《谈艺琐录》原稿，其中也收入了她，在刻印时，有人诽谤她而把她删去了。我已写入《近三百年嘉兴艺人志》中，希望不使她湮没无闻。"① 韵清小说擅长景物描写，谋篇工稳且颇有格调，与其绘画才能密切相关。张鸣珂《谈艺琐录》刻印于 1929 年，不知当时何人因何事诽谤韵清？张原稿中如

---

① 2001 年，吴藕汀的长子吴小汀辑录吴藕汀写给书画家沈侗廎书信中的谈艺部分，在嘉兴《秀洲文化报》第十四期的第二版选登，标题是《画牛阁谭艺》，署吴香洲等辑录。2005 年，吴小汀在原文基础上重新辑录至 14 万字，整理为《药窗杂谈》，由中华书局出版。

何谈及韵清画艺的？

抗战初期，徐自华的小妹徐蕴华（小淑）曾写过《春暮怀人》一组诗，其中有一首是怀念吕韵清的，诗云："绝妙风华笔一枝，又工词曲又工诗，梅花零落孤山后，断肠难寻老画师。"并有注云："君工诗词，兼擅丹青，久寓西湖，以文墨自遣，浙江沦陷后，竟不知君之行踪。"一生理性，崇尚智慧，对生活从无妄求的韵清，最终结局竟是不知所终，这确实是时代的悲剧。

二　韵清小说：慧言劝世的通俗佳作

1909 年，小说进步社发行的《新聊斋志异》中有《吕筠青女史之评小说》一文，从中可读到吕韵清对《水浒传》《三国演义》《红楼梦》《金瓶梅》等小说的评论。足见韵清早年即对通俗小说感兴趣，而且对小说写法颇有心得。

古代小说有着以"志怪""传奇"而警世、醒世、喻世的传统。这是将愉悦功能和教育功能集于"小说小道"一身。包括"三言"的"无奇之所以为奇"，也还是追求洞幽烛远、洞彻人生之"奇"，以达到劝谕效果。清末"小说界革命"鼓吹"新小说"以"新一国之民"，推崇小说的教育功能而贬低其愉悦功能。小说的文体地位受到空前肯定，而通俗小说则被贬斥。清末民初的黑幕小说、狭邪小说、"鸳鸯蝴蝶派"小说，先后都曾受到梁启超、鲁迅、沈雁冰、周作人等为代表的"新文学"作家的批评。在这样的小说家阵营中，吕韵清无疑属于"旧小说"派，其作品延续了通俗小说传统，是传"奇"以"劝世"的典型，无怪乎被视为"鸳鸯蝴蝶派"的代表作家之一。

1914 年，吕韵清署名"韵清女史"，在《七襄》杂志连续发表《凌波阁》（11 月 17 日，第 12 期）、《狸奴感遇》（11 月 27 日，第 13 期）、《白罗衫》（12 月 17—27 日，第 15—16 期）三篇小说。1915 年，在中华图书馆《女子世界》第 3 期（3 月 5 日）署名"韵清女史吕逸"发表《秋窗夜啸》，在《小说丛报》署名"韵清女史"发表《彩云来》（4 月 30 日，第 10 期），在《香艳杂志》第 10 期、第 11 期先后署名"吕韵清""韵清女史"发表《血绣》《情殉》，在《小说大观》第 4 期（12 月 30 日）署名"韵清女士"发表《花镜》。1916 年，在《春声》第 2 期（3 月 4 日）、第

5期（6月1日）署名"韵清女史"分别发表《金夫梦》《红叶三生》。合计先后在小说期刊发表10篇作品。其中《血绣》即《白罗衫》，《情殉》即《凌波阁》。故合计在报刊发表小说共8篇。是民初小说界最高产的女作家之一。①

韵清另有两部单行本小说传世：

《石姻缘》（哀情小说），上海文明书局1917年2月初版，署名"韵清女史"。

《返生香》（绣像言情小说）第一至十四回，上海广益书局民国三十五年新1版，署名"韵清女史"。

（一）传"奇"以"劝世"

如前文所述，在民初小说家阵营中，吕韵清无疑属于"旧小说"派，其作品是传"奇"以"劝世"的典型。兹分析其作品特征如下。

其一，情节富有传奇性。

如《凌波阁》叙周涵秋与史凌波相爱，史母因周家贫困不欲联姻，凌波病死。周娶妻田氏，少年登科，正得意之时，赁屋凌波阁，心惹情魔，时常梦见凌波，不久即病逝。《秋窗夜啸》中去凤为好赌的兄长做女师兼内记室，才孝双全，奉母终身不嫁。邻人梅生对去凤情有独钟。去凤为斩断梅生情根，设计作鬼声惊母，迁居他处。《彩云来》叙写影娥、絮才两位才女的婚姻悲剧。故事开头影娥看到蛛网缠住两只蜜蜂，紧急施援后，一蜂不治，另一蜂则返生。预示了影娥、絮才两人的不同命运。影娥曾得一梦：梦见与絮才登山，遇山洪，絮才不幸没顶，而影娥得一神女赐扇，幸登彼岸，神女并赠扇，谕示影娥得此扇将"半生吃着不尽"。其后影娥被休弃，无意间发现扇子上蚕丝成绢，领悟新织法，以新奇潮扇创业致富。《返生香》叙于丹初手绘梦中亭台楼阁，竟与杨家可园别无二致。丹初被邀建造废园，客居生活中见证杨家衰败并拯救危难中的杨家女儿静珊、儿子瑶叔。小说写月夜水阁小宴，近视的敏甫无意中看到窗外一个半

---

① 郭延礼说吕逸发表小说10篇以上，可能计算的是篇目总数，而未计入刊于《香艳杂志》的《血绣》《情殉》分别为《白罗衫》《凌波阁》易名再发表的作品。郭延礼师所做统计参见其《20世纪初中国女性小说家群体论》，《中山大学学报》2011年第2期。另，鲁毅《鸳鸯蝴蝶派编辑策略与清末民初女性小说创作》文中提及，吕韵清有小说《我之新年》，不知见于何处。参见《济南大学学报》2015年第5期。

截之人，失声惊叫，走近原来是杨家公子撷珊。敏甫好利，撷珊无能，后来都被证明无补于家，宜乎一为近视，一为半截之人矣。杨公暴毙，而本人似乎预知不测，对儿女后事做了诸多安排。《狸奴感遇》写"予"为前世名妓，今生托体狸猫。上述情节都有一定超自然性。

即使不依赖超自然力，韵清笔下的故事也大多奇崛而超乎想象。《凌波阁》《金夫梦》写女方嫌贫爱富，而男方陡臻富贵，徒令势利之辈贻笑大方。《白罗衫》中赵武被陷害身死，妻子投缳，岳丈出家，一家人遭际之惨，令人咋舌。《彩云来》中絮才由受宠到被弃，郁悒而终；影娥赠予絮才的诗稿被女佣误带出闺阁，来生无意中捡到，题在扇上，使影娥被夫婿误会厌弃；影娥被休弃后万念俱灰，发现新奇蚕织之法创业致富，而前夫则已客死，反而多赖影娥，才得灵柩归乡，稚子归宗。《返生香》叙杨家巨变，子侄如撷珊、敏甫只顾自保而不暇，女儿静娴在婆家饱受蹂躏；当年受杨家荫庇的馥馥却飞上枝头成凤凰，不忘旧交，拯救危难中的静娴；丹初受杨公遗嘱，为静娴取回预存的遗产；静娴心仪的瑶叔却被证明原来是杨家骨血，无怪乎杨公执意不允两人的婚事。以上情节中，几乎每个人物的命运都有逆转性的根本变化，令人称奇。

其二，结构得当，笔法周严。

韵清小说情节跌宕而不显突兀，主要在于其结构得当，颇得笔法三昧。《凌波阁》中史凌波之名与阁名的耦合，使周涵秋赁居、情梦、病逝于凌波阁一系列情节有了几分理据。《彩云来》中影娥梦中得神女赠扇，生活中又频频受傅姨警示，认真学习织绣，都为其日后依赖自身技艺谋生埋下了伏笔。《返生香》中丹初多次代瑶叔求婚，而杨公一直不允，且表现出有难言之隐，也是后文中丹初发现瑶叔真实身世的伏线。叙事者对撷珊、敏甫、静娴、馥馥等人品格的定位，也早已预示了其结局。韵清单行本小说《石姻缘》有内容提要，极赞作者运笔之妙：

> 此叙一女子与一男子同居同学，两小无猜，女貌郎才，两家父母已默许矣。而为伯所迫，另字恶宦，嫁日自刎而死。书中前半写其娇憨，中间写其绮旎缠绵，后半写其慷慨激烈。而以石始以石终，事实尤奇变可喜。通体有正笔，有反笔，有埋伏、呵应笔，确尽行文能

事，不图于闺阁中得之。①

其中提到这本小说"以石始以石终"，又"通体有正笔，有反笔，有埋伏、呼应笔"，总结了此作在结构上既有总体上的全局观，又重视细节之间相互照应关系的双重特点，不仅符合《石姻缘》的具体情况，也道出了韵清小说作品的总体特点。

其三，叙事有明确的褒贬劝惩态度。

韵清叙事主要通过三个方式表达褒贬：

形象塑造，以美丑分别点染善恶。如《石姻缘》写强行将女主人公婚配富贾而使其被迫自尽的"伯父"："……伯貌滋奇，而鼻尤异。喜则赤，至于怒，亦呈异采，习见者无勿知者。至如耳之构造，亦与人殊。耳本反张，上端殊锐，厥状若范发之刀。喜则静，一怒则伸缩上下，若润之辨雨，无或爽者。故论伯者，谓其鼻司贪，千怀勿能餍其欲；耳司忍，任人哀告，勿听也。"《返生香》中的贪鄙之徒利生"体瘦而其颈尤长，偏掣于左，其貌本非甚丑，特颈项一偏，眉目与口角随之，而又青黄色，毛窍开张，有类未熟之枯，且喙尖而牙垢，言谈时，唾星四射，令人欲呕"。《花镜》写乏主见易受人蛊惑的绥珠："所可仿佛者，其惟含笑花欤？盖其笑口常开，憨态可掬，方以含笑为当。特惜华饰浓姿，俗而不韵，其无诗书涵育，从可知矣。"《返生香》描摹稍嫌寡情的敏甫"疏眉薄唇，鼻间两节隆起"。以上人物大抵都品貌相衬。

因果结构，以泰否分别归于善恶。如《石姻缘》中的恶伯、《返生香》中的利生，挖空心思挣来财货，却转瞬即空，最终是金尽人亡的结局。《白罗衫》中的赵武、《金夫梦》中的佩秋，一念之差贪慕虚荣或美色，也付出了惨重代价。《返生香》中丹初信守杨公遗嘱照拂静娴，最终得善良慧黠的翠姐为良配。善恶到头终有报，是韵清小说虚构世界的基本原则。在《红叶三生》中叙事者将这种原则归结为佛教因缘："优昙一现，弹指三生。"

凸显叙事者，明确表达褒贬。韵清作品中的叙事者继承了传统文言小说中的稗官和白话小说中的说书人角色，经常明确发言表达褒贬态度。如

---

① 韵清女史：《石姻缘》，上海文明书局1917年版。

《白罗衫》文末"韵清"曰:"吾闻悔侬述此事,不暇为贞淑哀,但为赵生惜,夫以柳萍祸水,既能拒之于初见之时,又能远之于再见之际,而省垣一夕,竟踏陷阱,自丧其身,致使绣佛一帧、罗衫一袭,传恨史于千古。天下志趣之不坚定者,其结局类如斯也。呜呼!可以婴矣。"《金夫梦》叙事者借人物佩秋之口指出此篇目的在于"一念虚荣,六州错铸,此妾两年痛史,今之忏悔录也。愿君著成篇什,以告当世闺人,毋蹈妾之覆辙"。而《返生香》文末叙事者"闲评云:月有圆缺与阴晴,人世有离合,从来未定。深院兰干倚处,有清光相映也。有得意人儿,两情畅咏也"。用以表达使善恶各有归宿后的快然和怡然心情。

(二)陈义不高而格调不俗,予人以智慧的启迪

借助传奇而劝世,兼顾小说的娱乐功能和教育功能,这决定了韵清小说陈义并不高,应该归类于通俗小说。但韵清透彻的人生领悟及其良好的旧学功底也使其作品格调不俗,能给人以智慧的启迪和典雅的审美感受。

第一,评骘人物不止步于区别善恶,而是对其性格特点及其所决定的命运格局给予深细描摹。

如《白罗衫》中的赵武,其不幸遭际固然起于被冤陷,但叙事者更侧重强调了其自身性格弱点在悲剧中所应承担的责任:"夫以柳萍祸水,既能拒之于初见之时,又能远之于再见之际,而省垣一夕,竟踏陷阱,自丧其身,致使绣佛一帧、罗衫一袭,传恨史于千古。天下志趣之不坚定者,其结局类如斯也。呜呼!可以婴矣!"

《凌波阁》也并不单纯渲染凌波阁的诡异,而是为陷入情网的周涵秋惋惜:"生神姿俊迈,人以翰苑期之。及闻梦入高唐,逮埋玉树,无不为之惋惜。访其遗著,散佚追尽,仅存日记中有记梦数则,摘录于下,足为慧业文人陷身情网者作棒喝焉。"

《金夫梦》中女主角佩秋最后寄人篱下,孤独度日,叙事者也并不指责李起文贪色负义,而是让佩秋深刻自省,认识到自己追求物欲之心才是取祸的根源:"一念虚荣,六州错铸,此妾两年痛史,今之忏悔录也。"物欲之心不除,精神将永远追随多变的物质,很难得到安全感和幸福。

上述人物的缺陷主要在于不能勘破"情色","心"为"物"役,主观情志为多变的外物所裹挟,六神无主而取祸。这种缺陷比较普遍,属于人间常态。而相形之下,《花镜》《返生香》中人物性格则更富有个体性。

《花镜》中绥珠的性格是似"含笑"与"月月红"的小家碧玉类：

> 此洋红牡丹耳，有色无香，流品斯下。吾主尝言，梅兰秋菊，品格独高，任近何花，亦能自保其芬馥。设在他卉，则一经劣品熏染，若人之交友，未有不气味同化者，可不慎所择哉！
>
> 夫华少奶者，以花比之，盖含笑与月月红也，有色无香，易于熏染，置萧艾则恶，近芝兰则香。今幸离恶罩，入兰芝之室，则其改过迁善也宜矣！

其命运也由性格所限定："置萧艾则恶，近芝兰则香。"其识不足辨善恶，有奸诈的倪妈在侧，则日以修饰为务，挥霍家产；得人品高洁的新藻为良师，则一变为贤内助。扬长避短，抑或避长就短，决定了截然不同的命运走向。

《返生香》也写各色人等的不同性格带来了不同命运。几个年轻人中，瑶叔"玉面朱唇，眉目秀朗，仪容极俊美，而谈吐蕴藉"，对团扇亦不忍捐弃："古人谓秋扇可捐，此言无乃不情。吾最爱随园诗'修到团圆物亦难'之句。果能制作精妙，上有乘鸾比翼，即在风雪之中，犹当出入怀袖，宁忍以凉飚夺热，一旦弃之哉？"此人多情易感，嗣后因情不能遂饱受煎熬，又因情深而打动静漪，终得良配。静娴口不善言，不善于表达自身立场，"譬诸我佛，敬之，侮之，罪福在人，于佛无与也"，祸福只能听之于人，婚后受辱于不良婿，幸得知恩图报的馥馥和重然诺的丹初相助，才得脱离苦海。馥馥早年不幸，慧而解事，于逆境中能不卑，积极乐观；其后顺境中则能不亢，不忘旧情，急人之难。敏甫"疏眉薄唇，鼻间两节隆起，目虽近视，而口角若笑颇安详"，这是与人距离感强、略嫌自私寡情的性格，不能加以信托依赖，最终是自保的结局。最难得的是可园门客于丹初其人，小说描绘他"囟门隆起，若覆盂然，宜其智慧过人。若易于为智，则于其名始称，故里人或以矮智呼之"，其"为智"与其名"于丹初"之间的关系，庶几为"一片丹心""不忘初心"，方可谓智。对于此人，杨公以士目之："丹初事亲孝，临财介，忠于任事，足以托妻寄子。今兹橐笔江湖，厕身墨客骚人之列，可谓不幸之尤。若以才艺识丹初，失丹初矣。"即言其任何环境中均能葆有初心，可以托六尺之孤，可以寄百里之命。士之格局超越世俗的个人局限，无恒产而有恒心，其命运遭际系于国运文运，不必以得失断之。

概言之，韵清因果叙事并不单纯关注得失本身，还着意引导读者就人物的道德和格局审视得失，获得教益。劝世传奇能着眼于此，境界不可谓不高。

第二，叙事语言雅洁有韵致，富于启迪效果和诗情画意。

韵清叙事在引导读者审视人物品味格局的笔触中，语言别样渊雅有韵致，富于启迪意味。

如《花镜》写绶珠不善理事："家政一切，悉委佣人。顾凡为佣者，闲愚至勿一类。得用与否，是在主人之知人进退耳。若绶珠者，又乌足以知此。于是勤者操作不遑，黠者散诞自若。而帘远堂深，主人初勿觉察。久之劝者灰心，且为黠者所利用。"因分析深透，言之有物且有味。其以花喻人之句贴切而有诗情，前文已引，不赘。

再如《秋窗夜啸》，写去凤"居尝拔剑研地纵酒啸天，延老乐工王破翁吹笛和之。每拍至刺虎闻铃等曲，激越苍凉，声泪俱下。"读者在诗情曲意感动下，也理解了去凤爱国之志和不以世俗婚姻为念的心态。

再如《返生香》写丹初改建可园：

> 则以春星堂初名补读庐，与聚奎楼甚近。下加一长廊，楼为藏书之所，取携固甚便也。美人峰之侧则种竹，其前凿池如巨镜，庶有翠袖天寒、顾影徘徊之致。牡丹台则移于静观堂之庭，其他补树迎凉，移花当槅，一石一草之微，莫不研究其宜称。惟所谓涵秋水榭者，仅加髹漆，易名曲榭耳。其北一带旷地，除月台山亭而外，败屋数间而已，丹初拟划地十分之四，跨池界虎皮之墙，中建平屋十数间，掩映于万竹之中，务取坚朴，不加雕饰。屋后关为菜圃，前则遍植果树，豆棚瓜架具焉。沿池树栅以蓄鸭，依墙垒石以栖鸡，屋名根香，殆取菜根味长之意也。杨公掀髯曰："一转移间，所费不多，而月计撙节不少，且可尝鲜，斯人可谓知本。"至静观堂为园中主屋，丹初请改作家祠。此一着，尤为杨公称许，顾谓子侄云："斯人代人作嫁，不忘报本承先之意，讵可以寻常画士目之耶？"①

---

① 韵清女史吕逸：《返生香》，上海竞智图书馆 1929 年版。

改建者丹初与可园主人杨公胸次格局相仿，才能相知互赏。再写月夜闻笛众人的不同情态：

> 一时清响透云，曼声动魄，有一波三折之妙。敏甫虽非识曲，亦觉心旷神怡。因见月色愈朗，熄灯静听。隐约间，见隔岸人家，灯光已灭。复开窗倚望，河中柔橹之声，至此顿形纤缓。且鸟栖丛树种，见月惊啼，飞鸣不定。一闻歌管，遂而寂然。斯时吹者歌者，咸在槛外。唯敏甫在风窗之内，座南向，听瑶伯拍至。①

吹者歌者都在槛外，超脱俗念沉浸于音乐，物我两忘；唯有敏甫虽觉心旷神怡，却无法完全投入，依然在风窗之内和世俗的自我之中。

所作通俗而格调不俗，韵清因此在民初小说界中独树一帜，即使与男作家相比，亦毫不逊色。

第二节 "侬"本传奇：高剑华

一 追求女性主体性的一生

高剑华（1889—?），号俪华馆主，许啸天（则华）的夫人，浙江杭州人。

《眉语》第一卷第一号（1914年10月）刊登了一则"俪华馆主高剑华女士书例"的启事，其中李叔同介绍云：

> 女士西子湖畔产，前夏（1912年夏，笔者注）自北京师范校归，适媚许君则华。因筑俪华馆相与鸣琴拈韵于其间。女士性恬澹，喜文翰书法，摹米南宫，矫健飞舞，能得其神似，为订润例如左：……（下略）。
>
> 甲寅季秋李叔同识

---

① 韵清女史吕逸：《返生香》，上海竞智图书馆1929年版。

据郑逸梅《清末民初文坛故事·死于飙轮下的许啸天》① 一则记载及高剑华夫婿许啸天胞兄许家惺之孙，许家后人许宝文回忆②，高剑华也曾与秋瑾结拜姐妹，是姐妹中"最幼的一个"。剑华亦能诗文，著有《俪华馆吟草》③。另如前引李叔同所云，高剑华"喜文翰书法"，能以书法获酬，也经常以作品赠送亲友，曾做小直幅赠送郑逸梅④。

高剑华早年家道中落，为谋生计，1909 年曾随母至宁波，母受聘女子学校教师，剑华任助教：

> 盖自先君去世，家业凋零，孀母弱弟，度日维艰，故不得不各谋生计，互相辅助。是行也，余母以受某女子学校之聘，余亦于是中助教。⑤

高剑华《俪华馆游记》⑥ 回忆自己于"庚戌"年（1910）"春间就业于杭州女子师范学校"。为寻求"科学"更"完全"及"教授法"更优"良"的师范教育，赴京报考北京女子师范学堂，在校期间曾习舞，参加万国仕女游艺会。⑦

据台湾学者黄锦珠考证，清光绪三十三年（1907）学部奏订女子师范学堂章程，次年开始筹办京师女子师范学堂，开设简易科，培训各省开办女子小学所需师资。高剑华所报考的 1910 年暑期招生正是简易师范科，二年为期。故 1912 年夏天南归之时，高剑华当已完成简易师范科专业学习。⑧

---

① 郑逸梅：《死于飙轮下的许啸天》，《清末民初文坛故事》，学林出版社 1987 年版，第 268 页。

② 参见许宝文《我的祖父许家惺和新发现的他的诗稿》，http：//www.xbaowen.cn/xujiax-ing2.htm

③ 高剑华：《俪华馆吟草》，上海群学社 1936 年版。

④ 郑逸梅：《死于飙轮下的许啸天》，《清末民初文坛故事》，学林出版社 1987 年版，第 268 页。

⑤ 高剑华：《杂纂·俪华馆游记（三续）》，《眉语》第一卷第二号"甬上风土记"。

⑥ 高剑华：《杂纂·俪华馆游记》，《眉语》第一号"北京旅学记"。

⑦ 高剑华：《杂纂·俪华馆游记》，《眉语》第一卷第一号"北京旅学记"；第一卷第二号"万国仕女游艺会"。

⑧ 黄锦珠：《女性主体的掩映：〈眉语〉女作家小说的情爱书写》，2011 年中国近代小说国际学术研讨会会议论文，济南，2011 年，第 102 页。

　　高剑华生于何年？《俪华馆游记》回顾云："余既游越之明年，复返棹归我亲爱之故乡。盖生长西湖二十年，觉兹山川草木，均我一生之良友。"此处"二十年"的下限是指写作游记的 1914 年？还是自宁波返回杭州的 1910 年？抑或离开杭州随母赴浙江宁波就职的 1909 年？这样高剑华的生年就有 1894 年、1890 年、1889 年三种可能。黄锦珠女士根据《学部奏遵议设立女子师范学摺》预定的招生年龄要求，即"年在二十岁以上，三十岁以下"，排除高生于 1894 年之说。此论有道理。但黄女士据此判断高剑华生于 1890 年，笔者并不认同。1909 年，高剑华随母亲离开杭州到宁波谋生，次年春返杭就业于杭州女子师范学校，暑期又离开杭州报考京师女子师范学堂，"生长西湖二十年"的故乡情结在 1909 年已凝结珍藏在记忆中。故而离开杭州的第二年，她才重返杭州，重新亲近曾朝夕相处 20 年的西湖山川草木。此即言，高氏当生于 1889 年。

　　高剑华夫婿许则华（1887—1946），名家恩，别号啸天，浙江上虞人。17 岁剪去发辫追随徐锡麟、秋瑾革命，青年时投稿《苏报》，颇得章太炎赏识。1914 年助夫人主编《眉语》。五四时期积极提倡新文化。1930 年主办《红叶周刊》。早年亦热心戏剧，参与春柳社。著有言情小说《情潮》《春潮一刻》《一条腿》，历史演义小说《清宫十三朝演义》《明宫十六朝演义》等。抗日战争期间流亡各省，1946 年重返上海，在诚明文学院任教。同年死于车祸。①

　　高剑华 1912 年嫁与许啸天，按笔者有关其生年为 1889 年的论断，此年剑华 23 岁。据许啸天自述，两人原为中表亲。② 婚后以文为生，形影相随，奔走各地。

　　夫妇俩较早"赤手经营"的共同事业，即著名的民初女性刊物《眉语》。剑华自 1914 年 10 月起任《眉语》主编，该刊物上曾三次刊登题为"编辑主任高琴剑华""本志主任高剑华女士"的照片，分别为第一卷第一号、第一卷第二号、第一卷第三号。亦有她和许啸天的便装照和结婚照，高剑华穿西式婚纱。《眉语》1914 年 10 月创刊，1916 年 3 月停刊，前后共出十八期。第一卷第一号发表了创刊宣言曰：

---

① 陈玉堂编：《中国近现代人物名号大辞典》，浙江古籍出版社 1993 年版，第 234 页。
② 参见许啸天《新情书》十首之二，《眉语》第四号。

花前扑蝶宜于春；槛畔招凉宜于夏；倚帏望月宜于秋；围炉品茗宜于冬。璇闺姐妹以职业之暇，聚钗光鬓影能及时行乐者，亦解人也。然而踏青纳凉赏月话雪，寂寂相对，是亦不可以无伴。本社乃集多数才媛，辑此杂志，而以许啸天夫人高剑华女士主笔政。锦心绣口，句香意雅，虽曰游戏文章、荒唐演述，然谲谏微讽，潜移默化于消闲之余，亦未始无感化之功也，每当月子弯时，是本杂志诞生之期，爰名之曰《眉语》，亦雅人韵士花前月下之良伴也。质之囚鸾锁凤之可怜虫，以谓何如？质诸莺嗔燕咤之女志士，又以谓何如？尚祈明眼人有以教之，幸甚幸甚！此布。

《眉语》每期出刊日为每月初一，如创刊宣言所称"每当月子弯时"，似美女弯眉，故称《眉语》。在《眉语》旗下曾汇集了顾纫芷、梁桂琴、梁桂珠、柳佩瑜、马嗣梅、孙青未、谢幼韫、许毓华、姚叔孟9位女编辑。该刊第二号宣布成立女子社团"眉语社"："凡属蕙兰清品，闺阁名流，深冀琼瑶之报，聊结翰苑之缘"①，使之成为有特色的"社刊"，在民初报纸中独树一帜。因《眉语》以汇集女编辑、吸引女读者相号召，一时间不少女作者向该刊投稿，成为容纳女作家作品较多的刊物："在民二三年，许啸天高剑华夫妇俩，合辑一种桃色期刊，取名《眉语》，内容充满着旖旎风光，撰稿者大都女子为多，然也有须眉而伪充为女性的。"②

《眉语》是不是所谓"桃色期刊"？《眉语》以刊载长、短篇小说为主，内容大旨谈"情"，也有作品以离合之情写"爱国"之感。其"图画"栏目颇有特色，每期都有精选图画，广泛征求女子肖像，制成特刊《名媛集》："欧美各大杂志尝有美人影片之征集，凡属交际场中名媛淑女往往以预选为荣，本社特仿其例，订约如左：贤女，例如孝女、烈女、节妇及热心公益者；才女，例如书画家、女学家、美术家、科学家等；美女，例如其美名著于一方者。"③ 另有"文苑"栏目包含诗词、剧本、弹词、曲谱等，"杂纂"栏目包含笔记、琐闻、笑话、译丛、妓女名录等。

---

① 《本社征求女界墨宝宣言》，《眉语》第一卷第二号。
② 秋翁：《二十年前之期刊》，节录自《万象》1944年第3期。《鸳鸯蝴蝶派文学资料》（上），丙和师、范伯群编，福建人民出版社1984年版，第280页。
③ 《本社特刊征求肖像〈名媛集〉启事》，《眉语》第七号。

综合而言《眉语》有如下特征：第一，编辑理念、刊物内容、市场定位等各方面有鲜明的女性特色；第二，其女性特色偏重于强调女性性别特色，突出女性的主体性；第三，其所突出的主体性表现在才情、品德、容貌各方面，并不单纯凸显"情色"。此处，笔者借用台湾学者李癸云有关"女性主体"的界定：即所谓"主体""兼具主动性与被动性"，"既指外在体制如社会、文化、语言所建构的被动位置，同时具有自主性的认知意识"，"女性主体除了建立在自我身体与心灵的特质以外，也与整个象征系统对话，让主体性的形成来自自主性的决定，同时也被客体所决定"。① 之所以借用这一概念，主要原因在于后者包含"兼具自主性与被动性""其形成来自自主性的决定，同时也被客体所决定"等内涵，符合女性性别角色的生理特征和社会属性，尤其适合于考察女性性别意识的发展程度和演进过程。

笔者认为《眉语》有着突出的"女性主体性"，主要根据在于：主动性或曰自主性强，自觉在编辑理念、内容选择、市场定位中贯穿着鲜明的女性特色；客观上看，所渲染的女性特色，包含着被赏玩、被消费的客体性内涵；从主导倾向看《眉语》鼓励女性积极参与生活，塑造自我，更偏重强调女性的自主性和自为性。即此而言，《眉语》算不得所谓"桃色期刊"，只是其突出女性性别特征和主体性的编辑理念，不免与强调女性性别特征私有性的传统女德相抵牾，有些做法如发布妓女名录甚至是故意标新立异，容易招致诲淫之讥。

1916 年 3 月，《眉语》停刊，包括编辑主任高剑华的《梅雪争春记》在内，有些作品中途停止连载。"9 月，教育部通俗教育研究会（鲁迅当时为其小说股主任）通令查禁"鸳鸯蝴蝶派"的《眉语》月刊，随后还查禁了《金屋梦》《鸳鸯梦》等小说。"② 被查禁原因，据说是"损害社会风纪"③。

高剑华此后依然"天涯案笔"，著述颇丰，成为新文化运动的大将。

---

① 李癸云：《朦胧、清明与流动：论台湾现代女性诗作中的女性主体》，转引自黄锦珠《女性主体的掩映：〈眉语〉女作家小说的情爱书写》，2011 年中国近代小说国际学术研讨会会议论文，第 100 页。

② 胡晓明主编：《近代上海诗学系年初编》，上海教育出版社 2003 年版，第 294 页。

③ 张克明辑录：《北洋政府查禁书籍、报刊、传单目录》（续），《天津社会科学》1982 年第 6 期。

她主编了《治家全书》和《红袖添香室丛书》①，用白话新式标点注校《韩昌黎诗选》《杜工部诗选》《李义山诗选》。另与许啸天合编了《交际与娱乐》②《性爱与结婚》③《修养与法律》④《美容与健身》⑤等。其中《美容与健身》出版时许啸天已不幸遭遇车祸去世。高剑华此后的身世情况尚未考知。

从高剑华所著《俪华馆游记》所述经历及其所主持的《眉语》的风格看，她有着很强的性别自觉，总是在性别特点基础上参与生活，拥抱时尚，注重对女性自我的塑造。这应该与其经历和时代风气有关。父亲早逝，弟弟年幼，母亲和高剑华本人不得不母代父职，长女如长子，虽然很难真正拥有与男性对等的社会资源和机会，但不得不在可能限度内承担更多责任。就当时境遇而言，1909 年，高剑华放弃杭州女子师范教职前往北京求学，此举不符合当下的家庭利益，却符合个人和家庭的长远利益。当年京师女子师范招收的是简易师范科，学制仅两年，专为新办的各省女子学校培养师资。就学耗时两年，但已是最短时间，而且就业有保障。在这次选择中，可以看到高剑华不同一般的分析力、决断力和行动力。而上述能力，是与其清醒的角色意识和自我意识密不可分的。

《俪华馆游记》述高剑华曾与丈夫及诸宾客同登七星岩，最终登上的只有高剑华夫妇和一位女体育教师。"女士盖为体育教师，矫捷自加人一等也"，而丈夫作为男性体力则优于女子，所以大家对丈夫和女体育教师能成功攀岩并不感觉太过意外，而独对我称奇，"群称余健"⑥。这段叙述认可性别先天差别，在此前提下称扬强健体魄，从中流露出清醒的性别意识，也可见追求自我完善自我超越的精神。

学界对《眉语》毁誉参半，而无论主办《眉语》，抑或日后参与新文化运动，参与新剧运动，高剑华、许啸天夫妇都在积极真诚地参与和推动社会文化转型，于中不懈追求着自我建造和超越。两人之间一直受人称道的和谐恩爱关系，应该与高剑华独特的性别意识和女性主体意识有关。

① 高剑华：《红袖添香室丛书》，上海群学社 1931 年版。
② 许啸天、高剑华：《交际与娱乐》，上海明华书局 1936 年版。
③ 许啸天、高剑华：《性爱与结婚》，上海明华书局 1936 年版。
④ 许啸天、高剑华：《修养与法律》，上海明华书局 1936 年版。
⑤ 许啸天、高剑华：《美容与健身》，上海国光书店 1947 年版。
⑥ 《眉语》第五号，第 1140 页。

二 小说创作：不同的主角，相似的女性之"梦"

高剑华是《眉语》编辑主任，也是女作家在《眉语》上发表小说作品最多的一位，后者依发表时间先后排列如下：

短篇小说，《处士魂》，第一卷第二号（1914 年 11 月）；

短篇小说，《春去儿家》，第一卷第三号（1914 年 12 月）；

短篇小说，《裸体美人语》，第一卷第四号（1915 年 1 月）；

短篇小说，《刘郎胜阮郎》，第一卷第七号（1915 年 4 月）；

短篇小说，《绣鞋埋愁录》，第一卷第九号（1915 年 6 月）；

短篇小说，《蝶影》，第一卷第十号（1915 年 7 月）；

短篇小说，《裙带封诰》，第一卷第十二号（1915 年 9 月）；

长篇小说，《梅雪争春记》，第一卷第十三号（1915 年 10 月—1916 年 3 月）；

短篇小说，《卖解女儿》，第二卷第二号（1915 年 11 月）。

其中《处士魂》题材志怪，其他作品都是言情之作。

《处士魂》中的"林和靖"已成为"君子"的化身。他英灵耿耿，厌恶世俗中市侩和武夫，夜遇赁居西湖、"性情孤逸，落落寡交游"的儒生吴仲珂，认为"尔虽禄蠹，然尚有雅骨"，"是人虽为吾辈所不取，然他日当为尘世国家之命臣"，于是导之游众香园，与林妻冷香洞主梅蕊夫人及林子鹤公子同乐。明年，生登第，政声颇著。后挂冠而去。这篇小说仿《聊斋》体，叙鬼怪事，虚实相生，颇有情趣。写到吴生受邀与处士观鹤舞，听鹤鸣，如梦醒惊觉，"时正鸥鸣水榭"，亦真亦幻，令人神驰。作品命意亦如《聊斋》，寄托颇深：世人多鄙俗可憎，即使如受到礼遇的儒生吴仲珂亦不免有"禄蠹"之心。"林和靖"选择吴生，有着聊胜于无的无奈；而即使这样的吴生，最终也不见容于世俗。叙事者愤世之深，于兹可见。

《处士魂》是高剑华发表在《眉语》中唯一的一篇志怪小说，时间也最早，此后八篇都是言情小说，而且有几个共同特征。

（一）故事中大都有一个很有主见的女性形象

《春去儿家》中"我"与表弟玉郎青梅竹马。后屡遭石公子迫婚，又遇家庭惨变，父亲遭陷害入狱死，"我"仍然矢志不渝，最终赴金陵，嫁给玉郎，生育一子。后来玉郎赴苏州任教，途中被石公子刺死。"我"矢志侍姑，抚孤成立。

《裸体美人语》叙"侬"薛眉仙性格恬淡，爱好自然。相形之下姨妹霞婧则爱慕荣华：

> 侬窃思，侬与彼（霞婧）同一女儿也。何曩之淡膜视侬者，而今乃哄动于彼耶？岂非以彼嫁得王子而荣之。若然，则霞婧亦谨为彼龌龊男子之附属品耳？若侬今日者，且为附属之附属矣。人各有其自立之人格。
>
> 霞婧劝侬假颜色于王以固宠。侬大不为然。盖同属人类，义无尊卑。且人之相爱，贵爱于心。苟侬爱彼者，蓄于心可也，何必矫为颜色以自堕于娼妓之行？

其中"侬"代表了当时的新式女性，女性意识强烈，崇尚自由，追求独立人格，不愿作男子的附属。

《裙带封诰》中的九姑娘能够识英雄于微末，贫家子周大武父母早亡，叔叔、婶子经常虐待他，九姑娘却没有世俗之见，"并没有轻看他的意思，还只管问长问短的"，时时安慰他，并教其武功，"什么泅水哩，竞走哩，以及悬绳、走壁之类"。

《卖解女儿》女主角林靓儿也颇具侠风。惩治恶徒、自择夫婿，无疑是女性自主选择婚姻和命运的时代典范。其父林琼得罪税务总办严伯荣，远戍边疆二十年。母亲陈氏独力抚养林靓儿长大成人，后来又能支持女儿自主选择婚姻，嫁给仇人严伯荣之子严碧巘，也是个很有主见的女性。

未完的《梅雪争春记》也塑造了一个追求爱情不择手段的女性形象：雪玉。故事发生在美国，叙事者将美国渲染为尊重子女自由权的国度。

> 梅珠和雪玉已有二十一岁了，却是成人之年。照例做父母到了这时都要交还子女自由权的了。从此无论何事，父母都没有干涉的份儿，只得做个旁听罢了。比不得那个老大糊涂的支那国，凭你做子女的活了一千岁，也还在父母的势力之下。那女子更加可笑，有了父母，还有翁姑，有了翁姑，还有丈夫。嘻，这样看来，竟比世界上的三等奴隶还不如呢。（第四章）

雪玉不计后果抢夺自己姐姐的爱人，从道德上评价颇堪商榷，但以小说叙事者强调的价值观衡量，雪玉不失为有主见、有自主意识的女子。

再如《刘郎胜阮郎》中的英国乡女古伦娜、《蝶影》中的茉莉，也都是为了追求自己心中所谓的幸福，不惜放弃旧情的女性。

《刘郎胜阮郎》叙古伦依娜与工匠斐立定情，后爱慕虚荣，受康纳士诱骗，不辞而别。斐立历尽艰辛到伦敦寻找古伦娜，发现古伦娜已被迫沦为盗贼。最终斐立拯救古伦娜回乡，幸福地生活在一起。证明了"刘郎胜阮郎"。

《蝶影》中的巴黎卖花女茉莉出身贫寒，由文学家巴理士资助学习跳舞，学成登台成名，绰号"巴黎之白牡丹"。茉莉经不起诱骗随波拉治子爵离开，不久即被抛弃。巴理士仍然深爱茉莉，与她和好如初。小说描写巴理士吻茉莉，而茉莉已心仪尊贵的子爵：

> 可怜这时茉莉的一寸芳心几乎碎了，深恐巴理士的耳朵贴近自己胸口，被他听见那心中的激荡。要是未遇子爵以前，见了巴理士这番情状，自不难撩起鸳衾，按着巴理士肩膀，使他屈膝裙边，吻了他的头发，把自己终身许给了他。使他安心乐意，使他感激垂泪，都在此时。可是这样一来，且不是生生地把个少年美貌的子爵，亲手撩在大海里，愈翻腾愈疏远了吗？想到这里，真是无可奈何，只得细数着巴理士的脚步，听他凉凉的去远了。

上述故事中女主角主动作的抉择未必明智，甚至未必道德，但最终都有较理想的结局。作者结构故事似乎有个习惯性的情结：在她幻想中，女性有权利作出自由选择，无论其选择正确与否，明智与否。曾作出自主选择的女性，作者不由自主地要为她安排一个好的归宿。

（二）故事中的女性大都由于被爱而获救赎

高剑华笔下有自主性、自为性的女性角色，究竟凭借什么得到了好的归宿？如前所述，并非凭借其选择的正确性，多数是通过——被爱。

上述作品中，《刘郎胜阮郎》《蝶影》两篇都包含女主角失足犯错，招致个人生活陷入灾难的情节，而同样都依靠男主角（斐立和巴理士）对女主角始终不渝的包容和爱，女主角才得以返回正常的生活轨道，重新得到幸福的爱情和婚姻。未完稿的长篇《梅雪争春记》，梅珠和雪玉的母亲莲娘婚后出轨，梅珠和雪玉陷入家庭灾难，男主角穹恩对梅珠的爱也成为后者的精神支柱。

两篇侠义题材作品《裙带封诰》《卖解女儿》中的侠女九姑娘、林靓儿，两人都陷入了同一种灾难：父亲入狱。而两位姑娘的恋人——严碧巘和周大武——由于深爱女主角，分别冲破了父辈仇怨和刺史职守的障碍，帮助女主角父亲脱困，最终家庭完聚。

《春去儿家》和《绣鞋埋愁录》两篇故事其实也有着类似的情节：女主人公都受到痴狂的暗恋，而后者都曾为女主角带来灭顶之灾。《春去儿家》中，"我"屡遭家变，父亲冤死狱中，丈夫被人刺杀，最后收到"石公子"的忏悔信，才得知所有事情都是石公子因爱生恨、恶意设计所致。《绣鞋埋愁录》中，暗恋女主角蒲芬的堂兄也杀死了女主角的情人，但他最终不忍见女主角陷入痛苦和孤独，主动自首救出同样深爱女主角的"我"，使女主角重新获得了婚姻和幸福。前者是作者第一篇言情小说，发表时间早于后者。后者的发表，似乎由于不满足于前者因爱致害、因被爱而罹祸的情节设计，而着意要弥补这一缺憾。

概言之，上述小说中两性之间的恋爱关系一般不对等：女性与一个以上的男性有恋爱关系；其所爱和被爱，通常并非同一个人；所爱大多没有给女主角带来幸福，而被爱则经常为女主角打开通往幸福之门。作者一方面偏爱有自主性的女性角色；另一方面，却让后者因其被动性、客体性而受益。她究竟为什么要这样做？这种做法为其作品赋予了什么？

（三）意识自主性与生理被动性的冲突赋予了女性性别幻想以
　　"乌托邦"色彩和传奇性

从情节上看，高剑华笔下女性角色在恋爱关系中的被动性，直接效果在于使其逃避了为其精神自主性承担实际责任。从中也可发现叙事者性别心理的几个特征：其一，有各种欲望，而且不以女性抱有欲望为耻；其二，不认为女性可以为自身欲望承担实际后果；其三，在女性主体性角度，特点在于追求一定的选择自主权，但仍认可女性身体的被动性和客体性。

在第一部言情小说《春去儿家》中，石公子对"我"的挚爱虽然能够满足"我"潜隐的情感欲望，但这份爱带来的后果过于严重，令"我"难以承受。而在类似题材的《绣鞋埋愁录》中，对女主角的暗恋就分解在两个男性角色身上：堂兄破坏女主角蘅芬现有的爱情，"我"则负责给予蒲芬一份新的爱情和幸福。也许是太急于为女主人公安排幸福，使后者不经意间成为高剑华小说中最欠缺自主性的女主角。作品名称《绣鞋埋愁录》其实已经携带有一定的隐喻意义："绣鞋"，本身就是女性身体作为被赏玩对象的经典符号之一。小说中"我"无意中捡到同学蘅芬"又尖又小、红香绣软、玲珑剔透"的绣鞋，从此这绣鞋成了"我"夜里的亲密伴侣。一日没见蘅芬，"我便偷空儿把他那只鞋子取出来，权当见他一般"。文末蘅芬"跷起那只又尖又软的小脚儿，倒整整地封了我一个穿鞋御史呢"。

　　女性自主追求欲望需要承担风险，而现实中缺乏资源、使用价值和自主权的女性，实际上很难承担这种风险。高剑华笔下的男性于是不计较贞操观念，也不计较是否对等和公平，无原则无底线地包容犯了错误陷于困境的女性。这样的男性形象在现实中当然缺乏实例，为了找到形象存在的理据，作品不能不强调其用情之"痴"，概因"情痴"则不关风月，不关现实。较清晰的表达如《裙带封诰》中贫家子周大武一跃而为进士，但始终对爱情忠贞不渝，义父要为他婚娶富家女时，他仍"立定主意，总要守着身子，等成了名，就可以报答九姑娘了"；得知九姑娘出身微贱，他仍然坚持"我和你到了这个分儿，哪怕你是强徒乞丐的女儿，我总当你是个很高贵很洁清的女儿，要知道我爱九儿，无论有什么事来阻碍，我这颗心总不会变的"。其"守着身子"的想法，是将女性放在了完全对等的地位，相对于一般观念更是自动放弃了男性的部分主体性，而将一般表现在女性身上的客体性观念转移到了男性身上。这样一些"情痴"，为并不完美的女主人公们营造了一个唯美的乌托邦。让后者能信赖异性和命运的"终不相弃"。

　　或许是意识到期望异性和命运营造的乌托邦而实现女性的自主权过于渺茫，高剑华在其独树一帜的《裸体美人语》中没有让女主人公陶醉于现实婚姻的幸福之中，而是让她返归自然，以退守姿态保持了女性的自主性。故事中"侬"厌恶纲常名教，崇尚自然。她博学多才，具有真性情，充满浪漫气息：

人生贵自由，衣食游息，纯任诸自然可耳。加以心机，即涉作伪。故侬辄蓬鬓跣足，啸遂于山水之乡。见者咸惊谓似西洋雕刻之自由女神……初无礼教之定义，更无名利可征逐……俯视脂粉囚奴，直土芥耳。

"侬"与母亲在父亲死后也曾一度消沉，渐慕豪华，由表妹作伐，"侬"嫁怡亲王为妃。某日，皇后携"侬"游内苑，"侬"于林中见一裸体美人，对话中大悟，追随裸体美人远离尘嚣：

侬笑对之曰：若汝者，一丝不挂，真俗不可耐矣。裸体美人闻之，微哂曰：脂粉污人，衣饰拘礼。世间万恶莫大于饰。伪君子以伪道德为饰；淫荡儿以衣履为饰。饰则失其本性，重于客气，而机械心盛，返真无日矣。吾悲世人之险诈欺饰也，吾避之惟恐不速。吾居此，留吾天然之皎洁，养吾天性之浑朴，无取乎繁文华饰，而吾心神之美趣浓郁，当无上于此者矣。

"吾之大患在吾有身"，这是将自主性寄托在了女性身体之外。

无论寄情于乌托邦，还是托心于化外，探讨女性主体性的限度和可能性始终是高剑华小说的主题。她无疑是那个时代就这一主题所做思考最为深入的小说家之一。

（四）"侬"本传奇：女性幻想和精神历险

寄情乌托邦，信赖异性和命运的"终不相弃"，高剑华笔下的女性展开了有惊无险的浪漫旅行，叙事充满了传奇色彩。

《春去儿家》叙金陵初次相聚，"我"与玉郎情投意合，此为喜；归家后，石公子百般纠缠"我"不遂，即污言谤"我"，复陷"我"父于狱竟至死，此为悲极；再赴金陵，否极泰来，"我"与玉郎成婚，情甚欢好，又育一子，此为至喜；夫妻车站分别，"我"夜奔车站，此见却成为夫妇间最后一面，此为至悲。小说情节的展开基本以"我"的所见所闻为线索，以回忆的形式倒叙"我"的经历。随着情节的发展，读者情绪亦随着"我"的悲欢离合起伏。"我"又是受限视角，亲历事件却不了解事件起因。直到最后"我"收到石公子忏悔信，所有谜题才得以解开。在此之前，"我"以为所遭遇的一切是"名士坎坷，美人薄命"，最后才得知石公子对自己情深若此。小说因此情节跌宕，充满传奇性，而其叙事视角则是主观化和抒情性的。

《刘郎胜阮郎》则展示了一幅英国社会百态图。上流社会的豪奢，下层阶级的艰辛，描摹尽致。古伦娜被物欲所诱，试图攀附康纳士改变命运，"后此一生，永永为富家妇，以丈夫之金钱，可易翠钿华服，厕身于交际场中，愉乐可知矣"。后来被康纳士利用，"以劫人财产，诱人赌博为衣食"，时时都活在危险和崩溃的边缘。最后被斐立拯救，却是刘郎胜过了阮郎。斐立的忠贞不渝不改初心，是此篇女性历险传奇中最浪漫的底色。

《绣鞋埋愁录》叙"我"——秦少爷的入狱缘由、经过："我"曾拾得蘅芬绣鞋，从此朝思暮想。时值蘅芬生日，"我"偶见蘅芬和情人相会，情人被枪杀，蘅芬涉嫌被捕。"我"为救蘅芬，冒认罪名，与蘅芬同时入狱。最后"我"与蘅芬成亲，"看官听着我从此以后便是人世上最得意最快乐的人了"。蘅芬无意间已得情人、堂兄、"我"三人生死不渝的挚爱，一波三折，最后终能安然与"我"同享幸福。其受宠于造物和异性的程度，确实超乎寻常。

侠义小说《裙带封诰》《卖解女儿》较之清代《儿女英雄传》，更可传达女性潜藏的情感欲望。其中的男主角能将女主角视为"唯一"："立定主意，总要守着身子"。坎坷的经历，恰好可以显示男主角情义之深厚。前文已引，不赘。

未完的长篇连载小说《梅雪争春记》情节更是起伏多变。故事发生在美国，莲娘具绝世姿容，与游客爱唐纳克斯一见钟情。莲娘的父亲赌债累累，把莲娘输给了商人杜律恩。婚后莲娘生了一对孪生女儿，姐姐叫梅珠，妹妹叫雪玉。某日莲娘巧遇已成婚的爱唐，两人重燃爱焰。杜律恩发现二人私情后疯狂报复，爱唐破产被谋杀，莲娘怏怏病死。杜律恩追杀爱唐儿子穷恩，而其女梅珠、雪玉都爱上了穷恩。穷恩专情于梅珠，而雪玉则对穷恩因爱生恨，成为杜律恩的助手。情节熔爱情、复仇、侦探于一炉。而言情则是情节发展的主线。如同高剑华的几部短篇，此作的爱情主线中，也是一女多男，男性专情于女性的格局。不同以往之处主要体现在雪玉这个形象中，她主动向仇人之子示爱，为达目的不惜伤害和破坏姐妹之情。其为情义无反顾的姿态此前只表现在高剑华笔下的男性角色身上。

她会有怎样的结局？她是否能承受那样的结局？为了了解高剑华女性幻想和精神历险的真实走向，雪玉的结局如何确实值得读者期待。可惜造化弄人，此作最终没有呈现在我们面前。

在高剑华的八篇言情小说中，《春去儿家》《绣鞋埋愁录》《裸体美人语》三篇都以主观性的"侬"为叙事视角，后者确为男女主人公一吐情怀提供了便利，如《春去儿家》"我"回忆当年夫妇情深：

> 真是郎痴若云，侬柔似水，说不尽的柔情蜜意、旖旎风光。谁料生成薄命，好事难常。刹那间，已是衡芜梦断，泪滴潇湘，只落得凄凄惨惨、冷冷清清度我未亡人之日月。且说当时……

《绣鞋埋愁录》《裸体美人语》中"我"的倾诉，也让读者得以更切近地或感知男主人公对女主角的痴恋，或了解女主人公不同一般的独立意识。类似主观性的叙述，增加了作品的抒情性，客观上也有利于读者对表面不合情理的感情产生一份理解之同情。

第三节　其他浙籍女作家

一　清末钱塘女作家王妙如

王妙如，名保福，钱塘人，生于 1877 年左右。幼聪慧，嗜史书。年二十三岁，嫁唐景仁，未满四年而卒。妙如博学多才，善写小说、传奇。著有《小桃源传奇》《唱和集》（诗词集）。[①] 另有《王妙如女士遗墨》署"王妙如书并绘"，卷前附王妙如女士传及墓志铭，中华书局 1937 年出版。

《女狱花》，章回小说。又名《红闺泪》《闺阁豪杰谈》12 回。

全书目次如下：

第一回　男尊女卑人权缺　　月白昏黄梦境奇
第二回　书呆侠女联姻眷　　五言八比误儒生
第三回　秀才公夜作书院　　豪杰女大闹闺房

---

① 参见刘巨才《中国近代妇女运动史》，中国妇女出版社 1989 年版，第 170 页。《女狱花》跋，光绪甲辰仲春泉唐罗景仁志于双人轩。

第四回　黑暗囚牢无天日　沈沦女界起风潮
第五回　恨专制昌言哲学　辨种类痛骂须眉
第六回　女国民著己醒世　庸医生借刀杀人
第七回　慈航渡人钦巾帼　开门揖盗恨尚书
第八回　两党魁相逢旅馆　三伏夜大斗词锋
第九回　地黑天昏兴女学　舟沈釜破夺男权
第十回　奋雄心扶桑游学　痛女教乡梓重回
第十一回　重爱情谊结夫妇　开学堂说破人天
第十二回　论进化欧洲幼稚　讲平等震旦文明

小说叙两位女子为争取妇女解放所走的不同道路。侠女沙雪梅，才貌双全，却嫁了一位狭隘的酸秀才。其夫待她如奴，雪梅忍无可忍，将他误杀。雪梅入狱后结识了革命党人，待从牢里逃出，和他们一起进行暗杀活动。一日，遇见主张和平革命的许平权女士，两人话不投机。后雪梅革命不成愤而自焚。许平权留学日本归国后，与丈夫一起启民智、办女学，事业轰轰烈烈。此书对妇女所受的压迫作棒喝之声，有一定的进步意义。作者笔下的两位女性，目的相同，前途殊异。表明作者拥护的是进行社会事业改造的维新主张。实未能指出妇女解放的正确出路。技巧上欲弃章回，以情节取胜，然未摸着新法，故时新时旧，不甚相协。通行光绪三十年（1904）刊本，另有光绪间石印本行世。

王妙如的《女狱花》1904年刊行时，钱塘俞佩兰女士曾经为之作序曰：

中国旧时小说，有章回体，有传奇体，有弹词体，有志传体，朋兴焱起，云蒸霞蔚，可谓盛矣。若论其思想，则状元宰相也，牛鬼蛇神也，而讥弹时事、阐明哲理者盖鲜矣。至于创女权、劝女学者，好比六月之霜、三秋之燕焉。近时之小说，思想可谓有进步矣，然议论多而事实少，不合小说体裁，文人学士鄙之夷之……作小说之难也，作女界小说之尤难也。西湖女士王妙如君，以咏絮之才，生花之笔，菩萨之心肠，豪杰之手段，成此《女狱花》一部，非但思想之新奇，体裁之完备，且殷殷提倡女界革命之事，先从破坏后归建立……

　　她在此对"创女权、劝女学"的小说提出了两项要求：思想之新奇及体裁之完备。其实"议论多而事实少，不合小说体裁"是近代小说的通病，俞佩兰极赞的《女狱花》亦难逃此例。不过"议论多而事实少"在艺术上虽然是一种缺陷，但至少意味着作品思辨性较强，这对于女性文学乃至女性文化而言均昭示着新的发展动向。传统女教以"三从四德"为核心，掩盖了女性的独立思考和怀疑能力，使女性在观察和实际行为中只能作为一个附属性的群体，女性文学亦在女教的要求下大多拘囿于"温柔敦厚""柔顺和平"的情致抒发，对生活的抒写和发露只能停留于表层。而发展思辨能力则逐渐使女性主动观察、分析和实践，女性文学在思辨之光的烛照下亦将穿透生活的表层，发展和深化内涵。简言之，思辨能力可以被视为新型女性文学及女性文化之"骨"，将支持后者走向独立和健康发展的道路。

　　《女狱花》等作品的思辨对象主要集中于两性之间的关系，在此方面的思考也比较独特。小说在第十一回借主要人物许平权之口认真探讨两性之间不平等的原因："自来女人的势力比男人稍弱些，安得不受其压制呢？……何以女子的势力弱于男子呢？女人的弱点在于依赖性质，你们且想一想古时俗语，什么在家从父，出家从夫，夫死从子；什么夫荣妻贵，什么男尊女卑，这就是从来女子依赖性质的照片了。"将女子势力薄弱的原因归结于依赖性质，固然有颠倒因果之嫌，但对唤醒女性争取平等和独立显然易产生鼓动作用。小说还阐述了男女平等对发展两性之间感情的意义，比如同样在第十一回许平权指出："今女子既能自谋衣食，不必累及男人，又能知书达理，为男人闺房中之益友，则男女的爱情，如枯木逢春，勾萌渐达，那时相见如宾，说不尽万种恩爱呢。"认为真正的爱情建立在精神平等的基础之上，这种爱情观在20世纪初不仅具有一定的新意，而且为要求两性平等找到了新的立足点。有意思的是，小说中许平权综合各种因素考虑女性的解放问题，最终却发现生育这一生理问题将成为束缚女性的最后的锁链。她这样说："妹妹近日心内思想有一件事，实男女间之大不平等……何以生育子女的苦痛要女子独受呢？文明极顶的时候，做女子的定创出各种避孕之法，决不必等地球的灭日，人类已是没有的。"实际上生育的苦痛倒在其次，关键在于自怀孕到哺育婴儿这一系列必须由女性负担的责任会占用女性的大量精力和时间，影响男女平等的真正实现。今天，在现代医学和科技的支持下，虽然可以采取避孕、剖腹产，使用代乳品等措施缓解女性的负担，但越来越多的人担心类似的反自然措施会为人类的前途埋下隐患。越来越多的事实提醒人们：两性之间的差别首先是生理差别，只是在不同社会条件下认识和平衡两性生理差别的方式不同，性别政策才随着社会条件的发展逐渐调整。如何针对两性之间的生理差别合理利用两性资源，使两性成为有差异但无不平等的两种性别，将是人类社会为之长期奋斗的目标。相形之下，任何认为否定传统的性别歧视政策即能直接带来两性平等的观点，均失之简单。所以许平权的忧虑看似可笑，实际上却是作者王妙如对两性平等问题深思熟虑的结果。其认识不仅在当时几同空谷足音，而且至今对我们思考女性的最终解放问题仍然具有一定的启发借鉴意义。

二　清末政治小说译者汤红绂①

（一）生平事迹

汤红绂，浙江仁和（今杭州）人，生平不详。她精通日文，译有日本龙水斋贞著的小说《女露兵》和日本押川春浪的《旅顺勇士》（见《旅顺双杰传》，世界社1909年版），后者颇风行一时。上述两部译作均选录于波罗奢馆主人（胡寄尘）编的短篇小说集《中国女子小说》，上海广益书局1919年2月出版。郭延礼师说她是留日学生，不知何据。②

红绂擅书、画，《民呼日报图画》刊登了她的多幅字画。如1909年5月18日绘"菊"并题词，云"干裁白衣酒，一生青女霜"。6月22日绘"草"，署名红绂，并有"仁和汤绂"的印章。9月23日、10月6日的画署名皆为红绂女史，并有"仁和汤绂"的印章。由此可见，她是浙江仁和（今杭州）人。

红绂热心慈善事业，她为甘州旱灾积极贩灾。1909年9月20日，《民

---

① 笔者发表《中国女性小说的起步》时，仅看到《中国女子小说》收录汤红绂两篇译作，未发现资料可确认汤之籍贯、身份，沈燕硕士学位论文《二十世纪初女性小说作家研究》较早考证了如上信息。郭延礼师考证20世纪初女翻译家群体的文章进一步补充了汤相关资料，参见郭延礼《二十世纪第一个二十年近代女翻译家群体的脱颖》，《中华读书报》2003年9月26日。
② 郭延礼：《二十世纪第一个二十年近代女翻译家群体的脱颖》，《中华读书报》2003年9月26日。

呼日报图画》中缝刊登了一则她的启事:

红绂女史启事

囊为甘灾鬻书、画、扇册助贩灾,承海内诸善士来件荼多。适酷暑蒸人,染恙旬日,勉强握管,诸多潦草。而迟来各件,又以病日益增,未能应命,愧赧无似兹。幸屏躯已复,当再趁此秋凉,少补前歉,仍以百件为限。

红绂另于清末报刊《民呼日报图画》发表过几篇译著:《龙宫使者》刊登于 1909 年 3 月 27 日至 4 月 11 日,《蟹公子》刊登于 1909 年 5 月 21 日至 6 月 26 日,《无人岛大王》连载于《民呼日报图画》1909 年 6 月 13 日至 27 日。

(二) 小说创作:较成熟的民族国家叙事话语

汤红绂的《无人岛大王》蓝本为《鲁宾逊漂流记》,其译文转译自日本岩谷小波 (1870—1933) 节译的《无人岛大王》,后者系面向日本少年读者的缩译本,配有插图。日译本仅仅保留《漂流记》故事梗概,不过开篇的情节依然是鲁宾逊叛父离家,只是结尾改为父子团聚。汤红绂开篇即盛赞航海家"携罗盘,冒百险,精神事业灿灿焉,垂史册赫赫然",旨在借英国国民鲁宾逊的冒险事迹激励中国读者。①

《旅顺勇士》,又名《旅顺土牢之勇士》,讲述日俄战争中日本佐贺大尉冒险深入俄营,被俘后不屈不挠。叙事者倡导"欲建功,必冒险;欲报国,必舍身","欲使顽夫廉,懦夫立,举天下而风闻兴起也"②。《女露兵》叙述日俄战争中俄国女子哈拉冬赴战场寻夫,投身行伍,战死疆场。译者希望以日人、俄人为榜样,宣扬"尽国民义务","力战以报国"③。

其小说着重展示国民性,探讨国与家、国与自身、爱国与尽孝、国民义务与个人荣誉之间的关系,叙事理性而成熟。胡寄尘《中国女子小说》、

---

① 参见崔文东《家与国的抉择:晚清 Robinson Crusoe 诸译本中的伦理困境》,《翻译史研究》2011 年第 1 期。

② 押川春浪著,汤红绂译:《旅顺土牢之勇士》,收入王瀛州编《爱国英雄小史下编》,交通图书馆 1918 年版,第 56、62 页。

③ 龙水斋贞著,汤红绂译:《女露兵》,收入王瀛州编《爱国英雄小史下编》,交通图书馆1918 年版,第 84 页。

王瀛州《爱国英雄小史》都收其《旅顺勇士》《女露兵》等作，都表达了对汤作高度认可的态度。参见本书第八章"女作家与民初社会思潮"。

三 李蕙珠

李蕙珠，生平、籍贯不详，她是高剑华的同学，暂定其为浙江人。其刊于《眉语》第一卷第一号（1914 年 10 月）的《杂纂二·倚蓉室野乘》谈到写作的缘由为"同学高剑华君有眉语小说杂志之刊，来索余近作。余无以应，乃杂遴旧闻之可堪发谑者数十条付之，聊以塞责"，兹以当时少见男女同学，权且推定其为高剑华的女同学。

其短篇文言小说《菩萨心肠》见于《眉语》第一卷第三号（1914 年 12 月）。小说讲述孟德斯鸠遇一舟子，后者言其父罗菩为海盗所劫，勒索赎金，全家昼夜勤劳，所博微利远远不足以凑足赎金。罗菩最终被赎回。其子猜测孟德斯鸠为其恩人，于再次偶遇时感谢孟德斯鸠，后者不受恩。结尾显示，孟德斯鸠记载了曾出赎金救回罗菩之事，无疑其具有施恩不图报的菩萨心肠。小说使用限知视角，受难者"罗菩"之名也有谐音意味。

四 汪咏霞

汪咏霞，号鹣影楼主，生平不详，钱塘（今浙江杭州）人。丈夫蓉轩。《游戏杂志》第一期有题为"鹣影楼主汪咏霞女士"的照片。曾在该杂志发表多首诗作，如第二期《怀菊如二姊》、第三期《哭菊儿》，均署鹣影楼主。咏霞曾在浦东村居，第四期《浦东村居杂诗并呈小万柳堂主人》即书其事。小万柳堂主人即吴芝瑛。咏霞与吴芝瑛时相唱和，如第八期《吴芝瑛女士以集古四章见和，即效其体叠韵酬之》《题南湖小万柳堂》，署"咏霞（女士）"。《眉语》第二号宣言"于本杂志第三号征求女界墨宝，汇作临时增刊，或字或画或文或说部或杂记"，这个临时增刊的小册子可惜未流传下来，本次投稿的女小说家有"李蕙珠、梁令娴、汪咏霞、李濑英、徐张蕙如、吴佩华、纽芸珍、冯天真、王玉婵、章蕙纫、幻影等"[1]，汪咏霞也在其中。

中华图书馆《女子世界》第二期（1915 年 1 月 10 日）亦刊其照片，

---

[1]《眉语宣言》，《眉语》第三号（1914 年 12 月）。

题为"投稿女士小影汪咏霞女士"。同期发表了署名为"钱唐汪咏霞"的诗作《咏菊八首选七》。

哀情小说《埋愁家》登载于中华图书馆《女子世界》第三期（1915年3月5日），署名"咏霞女士"。第四期未见连载。笔者未见第五、第六期，据《中国近代期刊篇目汇录》，第六期（1915年7月6日）有连载，目录上注明"未完"。叙英国伦敦爱华待勋爵之独生女侠娜坟头，少年米特兰自杀，众人于米特兰衣袋中得一小册，著两人情感纠葛往事。倒叙侠娜遇盗，幸获米特兰救助故事。

五　陈小翠

（一）生平事迹：过去的词典和资料关于其生年的说法有误

陈小翠（1902—1968），又名玉翠、翠娜，别署翠候、翠吟楼主，斋名翠楼。浙江杭县人。擅长中国画，十三岁即能诗，有神童之称，后从杨士猷、冯超然学画。擅长工笔仕女和花卉画，风格隽雅清丽，饶具风姿。擅书法，笔致清峭，有峻拔挺秀之趣。曾任上海女子画会编辑，上海无锡国专教授。新中国成立后任上海中国画院画师。为民盟盟员。父天虚我生陈栩、兄定山（字小蝶）。① "天虚我生"即"鸳鸯蝴蝶派"代表作家陈蝶仙。

上海中华图书馆《女子世界》第一期（1914年12月10日）刊登了其照片，题为"十二龄能诗女子陈翠娜"。第二期（1915年1月10日）又刊登了她和母亲的照片，题为"朱懒云女士及其十三龄之女翠娜"。母朱懒云，浙江仁和（今杭州）人。

宋浩在《陈小翠的〈翠楼吟草〉》② 中，谈到他得到陈小翠女儿汤翠雏（令仪）转来的《翠楼吟草全集》，书中夹了一张墨笔抄录的陈小翠简介的复印件。兹录文如下：

> 陈小翠（1907—1968），诗人、画家。壬寅中秋后九日生于浙江杭州。生平常因与南唐李后主同月同日生而引以为荣。父陈蝶仙，号

---

① 陈玉堂编：《中国近现代人物名号大辞典》，浙江古籍出版社1993年版，第491页。
② 宋浩：《陈小翠的〈翠楼吟草〉》，《粤海风》2003年第4期。

天虚我生。兄小蝶，号定山。十三岁着银筝集诗词、写小说，刊于申报。十七岁从山阴画家杨士猷画仕女。二十六岁适汤彦奢，字长孺，浙江省督军汤寿潜之长孙。二十七岁生一女，名汤翠雏。三十三岁于上海创女子书画会。四十六岁任上海无锡国专诗词教授，五十七岁受聘于上海中国画院为画师。六十七岁七月一日卒。

此处有个疑问：陈玉堂编著《中国近现代人物名号大辞典》及陈小翠女儿汤翠雏（令仪）提供的陈小翠简介，都将陈小翠生年定为1907年。而《女子世界》第一期（1914），第二期（1915）先后两次刊登翠娜照片，介绍小翠是"十二龄""十三龄"，则小翠当生于1902年，或按虚岁，生于1903年。而小翠女儿所提供的简历也说其"壬寅中秋后九日"出生，"壬寅"即1902年。这样1968年陈小翠去世时年龄才恰好是其女所提供简历中所说的"六十七岁卒"。故可断言小翠生年为1907年的说法有误，当从其生于1902年之说。①

陈小翠是近代重要的女译者之一。其小说译著有：

《法兰西之魂》，载《小说海》第2卷第9号（1916年9月1日），署名陈翠娜。

《露漪婚史》，连载于《小说大观》第13、14集（1918年3月30日、1919年9月1日），署名陈翠娜。

单行本社会小说《薰莸录》（上、下册），翠娜女史译述，天虚我生润文，上海中华书局1917年6月。

（二）小说创作

如汤翠雏所言，其母自十三岁（1915）起开始写小说，其《新妇化为犬》署名"翠娜女士"，刊于《礼拜六》第七十八期（1915年11月）。20世纪40年代十年代又有小说《阁楼上的阿姨》，署名"小翠"，发表在《好莱坞日报》1940年1月1日。

另有单行本哀情小说《情天劫》，小翠原著，天虚我生润文，上海中华图书馆1917年出版。封面及版权页题天虚我生著。

---

① 郭延礼师《20世纪初中国女性小说家群体论》文中注释陈翠娜（1902—?）当是根据翠娜1914年、1915年刊于《女子世界》的照片分别题"十二龄女子""十三龄女子"而逆推其生年。郭文见《中山大学学报》2011年第2期。

滑稽小说《新妇化为犬》叙麦克司林达自幼丧父，由叔父抚养。叔父责其早日择偶成婚，否则不再付其生活费。他被迫令男仆阿塞化妆为女友，两人合演一场闹剧，欺骗叔父。事后阿塞开窗遁逃，麦克司林达恐露破绽，以犬置于床中充作新妇。叔父在床侧忽见犬首，大惊，谓新妇化为犬。小说由一个个喜剧场面组成，讽刺了拜金社会的丑态。

六　徐畹兰①

徐畹兰，浙江德清人，字梦漪，号鬘华室、曼仙女史。嫁吴兴赵世昌。子赵苕狂（1893—1953），《红玫瑰》杂志主编。世昌早逝（1894），徐畹兰独自将儿子抚养成人。曾跟随秋瑾在上海发起成立"女子实业会"，积极投身于革命。1906 年，秋瑾在上海成立天足会，聘徐畹兰为天足会下属女子学校的讲师兼主笔政。后就任天足会女校国文教师。刊有《鬘华室诗稿》行世。

《香艳杂志》第一期刊登了畹兰和苕狂的照片，题为"编辑鬘华室""编辑苕狂君"，母子同时任某一刊物的编辑是当时文坛盛事，也可能与《香艳杂志》杂志主任王文濡是吴兴同乡有关。畹兰同期亦发表了《鬘华室诗话》，署名"吴兴女士徐畹兰"。第二期登载了她的一幅画，题为本社编辑徐畹兰女士之富贵花图，图上签名为"曼仙女史"。同期的《鬘华室诗话》，署名是"德清徐畹兰女士（曼仙）"。第四期的《鬘华室诗话》，署名是"清溪徐畹兰女士"。第八期的《鬘华室诗话》有"吾乡德清吴羌山，县中最高峰也"之句。

畹兰与秋瑾志同道合，是多年好友，两人常畅谈诗作，共抒革命理想：

> 鉴湖女侠秋瑾，女界之伟人也，善作男子装。晤予于海上天足会女校，出其黄海舟中感怀诗见示，悲怀淋漓，令人击节不置。②

---

① 笔者发表《中国女性小说的起步》等文时，只提出"畹兰女史"应该是女性作者。沈燕根据徐畹兰 1915 年发表于《香艳杂志》第十二期《自述》诗"三十年来负年华"之句，推断徐生于 1870 年，而此诗当作于 1910 年。此断缺乏根据。徐十岁曾随父亲宦游安徽，当以此为据考证。以俟异日。

② 清溪徐畹兰曼仙：《鬘华室诗话》，《香艳杂志》1915 年第 8 期。

畹兰多才多艺，是画家又是诗人，曾创办诗刊，开画展。喜爱通俗小说，有《偶书石头记后》七首咏黛玉，还撰有《红楼叶戏谱》（署名"鬘华室女史"）、《鬘华室诗选》（署名"徐畹兰"），1914 年由上海中国图书公司和记出版。收入香艳丛书。

畹兰小说发表情况如下：

侦探小说《惧惧》载《香艳杂志》第八期，署名曼仙。

艳情小说《以嫖治嫖》载《香艳杂志》第八期，署名曼仙。

短篇小说《周莲芬》载《香艳杂志》第十一期，署名徐畹兰女士。

其中侦探小说《惧惧》叙一大侦探"中国福尔摩斯"受命侦破党人密运飞艇一案，却被拆白党谋算。结尾拆白党留书解密："为告吾神圣之捕房，吾侪诚为拆白党人，贵探某君固精干，能以鼻嗅人，然吾侪已先彼而行矣。即以其人之道，还治其人之身。幸怒我等之不情。"原来所谓"党"乃拆白党；飞艇则是小报。一切都是愚蠢造成的误会。这似乎可以看作一部"反侦探小说"。在侦探小说流行的民初，此作别具一格。

《以嫖治嫖》叙富家子潘景仁好风月，妻刘氏万般无奈，遁入空门。继妻吕侠娥施奇谋，买美姬，收潘数年嫖资。潘家产尽归吕氏。最终吕氏解密，此为"以嫖治嫖"之计，终使潘景仁悔悟。情节同样富有传奇性。文意反风月，视为"反狭邪小说"可也。

《周莲芬》叙莲芬父母双亡后，遭继母赛燕娘和叔父吉如虐待。莲芬坠崖遇仙，在山中得识唐玄宗梅妃采萍、女侠聂隐娘。后学得剑术，护送徽州太守之女远嫁，路上杀死已为盗贼的燕娘、吉如，复仇雪恨。此为侠义小说，却也有一定反伦理、反家庭小说内涵。

七　卞韫玉

卞韫玉，生平不详，浙江苕溪人。《眉语》第十六号（1916 年 1 月）刊其小说《雪红惨劫》，署名为"苕溪卞韫玉女史著，幻影潘森润校"，文首"韫玉自识"自述写作动机：

> （影郎）缕述既竟，太息不已。侬笑曰：痴哉，郎也。然玉楼艳迹，是色即空，虽幻象难凭，讵非说部之绝妙资料乎？因拈笔书其事，而呈于影郎润次之，乙卯既望韫玉自识。

小说写定于"乙卯既望",可能是夏历 1915 年十一月十五。文末有"幻影并识",说明小说写作过程,也说此文由幻影提供素材,韫玉主笔,并经幻影润校,可以说是两人合作的结晶:

> 比者雪花扑面,旧绪纷乘,小窗无事,乃述之吾妻,以资谭助。吾妻好事,笔之于书。欲锡余加以润饰而行世。余不获已,乃从而编次之。阅者诸君,幸勿以无病之呻见诮可也。幻影并识。

由此观之,卞韫玉确为女性,她是幻影的妻子。

另《眉语》第十七号、第十八号有署名"苕溪潘幻影"的小说《惨声》《永别》。《惨声》文末有"韫玉女史曰"的评语。夫妻二人亦是志趣相投。

《雪红惨劫》叙腊月某日,幻影独酌赏景。一女子自称斗雪红,自述身世,恳求他保护。幻影不知所指,夜闻寒风中斗雪红吟诗,次日早见一株斗雪红仅成枯枝。

这篇小说仿三言《灌园叟晚逢仙女》,以花喻人:

> 雪红乃挥泪而言曰:"予家傲居河阳,数世于兹,姊妹斗妆,芳辰不负,香超桃李之外,色斗梅雪之中。年年花开,乐何如之?诅料事出意外,祸来天半。有风家十七姨之妹者,飞扬跋扈,猖獗性成,奋其嫉妒之心,大肆摧残之技。试问予辈弱质,怎禁得几许蹂躏?红颜薄命,千古同慨于是。"

八　徐文系

生平不详,浙江慈溪人。其《珠光剑气录》刊于《小说海》第八期(1917 年 8 月 5 日),文前有冯开序云:

> 女甥徐文系撰《珠光宝气录》,固侠家言也。其复仇也,孝而侠;其救人也,仁而侠;其除暴也,义而侠。积于其中,发于其外。纯白耿介,贯彻始终。匹夫役利,颣其泚矣,取径虽狭,可达周行。触类

兴感，用书其岫，援笔未终，三太息已。宋教仁被刺后七日冯开题。

冯开（1873—1931），字君木，名秆，号回风，浙江慈溪人。民国著名学者。著有《回风堂诗文集》《词集》等。光绪十八年（1892）考取秀才，二十三年（1897）丁酉科拔贡生，按惯例可放外任，冯君木无意仕进，愿就教职，二十四年（1898）赴浙江丽水任县学训导，一年后（1899）升宣平县学教谕。后称病辞归，在家乡以教书为业。① 其弟子有王个簃（1897—1988）、吴泽（1898—1935）、陈布雷（1890—1948）、沙孟海（1900—1992）等。冯为晚清"慈溪四才子"之一。②

冯开早年丧父，由母亲俞氏教养成人。其大半生在慈溪教书为业。判断其姊妹可能嫁在本地。尤其与冯开经常往来的亲戚，多半应是慈溪本地人。笔者由此暂定冯开甥女徐文系为慈溪人。

徐文系《珠光剑气录》刊于1917年，但据冯开序言作于"宋教仁被刺七日"，此篇当作于1913年3月20日前后，3月27日之前。冯开原配俞夫人（？—1912）在世时，也在家设私塾招收女学生，在当地颇为有名。冯开甥女徐文系不知是否也曾在其塾中求学。就其1913年所作《珠光宝气录》来看，已经有良好的古文功底，于古今侠客传奇应有一定涉猎。冯开一生肝胆过人，"五四"运动中带头组织"学生自觉会""宁波商学联合会"，还曾以"金口"为笔名撰写语体评论和小说剧本，供给学生自觉会的中型周刊。③ 徐文系撰写此篇小说无论曾否受冯开影响，此文当引发了冯开对宋教仁遇刺一事的深切感慨，故而将此文推介给小说报刊，借侠义故事以鼓舞民气。不知因何此作延迟近四年才发表。

---

① 参见陈三立《慈溪冯开墓志铭》；陈训正《清儒林郎冯君墓表》。载卞孝萱、唐文权编《民国人物碑传集》，北京团结出版社1995年版，第613页。

② 参见徐建成《纪念浙东名师、才子、国学教育家冯开辞世80周年：冯门十四位主要弟子》，转引自http：//blog. sina. com. cn/s/blog_ 489e6c980100xtt7. html。

③ 参见沙孟梅《冯君木冯都良父子遗事》，载《翰墨春秋》，西泠印社1995年版。

第四章

民初小说界女作家里籍生平
及其作品考论（中）

——广东籍女作家

第一节　中国女作家侦探小说第一人：
广东籍女作家黄翠凝

一　生平事迹：抚孤成人的一生

黄翠凝（1875①—？），广东番禺人，嫁新会人张姓。丈夫早逝，遗下一子名毅汉。张毅汉（1895—1950）亦为民初重要作家之一。她谙西文，能译小说，卖文抚孤，常托包天笑介绍出版。包天笑和黄翠凝相识于1907年之前。② 包天笑的鼎力相助缓解了黄翠凝的经济压力，但母子相依为命，生活仍非常艰难。清末，张毅汉由粤东来上海就读于工部局西人所设的华童公学，为高才生，因家境窘困，不得不中途辍学。③ 后毅汉承母业，书稿亦托包天笑介绍，终成为民初小说家。包天笑《钏影楼回忆录》"编辑杂志之始"中这样说："还有一位女作家，记得一位是张毅汉的母亲黄女士，还有一位黄女士闺友，好像也是姓黄的，她们都是广东人，都能译英

---

① 笔者未能考订出黄翠凝生年，郭延礼师《20世纪初中国女性小说家群体论》文中注释黄生年为1875年，不知何据。参见郭延礼《20世纪初中国女性小说家群体论》，《中山大学学报》2011年第2期。

② 包天笑：《我与鸳鸯蝴蝶派》，引自魏绍昌编《鸳鸯蝴蝶派研究资料》，上海文艺出版社1984年版，第178页。

③ 郑逸梅：《张毅汉提倡语体文》，《清末民初文坛故事》，学林出版社1987年版，第280页。

文小说，或是孀居，或是未嫁。其时张毅汉（今更名为亦庵）年不过十二三岁，他母亲的译稿常由他送来。"① 并说："毅汉是广东人，少孤，但他的母亲黄女士谙西文，能译小说，卖文抚孤，常托我介绍出版。毅汉后承母业，亦托我介绍，然每退稿，不得已予以润色，并列我名，始获售。我念其穷困苦学，所得悉归彼，而毅汉必以所得十分之三归我。至今思之，犹不胜黄垆之痛也。"② 从这些追忆中可以看到黄翠凝母子家境的艰难，也可以感受到良好的家教和母子之间自尊自重、相互信靠的深情。

有关张毅汉的生平，近年郭浩帆有更翔实的考据，兹概括如下：其一，张毅汉原名"张其礽"，1908 年 11 月曾署名"广东新会十三龄童子张其礽"在《月月小说》第 22 号发表小说《两头蛇》（一名《印度蛇》）。其二，母子经济拮据，毅汉辍学到江南制造局谋生。辛亥后在做工同时从事翻译创作，多与包天笑合作。其三，毅汉自 1908 年至 20 世纪 20 年代发表译、著小说共计 130 余种，大多作品发表于商务印书馆《小说月报》。其四，自 1921 年沈雁冰任《小说月报》主编，文学研究会成员成为《小说月报》的核心力量后，张毅汉很少在此刊物发表作品，甚至也很少创作。其五，20 世纪 20 年代以后，张改名"亦庵"，在上海广肇公学和粤东中学执教。抗战后因生活所迫迁居香港，1950 年病逝于香港。③

《小说画报》第 11 号刊载的"天笑、毅汉同述"的小说《指环》叙张毅汉亲见战友徐良弼杀清兵的经历，其中提到"辛亥年的冬天，我在湖北充当学生军"，"那时我不过十六岁"，逆推其生年当在 1895 年或 1896 年（虚岁）。而王锦南《小说家别传张毅汉先生》记载张毅汉"至一九五零年十一月，一病不起，年五十六岁"，则张生年当为 1894 年或 1895 年（虚岁）。据此，张毅汉生年应为 1895 年，终年五十六虚岁。

据《两头蛇》的编者（署名"原"）"后记"云："长风扇暑，茂树连阴。余方启北窗，手一编，消此永昼。阍者入告有童子请谒。出名刺为张其礽，即令延入。骨相端凝，语言纯谨，一望而知为曾受家庭教育者。询之悉为黄翠凝女史之公子也。幼失父，赖女士十指供学费。得暑期间暇，

---

① 包天笑：《钏影楼回忆录》，香港大华出版社 1971 年版，第 359 页。

② 包天笑：《我与鸳鸯蝴蝶派》，引自魏绍昌编《鸳鸯蝴蝶派研究资料》，上海文艺出版社 1984 年，第 178—179 页。

③ 郭浩帆：《清末民初小说家张毅汉生平创作考》，《齐鲁学刊》2009 年第 3 期。

自撰小说，求鬻于社，言预备下学期之需。余嘉其志而悯其苦，出五星贻之，就原稿修润刊于月报，并志其美以勖其切。"

广肇公学的学生也这样回忆那位名叫"张亦庵"的老师，"黄飞立是在学校的童子军乐队里逐渐爱上音乐的，张亦庵老师是个乐器方面的多面手，多才多能的他，凭着对音乐的一腔热忱，成为学校童子军们崇拜的偶像，也成为小黄飞立效仿的榜样"①。"我父亲是一个旧时代的知识分子，曾爱好文学，在 20 世纪 30 年代做过报纸副刊编辑，写过不少文章，但这些历史我都一无所知。他去世已近 30 年，在他去世的前一年，他从西安回家探亲，与我有过一次彻夜长谈，他回顾了他在中学里受到一位教师的影响走上从文道路。那位教师名叫张亦庵，他说张老师多才多艺，能弹琴作曲，又能绘画，他组织学生们办刊物《蓓蕾》，第一期的封面是他亲自画的，图为一个孩子手擎一枝花朵。他教学生们如何木刻，如何印刷，如何编辑。父亲说他患了很严重的哮喘，但一骑上摩托车，照样生龙活虎地带领学生参加童子军的军事演习。父亲受张老师的影响，毕业后编过刊物和报纸，张老师替他约稿，撰稿者有包天笑、严独鹤、周瘦鹃等人……这次读柳珊的论文，她却明白无误地查证，在《小说月报》上发表了许多小说理论、翻译和创作的张毅汉，就是我苦苦寻找的张亦庵。"②

以上回忆都证明，张毅汉一生，自童子至成人，从为文为人到为师，都是敢于担当、令人信靠而温煦多才、端凝纯谨的君子。能在那样的逆境中培养出这样一位温润如玉的谦谦君子，足见黄翠凝女士自身的品行修养及其抚孤成立的苦心孤诣。可惜我们对这样一位女士的生平知之甚少，也许随着张毅汉生平资料的逐渐完备，其母黄翠凝的更多生平交游、行止见识等相关信息能出现。

二 小说创作：中国女作家写作侦探小说第一人

黄翠凝懂英语，译著有英国却而斯的言情小说《牧羊少年》③。并与陈信芳合译《地狱村》④。

---

① 韩辉丽：《挥舞一个无悔人生——指挥家、教育家黄飞立》，《音乐生活》2003 年第 9 期。
② 陈思和：《一份填补空白的研究报告》，《文学报》2005 年 3 月 3 日。
③《牧羊少年》，上海中国图书公司和记 1915 年 12 月。
④《地狱村》，日人雨乃舍主人原译，刊《小说林》9 至 12 期。

黄翠凝著有长篇小说《姊妹花》（十一章），短篇小说《猴刺客》《离雏记》。

（一）《姊妹花》：在自由恋爱和包办婚姻中游走彷徨的姐妹们

《姊妹花》十一章，题"番禺女士黄翠凝著"，曾连载于《神州日报画报》，作横形账簿式，每期八开纸两页，附有很多插图①。后出单行本，1908 年上海改良小说社刊行。1909 年 2 月再版②。

书叙富孀鲍夫人有三女：长女冰姿，次女冰节，三女冰雪，皆美而慧，人呼之"姊妹花"。在鲍夫人五十寿辰的宴席上，大姐冰姿高谈男女自由交际，并主张兴办女学。席间，大学生丁楚田对冰雪一见钟情，向冰雪求婚，二人订下婚约。冰姿嫁给赵庄士，婚后生子，可惜不久死于肺病。另有一女宋红亭见庄士鳏居，向他表达好感，无奈赵无意于她。红亭又转而向丁楚田示爱，后者移情于红亭。冰雪受伤害，当众责怪楚田朝三暮四，引起红亭记恨。适逢医学博士方春时追求赵庄士之妹锦娘，求红亭代作骞修，红亭心胸狭隘，借机挑拨，使春时对冰雪衔恨，乃至于刺死冰雪，不料忙乱中在现场遗落了一封信。锦娘与春时订婚后，无意中发现春时是凶手，要他自裁，并承诺终身不嫁，以酬知己。春时冲到红亭家，要红亭跟其一起出逃，红亭宁愿自裁谢罪，也不愿与春时在一起。春时见状，亦自裁死。楚田得知真相后，认为自己是这场错综复杂的感情纠纷的始作俑者，自责不已。其妹锦娘信守对春时的承诺，终身不嫁。最终赵庄士续娶妻妹——二小姐冰节。鲍夫人目睹女儿们的情变过程，觉得男女自由交际和兴办女学确实能拓宽女性视野，增加知识，改变了前此观念。

论者多根据小说中鲍夫人态度的转变，认为《姊妹花》提倡男女自由交际，但笔者有所怀疑：从全书情节看，自由交际出现的关系多是三角关系，如宋红亭有意于赵庄士，而赵则心系发妻；宋移情于丁楚田，丁却已与冰雪有婚约；春时杀害冰雪的秘密被锦娘发现，移情宋红亭，而宋则对春时无意。三角恋带来诸多纠纷乃至悲剧，如冰雪被害，宋红亭和方春时自杀，丁楚田痛失未婚妻和旧情人，丁锦娘终身不嫁。其中移情的宋红亭

---

① 董邦安：《上海早期画报一瞥》，汤伟康等编《上海轶事》，上海文化出版社 1987 年版，第 148 页。

② 刘世德主编：《中国古代小说百科全书》，中国大百科全书出版社 1998 年版，第 777 页。

和方春时应该为悲剧承担主要责任。赵庄士最终循例，求婚于妻妹冰节；锦娘虽然要求春时自裁，但也贞节自守，终身不嫁。冰姿、冰节、冰雪三姐妹中，最终只有很少显露自我、几乎无声的二妹得到了幸福的结局。由此判断，叙事者似乎并不认同新时代的自由恋爱和婚姻，倒是对传统婚恋道德——忠贞节烈赞赏不已。作者的价值观，明显更加认同以自我节制为核心的传统妇德。这大概是塑造"冰节"这一形象的主要寄托。

还有一点值得注意：《姊妹花》也有凶杀和破案（锦娘发现春时遗留在罪案现场的信件）相关情节，与黄翠凝同年发表的侦探小说《猴刺客》相似。

（二）《猴刺客》：中国较早的原创侦探小说

《猴刺客》，短篇侦探小说，目录署名"翠凝女史"，正文则署"番禺女士黄翠凝著"。1908 年 10 月刊登于《月月小说》第二十一号。

据日本学者樽本照雄所编《新编清末民初小说目录》，中国最早的侦探小说应是剑铓创作的《梦里侦探》，发表于 1901 年成都《启蒙通俗报》。① 1905 年，《江苏白话报》第一期刊载了由挽澜创作的《身外身》和《美人脂》。同年，《广益丛报》第六十五号刊载了冷血（陈景韩）的《歇洛克来游上海第一案》。1906 年，广智书局出版了吴趼人的《中国侦探案》。1907 年，《月月小说》第七号刊载了周桂笙的《上海侦探案》。而黄翠凝的《猴刺客》被认为是"目前能见到的早期比较成熟的中国原创侦探小说""是张坤德首次译介福尔摩斯探案十余年后，出现的现代意义上的侦探小说"②。

《猴刺客》叙 21 世纪情杀故事：马伟生与冯宝琴订婚，而林国材爱慕冯宝琴，离间两人不成，蓄意谋杀马伟生，训练猴子以浸毒的匕首谋刺马伟生。侦探王敏卿从医生判断马伟生死于中毒，及经勘验，从发现马伟生遗体手掌中紧握猴毛等线索入手，终于侦破此案，将林国材逮捕归案处决：

> 医生曰："虽未见痕迹，但吾知该凶手特制此刃以为谋杀之用，故其式不同寻常。然此匕首必有毒物制成。试观其插入项只寸许深，

---

① 据任翔查阅，未见 1901 年《启蒙通俗报》，任对樽本照雄此项记录持疑问。

② 任翔：《百年中国侦探小说精选（第八卷）：我这样的人·序》，北京师范大学出版社 2012 年版，第 7 页。

其所刺又非要脉，本不能致人死也。”

……

侦探曰：“吾意其受刺时拔得，且毛尖紧握掌里，毛根露出指缝，此显然是被刺猛拔之据。”

……

王曰：“吾于昨早七时，将伟生手上之兽毛，携往动物园内，与各兽比较，及比至猴毛，则色样无少异……余即遍窥各猴身，察至第三猴，则胸前缺毛一撮。余急启其笼，探手捉之……复出毛，细细研究，翻覆勘视，果为该猴脱落无疑。”

从发现疑点，到提出大胆揣测，再到勘验比对确定证据，构成完整的证据链，这部小说确实推理严密，重视证据，符合侦探小说的基本精神。

这篇推理小说所包含的三角恋、凶杀等情节，与《姊妹花》如出一辙。黄翠凝对类似情节颇感兴趣，主要原因估计在于其曲折离奇，富有戏剧性，容易吸引读者，有流行元素。黄之所以创作侦探小说，也当与其拓宽作品销路的市场观念有关。即此而言，黄翠凝堪称自觉的通俗小说写手。

值得注意的是，《猴刺客》也与《姊妹花》相似，讨论了自由婚恋问题：

伟生不觉失笑曰：“……彼真为伯爵之女公子，及其才与貌均比卿胜，而吾与卿之爱情，亦不能移甲赠乙也。且我辈生此廿一世纪文明支那国之时代，卿犹以为我为二十世纪之交支那国民哉？”

宝琴曰：“设如为儿女者，不喜娶此人及嫁此人，父母允代为另择一最适意者否？”

伟生大笑曰：“若如是，则不得谓之野蛮专制结婚矣。”

宝琴讶问曰：“然则为父母替儿女择婚，竟不商之儿女耶？”

伟生曰：“然。”又曰：“为男子者，父母或有预知一二，然亦不能妄为干预。不过令其知己与某人订婚。至于妻子之面，全未睹其短长肥瘠也。若女子者，直昧己身之究归何属，于归之日，始自知之。”

宝琴曰：“吾料二十世纪之夫妇，其凄凉痛苦怨恨缺憾之处，尽人皆是矣。吁！为他人父，为他人母者，亦酷毒矣。”……

此论题在当时颇为流行，翠凝初衷，或许在于增加流行元素；抑或表明文化立场，以示其对严肃话题并不隔膜。只是婚恋自由在情节设计中并未给男女主人公带来福祉，而是像《姊妹花》那样，引起三角恋等不对称关系，最终招致悲剧。情节与类似表达明显有冲突，造成了叙事主体的复杂性。对此，下文将结合黄翠凝其他小说综合分析。

（三）《离雏记》："善作家庭小说，情文并茂"

《离雏记》刊登于1917年7月《小说画报》第七号，插以多幅图画。署名"岭南黄翠凝女士"，文首包天笑序曰：

> 天笑生曰：黄翠凝女士者，余友毅汉之母夫人也。余之识母夫人在十年前，苦志抚孤，以卖文自给，善作家庭小说，情文并茂，今自粤邮我《离雏记》一篇，不及卒读，泪浪浪下矣。敬告世之有母之儿，当知无母之惨凄，有若此者。

包天笑认识黄翠凝已久，此处未提黄翠凝曾作侦探小说、情杀小说，而强调其"善作家庭小说"，当非虚言推介其新作，而应该是肺腑之言。此篇小说，确实当得起"情文并茂"四字。小说以六岁女童"我"为视角，写母亲不在身边的种种无助。奶娘疏于照料，小弟不幸夭折；嬷嬷失职，使我生病受伤；父亲难以替代母职，无法制约奶娘和嬷嬷；母亲的朋友们不能雪中送炭，回报母亲曾经对她们的恩德。以上种种既是事实，同时多少带有孩童的主观情绪，故而奶娘、嬷嬷等形象的塑造虽然不乏恶人化、妖魔化之嫌，但既然是呈现在孩童的主观视角中，都可以理解，经得住审思。

总览黄翠凝以上几篇小说，其中有几个共同点：其一，都有死亡情节。《姊妹花》与《猴刺客》都有情杀，《离雏记》中的"小弟弟"则死于病魔。其二，死亡原因有人为因素。《离雏记》中的"小弟弟"虽然死于疾病，但其乳母亦应承担失职之罪。

致人死亡是一种极端的处事方式，黄翠凝小说多次出现类似情节，似乎说明她对死亡有超乎一般的关注。通过死亡来表达爱，本质上是以牺牲肉体主体性为代价索取精神上的主体性。《姊妹花》中，冰雪已经失去丁楚田的爱，宋红亭挑拨春时刺杀了冰雪，冰雪死亡真相暴露引起了丁春时对冰雪的负疚痛悔之情；《猴刺客》中林国材得不到宝琴的爱，就以杀人的方式报复和唤起后者的注意，最终因谋杀罪被处决；《离雏记》中"小弟弟"失去父母的贴身关爱，最终竟不幸夭亡，父母痛恨乳母的同时也深深自责。

黄可能认识到这种爱的毁灭性和破坏性，故而一方面表达这种爱，主张婚恋自由；另一方面，给这种爱以悲剧结局，反而是节制、克制之人才能得到幸福。这种对爱的理解中隐含着无爱毋宁死的情结，从中我们似乎可以体味到黄翠凝对早逝丈夫的怀念及其对爱的渴望和无助。

与前作相比，《离雏记》首次写常态化的家庭生活，戏剧化程度明显减弱。虽然也出现了一些极端情节，如嬷嬷不按时按量喂药险些致"我"死亡，奶娘乱吃食物导致小弟弟腹泻夭折，其他总体仍以家常生活情节为主。

小说以六岁女童为视角，人物都只有一个关系性称谓而无姓名，个性化程度也显著降低。情节中没有激烈的爱恨情仇，只有家庭伦理。

在《离雏记》中，作者对生活和感情的理解更日常和平和，驾驭情感和情节的能力更为娴熟。仅凭伦常情感娓娓叙事，就能使人"泪浪浪下"，其兴发感动能力已经非常了得。包天笑独赞黄翠凝"善写家庭小说"，应该是发现和认可了黄在自我节制和兴发感动能力方面的长足进步。

第二节　为争取女性权利和国民政治民主权利殉道的女作家：黄璧魂

一　生平事迹：为争取女性权利和国民政治民主权利殉道的一生

（一）生于何年

关于黄璧魂生年，有 1875 年①、1877 年②、1886 年③三种说法，其中谢燕章撰文《致力于妇女解放运动的黄璧魂》过程中走访了黄在世的不少

---

① 广东省中山图书馆、广东省珠海市政协编《广东近现代人物词典》，广东科技出版社1992年版，第466页。

② 谢燕章：《致力于妇女解放运动的黄璧魂》，政协广州市委员会文史资料委员会编《广州文史资料》总第46辑，广东人文出版社1994年版，第28—37页。

③ 丁粟：《一个命运多蹇的中国妇女解放运动先驱——广州奇女子黄璧魂》，《羊城晚报》2014年3月8日。

亲人，而丁粟更是对黄生平资料反复查勘，故关于黄生年 1877 年、1886
年两种说法都不能轻易否定。笔者对此有一点考虑：黄璧魂 1910 年在上海
结识广州香山人、同盟会员郭百鸣，在郭影响下经常参加同盟会活动，并
于当年公开结婚。当时因女方年龄比男方年龄大得多，引起很多争议。如
果黄璧魂生于 1886 年，则 1910 年才 24 岁，似乎不应比男方年长太多。即
此而论，黄生于 1877 年之说似乎更为合理。

（二）何年参加"广东女界联合会"

关于黄何年参加广东女界联合会，或者说广东女界联合会何年成立，
也有 1919 年和 1920 年两种说法。

前述谢文及刘巨才《中国近代妇女运动史》① 等资料都记载"广东女
界联合会"成立于 1919 年秋，由伍智梅、邓惠芳、黄璧魂等人负责。而
《广东近现代人物辞典》则介绍黄于 1920 年冬任广东教育委员会秘书，旋
组织广东女界联合会，并被选为执委。张菁菁编撰的《伍智梅小传》称：
1919 年，伍智梅女士深受五四运动影响，是年秋，于广州成立"广东女界
联合会"，伍智梅、邓惠芳、黄璧魂等人负责。但又提到，1921 年 3 月，
伍智梅等利用广东议会起草宪法的机会，她们组成了女子参政团到议会请
愿，名为"女界联合会"，力图争取她们的参政权。则 1919 年成立的女性
组织与 1921 年的女子参政团都曾冠以"女界联合会"之名。②

丁粟认为，1919 年年底，黄璧魂带着儿女回到广州，住在怀远驿娘
家。是年 12 月 23 日，广东女子国民大会在广州女子体育学校举行，通过
了由伍智梅提出的关于组织广东女界联合会的建议，呼吁实行女子的平等
参政权。次日，中华女界联合会广东总会成立，负责人是伍智梅、邓惠
芳、黄璧魂。从此，黄璧魂成为广东乃至中国妇女界的代表。1920 年 12
月，粤军总司令兼广东省省长陈炯明聘请陈独秀为省教育委员会委员长。
陈独秀聘请黄璧魂担任自己的秘书，当时陈独秀在九曜坊广东教育委员会
（今南方剧院附近）办公，陈独秀、沈玄庐等在这里创办《劳动与妇女》
杂志，黄璧魂参与其中。黄璧魂以教育委员会秘书的身份参加社会政治活

① 刘巨才：《中国近代妇女运动史》，中国妇女出版社 1989 年版，第 452 页。
② 张菁菁编：《伍智梅小传》，网络版《民国春秋》2011 年 7 月 10 日发布，伍智梅纪念馆供
稿，http://img.mg1912.com/news/2011/07/10/5d670bb9310f1d530131135559d3001f.html。

动，她通过在日本留学时认识的何香凝，结识了女性知名人士和官僚太太，带头组织起"广东女界联合会"，并被选为执行委员。其中说明了"中华女界联合会广东总会"和"广东女界联合会"的由来，则1919年伍智梅等倡议组织的是"中华女界联合会广东总会"，由广东女子国民大会支持，黄璧魂是广东总会的代表和负责人之一；而"广东女界联合会"则由黄璧魂倡导组织，主要成员是黄在教育委员秘书任上所结识的女性知名人士和官僚太太们，黄被选为执行委员。

（三）组织女子参政团请愿示威并当选香山县议员

中华全国妇女联合会编写的《中国妇女运动史》记录1921年黄璧魂等人组织的示威活动如下：

1921年2月，广东知识妇女伍智梅、邓蕙芳、黄璧魂等人，趁广东议会起草省宪的机会，组成女子参政团。3月29日，集合七百多妇女举行妇女参政大示威，提出省宪应规定女子与男子同享选举大总统及省长的权利；县自治条例中，应规定妇女有当选县议员和县长的权利。示威妇女涌入议会，与制宪审查委员会保守势力发生冲突。邓蕙芳等人被打成重伤。妇女群众并未畏惧，她们转而又去孙中山和省长陈炯明处，孙中山表示赞成她们的主张，陈炯明认为女子应有投票权，游行队伍才解散。①

这应该是"中华女界联合会广东总会"所组织的活动，之所以她们"组成了女子参政团，名为'女界联合会'到议会请愿，力图争取她们的参政权"，大概是"女界联合会"与"女子参政团"相比政治色彩稍弱，能争取到更多的支持。

付金柱《陈炯明与近代广东女权运动》对此事记录更详细，可资借鉴：

在民国初年，广东临时省议会就已经有女子议员的出现。1921年2月，广州市政厅成立，公布了广州市选举委员会组织章程，廖冰筠当选为广州市选举委员会委员，成为5名委员中的唯一女性委员。广州女界莫不喜形于色，以为从此可望取得女子参政权。可是，在接下

---

① 中华全国妇女联合会编：《中国妇女运动史》，北京春秋出版社1989年版，第126—127页。

来的县长和县议会议员选举条例审议中，却使女界的这个愿望被打消。

1921 年 3 月，省议会审议县议会议员和县长选举条例。在县议员选举条例原案中，赋予女子以选举权与被选举权；在县长选举条例中，赋予女子以选举权。不料在省议会审查时，竟然将原案赋予女子的参政权利一律删除。省议会对于女子参政权利的废除，遭到女界的一致抗议。

3 月 28 日，省议会开会讨论县长、县议员选举条例修正案。女界听说省议会将在选举条例中规定非男子不能选举及被选举，即推举邓蕙芳等女界代表提出请愿书，并约集女同胞六七百人到会旁听。会议过程中，就女界请愿书是应先付请愿股审查，还是即可开议问题上，议员间发生争执，引起女界代表要闯进议坛进行陈述。有议员称旁听人不得进议场，引得旁听席哗声大作，于是全场大乱，互相激辩，以至于动武。复经议员多方劝解，女子请愿团退出议场。

29 日，广州妇女各团体联合女界联合会等六七百人集会，讨论女子参政权问题。会上，男界代表张继、谢英伯、夏重民和女界代表庄汉翘发表演说，支持赞助女界应有选举权，必须奋斗力争，才能实现。会后，女界举行游行示威，先后到省议会、省长公署和军政府，一路上齐唱国歌，高呼女界万岁，声势浩大，显示了女界争取参政权的信心和决心。

28 日女界派出代表到省长陈炯明处请愿，29 日女界游行也到省署，陈炯明均给予女界以支持，声明如果省议会剥夺女子参政权，他必交回议会复议。那么，陈炯明对于女子参政权，究竟是什么态度呢？在 28 日省议会会议时，省长代表吕复曾就起草县长选举案及县议员选举案理由，予以说明，代表了陈炯明的主张。陈炯明认为，两案均赋予女子以选举权，至于被选举权，只以县议员为限，县长则不令女子有被选举权……

女子参政案虽然被议会取消，但又被陈炯明驳回复议。在 4 月 18日《广东公报》上有省长命令："且议会议员选举条例各款定式第三条，凡本县住民年满 20 岁以上者为选民。"于此可以证明女子获得了选民资格。另据香港《华字日报》1921 年 10 月 20 日报道，黄碧云当选为香山县议员。（原注）① 于此可知女子获得了县议员的被选举权。

其中不仅缕析了女子参政运动始末，而且考证了陈炯明与广东女界之间的关系。在陈炯明支持下，女子参政案被议会复议，女子获得选民资格，还获得了县议员的被选举权，黄碧云（即黄璧魂）即于当年当选为香山县议员。而1923年黄璧魂被以"陈炯明密探"罪名处决，她本人则对亲人说入罪原因是"在竞选香山县长时得罪了吴铁城，今被吴报复所致"②，从争取女性参政权的这次运动中，也许能找到此事的前因后果，更能让我们窥见女性在政治斗争的夹缝中获益或受损的踟蹰的身影。

（四）新资料：曾参加"团一大"并签名、发言

黄璧魂与新生的共产党有着密切关系。《中国近现代人物辞典》等资料都记载黄曾于1921年年底出席在莫斯科召开的"远东各被压迫民族代表大会"，谢燕章《致力于妇女解放运动的黄璧魂》进一步发现黄璧魂1915年在上海创办的"劳工神圣社"大量承印各种新文化、新思潮刊物及马克思主义刊物，在上海曾名噪一时；此时她与陈独秀及广东籍的无政府主义者黄凌霜、区声白等往来密切，经常跟随他们参加各进步社团、各大学的政治论坛活动。1920年秋，陈独秀应陈炯明之聘任广东省教育委员会委员长，到任后即选聘黄璧魂为随任秘书，并征得了黄璧魂的丈夫郭百鸣的同意。③

而近年新发现资料更证明，黄璧魂曾出席"团一大"，是共青团早期团员之一。1922年5月5日，中国社会主义青年团第一次全国代表大会在广州东园隆重开幕，标志着中国社会主义青年团（中国共青团的前身）正式成立。据丁文介绍，他发现了黄在"团一大"上的发言纪录：

> 笔者曾千方百计试图找黄璧魂的照片而未果，后经广东省委党校教授曾庆榴指点，找到了一份黄璧魂在中国社会主义青年团第一次全国代表大会（简称"团一大"）的发言记录。1922年5月5日至10

---

① 陈定炎：《陈竞存（炯明）先生年谱》，李敖出版社1995年版，第410页。
② 丁黨：《一个命运多蹇的中国妇女解放运动先驱——广州奇女子黄璧魂》，《羊城晚报》2014年3月8日。
③ 同上。

日，"团一大"在广州召开，黄璧魂出席了这次会议并发言，她说："今天有许多是广东人，也有外省人，但广东人居多数，所以说广东话，请诸位原谅。今天我最欢喜的就是各省人共聚一堂会议。会议的意义，已经张椿年先生（即张太雷）说明，不必多说。我是本团一分子……我们女子，现在入团的很少，极希望我们女同志快快起来，与男同志合力去奋斗！"能看到黄璧魂这段在 92 年前的发言记录十分难得，弥足珍贵。①

引文称"曾千方百计试图找黄璧魂的照片而未果"，而没有提到，2013 年所发现的一个资料，已经使黄璧魂在"团一大"参会时的签名浮出水面。

2013 年 7 月 1 日，广州市农讲所展览中国共青团早期人物生平事迹资料，其中有中央档案馆"'团一大'团员签到簿"系首次展览，引起了学者高度关注。据广东省委党校原副校长、教授曾庆榴介绍，此前学界比较关注"'团一大'代表签到簿"，而此次发现"'团一大'团员签到簿"则是意外之喜：

> 据研究表明，该签到簿中不但有团一大代表谭平山、谭植棠、梁桂华、莫耀明、易礼容、陈子博、张绍康的签名，补充了已有的"'团一大'来宾、代表签到簿"的不足，使现有的"团一大"代表签名人数增加到 15 人，分别代表团临时中央局和上海、广州、长沙、武昌、杭州、天津、太原、南京、佛山、汕头 10 个地方团组织，从历史实物的角度再次印证了"团一大"是当时中国的先进青年的一次全国性盛会。
>
> 此外，"'团一大'团员签到簿"还记载了广东早期团员骨干彭湃、刘琴西、刘尔崧、郭瘦真、张善铭、陈日光、杨章甫、黄璧魂、谭鸿基（谭天度）等广东党组织重要成员的珍贵签名，反映了"团一大"时期广东社会主义青年团组织蓬勃发展的状况。②

---

① 丁粟：《一个命运多蹇的中国妇女解放运动先驱——广州奇女子黄璧魂》，《羊城晚报》2014 年 3 月 8 日。

② 谢素军：《"团一大"团员签到簿首次展出》，《南方日报》2013 年 7 月 2 日。

可能很少有人注意到"广东早期团员骨干"中的"黄璧魂"。而两项材料的发现，都与广东省委党校原副校长曾庆榴教授有关。黄璧魂与党史之间的关系，或者并未随着斯人已逝而"魂断"。

（五）新资料：出席"中韩协会"成立大会及参加其他政治活动

近年发现的资料，还证明黄璧魂曾参加1921年"中韩协会"成立大会及其他重要政治活动。

据魏志江研究，1921年9月27日，"中韩协会"成立大会在广州市文德路图书馆正式召开，其成立《宣言书》谓："我中韩两国以历史上、地理上之关系，休戚与共，唇齿相依者垂数千年……爰是集合同志，组织斯会，相与提携，共相扶助，持正谊于人类，跻世界于大同，寸本亲善之精神，用求互助之进步。"参与组织广州中韩协会的中方主要人士有朱念祖、谢英伯、汪精卫、丁象谦、高振霄、张启荣、蔡突灵等；韩方主要人士有金檀庭、金熙绰、朴化佑、孙士敏等。参加成立大会的中方主要人士还有叶夏声、丁象谦、董余庆、谢英伯、周之贞、张启荣、黄璧魂……在中方人士中，朱念祖、叶夏声、丁象谦、高振霄、谢英伯、张启荣、周之贞是广州护法政府"非常国会"的议员，其中丁象谦还是亲韩反日派的代表人物。[①]

黄璧魂正是与会的"中方主要人士"之一。而据魏研究，"广州中韩协会的成立，作为韩国独立运动的重要组织形式，对于配合临时政府初期对广东护法政府的独立和积极推动在太平洋会议上宣传韩国的独立主张起到了非常重要的作用"，则黄璧魂在当时广州临时政府期间参与了不少重要政治、外交活动，是当时广东政坛有影响的人物之一。

（六）因何遇害

1922年6月16日，陈炯明发动羊城兵变。次年1月，孙中山借滇、桂两系军阀势力把陈炯明赶出广州；2月，孙中山任命吴铁城为广州市公安局长。3月初的一天，黄璧魂到广州大新公司购物，刚走到电梯入口处，被几个便衣大汉挟持关押入了公安局。3月6日，吴铁城以黄璧魂企图暗

---

① 魏志江：《论韩国独立运动的主要团体、政党在广东的独立运动》，《东疆学刊》2010年第2期。

杀孙中山的罪名，遣人将她押往东校场杀害。

关于黄璧魂被处决的消息，最早见载于 1923 年 3 月 11 日《申报》的"国内专电"。其报道说："香港电大本营昨枪决女子黄璧魂，谓系陈炯明密探。七日下午六（点）钟。"有关"企图刺杀孙中山"这一罪名，当时报道未予采信，但仍经常被提起。中山大学袁伟时教授与香港容若①就孙中山与"护法战争"所展开的论辩，曾就黄璧魂死因有如下阐述：

> 容先生还说："陈炯明……唆使《群报》的黄璧魂暗杀孙中山。"我想，可能对黄璧魂的基本情况不太了解，容先生才说出这样的话……1923 年年初，支持孙中山的军队重新占领广州。三月，吴铁城出任广州公安局长，借机报复（据说是因竞选香山县长时产生的矛盾），审讯中曾诬陷她企图暗杀孙中山，但这个罪名太无稽了。据现有资料，她确实面谒过孙中山，时在 1921 年 4 月，广东省议会讨论《县自治条例》，议员们要把草案中原有的"妇女有选举和被选举权"删去，广东女界联合会的代表到省议会请愿，与议员冲突，有的代表被殴伤；她们便列队到军政府孙中山主持公道，孙中山接见并支持她们的要求，代表之一就是黄璧魂。据 1923 年 3 月 11 日《申报》的报道："大本营昨枪决女子黄璧魂，谓系陈炯明密探。"可见他们不敢按"暗杀孙中山"定罪。不过她的这个正式罪名也极为荒唐。1921—1922 年陈炯明在位时，不需也不可能要她这样不能随便接触机密又致力于为弱势群体说话的"密探"，去探听孙文及其追随者的情报。陈炯明与孙中山决裂后，她正为澳门死难同胞奔走，也不可能充当密探。同时，她被捕时孙陈双方的战事并未结束，如她确实是密探而加以杀害，这就犯下文明社会所不齿的杀俘暴行，降到 19 世纪清帝国无知官员的水平上去了。②

正如文中所言，即使"系陈炯明密探"这个罪名也很荒唐。但据前文

---

① 容若：《也谈孙中山之五大罪——评袁伟时关于护法的"翻案"文章》，《明报月刊》2001 年 10 月号。

② 袁伟时：《文化专横与历史污秽——答容若先生》，《二十一世纪》网络版，2002 年 6 月，总第 3 期。

所引黄璧魂参与女子参政运动，得陈炯明支持被选为香山县议员有关记载，确实能发现黄系陈炯明当政期间的受益者；黄自己也对堂嫂说，估计罹祸原因是"在竞选香山县长时得罪了吴铁城"①。黄璧魂怎样"得罪"了吴铁城？

吴铁城，号子增，广东香山县三乡平湖村人（今中山市三乡镇平湖村人）。早年追随孙中山先生，参加过辛亥革命、护国、护法斗争。北伐后曾任国民党中央海外部部长、国民党中央秘书长、立法院副院长、行政院副院长兼外交部部长等职。长期负责国民党的海外任务工作。新中国成立后赴台湾。1921 年，吴铁城参加故乡香山县竞选，当选为县长。当选为香山县议员的黄璧魂怎样与吴铁城发生了冲突？是否黄璧魂曾试图竞选县长？或者吴铁城支持他人参选，而不支持黄璧魂？笔者比较倾向于前者，因为黄所说"在竞选香山县长时得罪了吴铁城"，其中"香山县长"可能并非语误，而是说明她的竞选目标原本是"香山县长"这个职位。在竞选中与吴铁城发生了令人不快的冲突。

今天已经很难发现两人之间冲突的具体记录，但相似事件还可作为我们探究这一问题的旁证。1923 年，孙陈之争中被广州市公安局长吴铁城处决的还有一个人物：容伯挺。

容伯挺（1886—1923），字宝韶。广东新会荷塘大宅巷人。父容体正，是晚清举人，以教学育人为业，历任荷塘容氏两等小学堂和江门景贤高等学堂堂长。容伯挺自少受家庭熏陶，学业大进，早年即赴日本求学。得风气之先，加入中国同盟会日本分会，是留日学生反袁组织神州学会的成员，多次与袁世凯复辟作斗争。1916 年任《广东中华新报》社长兼主笔。是年冬，蔡锷在云南起义，他在报纸上开"护国军纪事"专栏。1916 年 6 月当选广东省参议会议员。后任省长公署公报所所长、省财政厅参议等职。1923 年被吴铁城枪杀。

现任香港《彼岸》出版公司总编辑的李大立原名容国维，是容伯挺的孙子。对于祖父容伯挺被杀害的原因，李大立在《壮志未酬身先死》一文中是这样说的："广东军政府期间，祖父主持的《中华新报》受盘踞广东

---

① 丁栗：《一个命运多蹇的中国妇女解放运动先驱——广州奇女子黄璧魂》，《羊城晚报》2014 年 3 月 8 日。

的桂系军阀资助，当时孙中山先生也曾倚靠桂系，企图借助南方军阀的力量打倒北方军阀。陈炯明奉孙中山令回师返粤讨伐桂系时，该报已经转向，大幅报道粤军胜利消息，惜陈炯明后来背叛孙中山，连累到我祖父，以致数年后祖父从日本回来，陈乱早已平息，仍然被吴铁城以'通敌'借口杀害。同期被杀的还有'广东女界联合会'女权活动家、《广东群报》名记者黄璧魂女士，罪名同是'陈炯明密探'。"①李大立还感慨说："我祖父在日本留学时已经结识孙中山先生，资历、地位均在吴铁城之上。所以，如果孙中山先生在广东，吴铁城或许不敢对我祖父下手。不排除吴铁城趁孙中山先生不在广东的机会公报私仇，滥杀国民党内的政敌。中国的政治实在是太残酷和血腥了！特别是当时的中国社会刚刚从数千年的封建统治下解放出来，资产阶级民主社会秩序还未能建立，一切都处在混乱之中。我的祖父不幸就成了这种封建社会仇杀政敌的受害者。"②从这些猜测看，黄璧魂和容伯挺都是在孙陈之争中被当作陈炯明一方，在后者失败后受池鱼之殃，被无情清洗。

可是还有疑问，孙陈之争影响甚广，遑论黄璧魂、容伯挺算不得陈派，即便勉强附骥，他们也绝非核心人物，为何独独他们被杀害？李大立先生说吴铁城是"趁孙中山先生不在广东的机会公报私仇，滥杀国民党内的政敌"，这个猜度很有道理，只是还没有说清楚，在吴铁城看来，什么样的人才是"国民党内的政敌"？黄容二人有何共同点，成为吴铁城无情清洗的目标？

笔者的猜测是，仅仅被疑为陈派一点，不足以成为两人罹难的充足原因。吴铁城当选县长后，很快任用了一位女教育局长，开中国妇女担当行政主官的先例，说明吴铁城对女子参政并无恶感，也并不反对陈炯明对女性参政的支持之举，即此而言，说吴铁城仅仅因黄璧魂当选议员就将其归入陈炯明一派而加以杀害，更让人无法信服。那么黄在竞选中的何种表现，引发了其与吴铁城之间的致命冲突？

事实上，黄容两人还有一个共同点，未曾被论者关注，而此点有可能是他们招致吴铁城反感敌视的重要原因：他们都亲共。如众所知，吴铁城

---

① 转引自吕胜根《容伯挺：主持报纸传播马克思主义》，《江门日报》2011 年 7 月 11 日，第7954 期。

② 同上。

是国民党右派的代表人，于孙中山在世时就明确表现出反共右倾态度，曾经受到孙中山批评，而在孙中山逝世后，吴铁城、孙科和伍朝枢等人成为广州国民党右派的中坚。吴铁城所在的国民党广州市党部，一度成了反共的大本营。"中山舰事件"后，为了平息左派的愤怒，吴铁城作为"替罪羊"之一，丢掉了第17师师长职务。或许政治立场的根本冲突，才是黄容两人被视为"政敌"的深层原因。

论者未注意此点，主要原因在于黄璧魂参加"团一大"等资料近年才被发现；而容伯挺也与黄同时罹难，而且此人也有亲共倾向，则更在大家的视野之外。

据吕胜根介绍，容伯挺主持的《广东中华新报》从1919年11月11日至12月4日合计19天，连载了杨匏安的《马克思主义》，这篇文章不但详细地介绍了马克思主义，而且表示了完全赞同并给予高度评价，开宗明义地指出："自马克思氏出，从来之社会主义，于理论及实际上，皆顿失其光辉，所著《资本论》一书，劳动者奉为经典。"正值李大钊于9月在《新青年》杂志出版《马克思主义研究专号》，传播马克思主义。时人因此有"北李南杨"一说，高度评价革命先驱杨匏安传播马克思主义的重大作用。杨文首刊之日，容伯挺亲自作序进行推介。据说此文引起了孙中山先生的高度重视，对他后来产生"联俄联共扶助农工"的思想，开展国共合作有重要影响。①

容伯挺主办的《广东中华新报》曾在早期宣传马克思主义的思潮中产生重要影响，这或许引起了吴铁城的极大反感和憎恨。否则很难理解1923年吴铁城任公安局长，会将刚从日本返回广州的容伯挺抓来，以"通敌""陈炯明密探"的罪名处决，而此人支持陈炯明之举，仅仅是数年之前陈奉孙中山之名伐粤期间的往事。

至于黄璧魂，或许在1921年竞选香山县县长一役中曾公开表达过亲共政见或亲共立场，从而招致吴铁城的不满。而这样一个女子虽然在县长竞选中败北，却最终将议员一职收入囊中，更使吴铁城无法接受，终于在吴任广州市公安局长期间，借清洗陈党之机将其杀害。即此而言，无论黄璧

---

① 参见吕胜根《容伯挺：主持报纸传播马克思主义》，《江门日报》2011年7月11日，第7954期。

魂抑或容伯挺，其遭吴铁城杀害，都不应被视为"封建社会仇杀政敌的受害者"，而应该看作国民争取政治民主权利的可敬的殉道者。

根据前此资料及如上梳理，可将黄璧魂生平资料简要罗列如下：①

1877 年，黄璧魂出生于广州市十八甫怀远驿，原籍广东省番禺县茭塘村（今番禺区石楼镇），原名韫玉，父黄亮仁，字霭洲，长期在香港等地经商。婚配广州商人张甲次子张家伟。张甲商号名"立和堂"，经营金融借贷和房屋租赁等业务，入葡萄牙籍成为葡籍商人。光绪年间，陈李济药丸店（今陈李济药厂前身）拖欠张甲等人 50 万两银子。为此，张甲等将此事禀报给葡国驻广州总领事馆，由于张甲为葡籍，领事馆为其出面追讨款项。此事甚至还惊动了署理两广总督德寿，德寿委派南海、番禺两县官员出面处理，后来双方官司达 8 年之久仍未解决。50 万两的欠款说明张甲等人的借贷生意做得很大，颇为富有。

1902 年，张家伟身故。是年秋，黄韫玉诞下遗腹子，起名继祖。连同长子其礽，黄韫玉为张家共生育两个儿子。1904 年，黄璧魂先后改名为展素、璧魂及碧魂，在广州开办书社，宣传新思想，与张家产生矛盾而携两个儿子离开张家。

黄张两家经过一番争执，黄璧魂将两个儿子送还，去英日留学，回国后去上海一边做家教，一边从事翻译工作，《牧鹅少年》是她的第一部儿童文学译本。

1910 年，黄璧魂于上海结识在上海保险公司任职的广东香山人郭百鸣，在郭影响下参加同盟会活动。同年郭、黄在上海公开举行婚礼，婚后黄璧魂诞下一双儿女，女儿名志玉。

1915 年 9 月，陈独秀在上海创办《青年杂志》，标志着我国新文化运动的开始。黄璧魂创办"劳工神圣社"，承接各种新文化、新思潮刊物及马克思主义刊物，还承印日常文化用品如信封、信纸等。这间印刷厂在上海曾名噪一时。这期间，她与陈独秀及广东籍无政府主义者黄凌霜、区声白等往来密切，经常跟随他们参加各进步社团、各大学的政治论坛活动。

1919 年年底，黄璧魂带儿女返回广州，住在怀远驿娘家。是年 12 月

---

① 主要依据丁文，其中对黄璧魂生年、在"'团一大'团员签到簿"上签名、参与"中韩协会"成立大会、遇害原因等细节，按上文所介绍新发现资料及笔者分析，已作相应修订。

23 日，广东女子国民大会在广州女子体育学校举行，通过了由伍智梅提出的关于组织广东女界联合会的建议，呼吁实行女子的平等参政权。次日，中华女界联合会广东总会成立，负责人是伍智梅、邓蕙芳、黄璧魂。

1920 年 12 月，粤军总司令兼广东省省长陈炯明聘请陈独秀为省教育委员会委员长。陈独秀聘请黄璧魂担任自己的秘书，当时陈独秀在九曜坊广东教育委员会（今南方剧院附近）办公，陈独秀、沈玄庐等在这里创办《劳动与妇女》杂志，黄璧魂参与其中。黄璧魂以教育委员会秘书的身份参加社会政治活动，她通过在日本留学时认识的何香凝，结识了女性知名人士和官僚太太，带头组织起"广东女界联合会"，并被选为执行委员。

1921 年 9 月 27 日，"中韩协会"成立大会在广州市文德路图书馆正式召开，黄璧魂作为中方主要人士参会。

1921 年 3 月，黄璧魂参与中华女界联合会组织的女子参政团，为争取女子参政权组织游行、示威，并请谒孙中山、陈炯明。后者表示支持女子参政。陈更将广东省议会驳回的赋予女性选举权等县议案发回省议会请其复议。议会议员选举条例各款定式第三条最终规定，凡本县住民年满 20 岁以上者为选民。女性获得了选举权。同年，黄璧魂当选为香山县议员。但在竞选过程中与当选香山县长的吴铁城发生激烈冲突。

1922 年 1 月 20 日至 2 月 2 日，共产国际在莫斯科召开远东各国共产党及民族革命团体第一次代表大会（即东方民族大会），各国代表 178 人出席。中国代表共 39 人，其中张国焘代表共产党，张秋白代表国民党，黄璧魂代表中华女界联合会，其职务是上海女界联合会文牍主任，他们受到了列宁的接见。

1922 年 5 月 5 日，中国社会主义青年团第一次全国代表大会在广州东园隆重开幕，标志着中国社会主义青年团（中国共青团的前身）正式成立。黄璧魂作为团员参会，在"'团一大'团员签到簿"上签名，并在大会上发言。

1922 年 5 月 29 日，澳门葡警在当地调戏华人妇女，引起在场华人反抗，当局出动军警镇压，当场死伤 100 多人，被捕 100 多人。以黄璧魂等为代表的广东省女界联合会和社会主义青年团广东组织等 20 多个社团成立各界联合交涉团，要求国民政府与之交涉，严惩凶手，索赔损失，抚恤家属。黄璧魂等十多名代表到了澳门向澳葡当局交涉，并将募捐款的物品送给被囚同胞。经黄璧魂等人的奔走交涉，被捕者最终获释。

1923 年 1 月，孙中山借助滇桂两系军阀势力将陈炯明赶出广州。2 月，孙中山任命原香山县县长吴铁城为广州市公安局长。3 月初，黄璧魂到广州大新公司购物，被逮捕。原因据说是"企图暗杀孙中山"。3 月 6 日，吴铁城以黄璧魂"系陈炯明密探"等罪名，遣人将她押往东校场杀害。同时被杀的有曾主持《广东中华新报》并大力推介马克思主义的同盟会员容伯挺。

综上，黄璧魂的一生带有鲜明的"民主主义革命"的特色，她为了所追求的女性权利和国民的政治民主权利奋斗一生，无论艰辛，不避琐细，从未止步，直至殉道。这样一位女性，值得我们永远纪念。

二 小说创作：召唤善良的温情伦理小说

黄璧魂刚从日本留学归国后曾在上海一边做家教，一边翻译小说，其中有儿童文学译本《牧鹅少年》（笔者未见）。也曾创作并发表了两种短篇小说，其中《孝子慈孙》刊于《礼拜六》第 86 期（1916 年 1 月 22 日），署名"璧魂女士"；《沉珠》刊于《小说画报》第 17 期（1918 年 10 月 1 日），署名"番禺黄璧魂女士"。

《孝子慈孙》为文言小说，标记为"家庭小说"，讲的是家庭伦理故事。小说中的李材继承父业，广有田产，却对父亲百般厌弃。老父日夜操作，还食不果腹。在李材看来，这只能说明父亲无用。有一天家里猪圈一只母猪突然病死，李材牵强附会，觉得父亲不仅没有养好猪，是个废物；还是个不祥之人，会给家里带来厄运。于是强行驱逐父亲离家。李材的儿子李干雄不齿于父亲这种不孝之举，经常私自拿饭菜给祖父。李材驱逐了父亲，也没能阻止家里遭逢厄运，后来李家果园出现死尸，李材被作为嫌犯拘押，其间染病，乃至残疾。家产变卖殆尽，无以聊生。干雄恭谨地孝敬残疾的父亲，使李材反躬自省，万分惭愧，最终让干雄迎回老父奉养。在祖孙三代努力下，家里经济情况逐渐好转。可见"孝子慈孙"才是真正的祥瑞，而不守孝道才是一个家庭最大的"不祥"。这篇家庭伦理故事，显然以教育大众为写作目的。

《沉珠》讲述了一个走失的小女孩最终被母亲找回，从而"合浦还珠"的故事。故事采取片段叙事法，直接从钱太太和四位千金虐待丫鬟小杏起笔，写不同人等对待小丫头不同的态度：主人虐待小杏，琴师高小姐则同情、善待这位聪明可爱的小姑娘，鼓励她比自己主子也并不卑贱逊色。突然有邻家太太带一位胡太太来寻亲，原来小杏是胡家的女儿，家里比钱家更富贵，三年前遇水灾，胡太太在逃难中不慎让女儿走失，历尽波折才最终打听到女儿的下落。年幼的女儿好比沉入水底的明珠，此时才被收回掌中。这篇小说的叙事方法强化了对比效果：诸人对小丫头态度的对比，小丫头境遇的今昔之比。从中凸显了钱家对待下人的势利小人嘴脸，讽刺了世态；也对国民在水灾等灾难中受难之深寄予了深切的同情和感慨。这篇小说同样以移风易俗为写作动机。

两篇小说中李材对父亲的态度、钱家对小杏的态度都有些夸张过甚，有脸谱化之嫌。不过如前所言，《沉珠》着眼于孤儿被寻回这一片段，而不是有始有终地讲述故事；小说以动作描写、对话描写为主，叙事功能多由人物承担，小说的人物个性化程度明显增强，故事的戏剧性也很突出。已经是一篇合格的现代小说。

第三节　涉笔外交叙事的女作家：梁令娴

一　生平事迹：值得信靠的女儿、妻子

梁令娴（1893—1966），梁启超长女，广东新会人，名思顺，笔名艺蘅，室名艺蘅馆，诗词研究专家。母亲李蕙仙为梁启超大夫人。令娴于1893年4月15日出生，1898年戊戌变法时在上海，后随母赴澳门。1902年随母亲东渡日本与父亲梁启超团聚。先赴东京后又迁往横滨，就读大同学校。1907年随父迁往神户，承父教，并延师讲授国文及英文、日文，曾师事康有为弟子、梁启超同门麦孟华习诗词，师从汤浚习政治经济学。此后数年间，负责管理其父亲来往信件及文稿。1911年3月随父亲离开日本赴中国台湾考察，募集资金筹备君主立宪。4月初回日本。民国成立后不久回国。

1914年农历二月十五嫁梁启超弟子周国贤（希哲），周祖籍广东，是马来西亚华侨，家道清苦，曾在海轮上任小职员，但热爱学习，获得哥伦比亚大学法学博士。曾随康有为周游11国，精通西方文化。1911年随康

到日本，由康介绍与梁启超长女梁思顺缔结百年之好。梁启超对长女这段姻缘非常自豪，曾在信中说："我对于你们的婚姻，得意得了不得，我觉得我的方法好极了，由我留心观察看定一个人，给你们介绍，最后的决定在你们自己，我想这真是理想的婚姻制度。好孩子，你想希哲如何，老夫眼力不错罢。"①

北洋政府期间，周先后担任驻菲律宾、缅甸、澳大利亚、加拿大的领事和总领事。梁令娴长期随夫生活在海外。1924 年母亲李蕙仙病重，9 月 13 日病逝于北京。据梁启超书信，李蕙仙生前半年由梁令娴衣不解带悉心照料，则 1924 年梁令娴当在北京。此后才返回夫婿任所。② 1928 年 3 月 21 日，任加拿大总领事的周希哲与夫人梁令娴为梁思成、林徽因主持婚礼。周梁二人有三子一女：长女周念慈（1915—?），燕京大学毕业后曾在金陵大学任教；长子周同轼（1917—?）也曾在燕京大学读书；次子周有斐（1922— ）是梁思顺四个子女中唯一健在的，只比八舅梁思礼小两岁，他的英文程度超过中文；幼子周嘉平（1928—?）是中国遗传工程学专家。

1928 年 9 月回国。1938 年丈夫周希哲去世，梁令娴独自抚养四个子女。虽然生活困难，但她坚决不肯为日本人做事。1936—1940 年任北平女青年会董事兼秘书，1936—1945 年任松坡图书馆干事，1945—1949 年任北平红十字会理事，1945 年曾义务帮助重组燕京大学国文系，并任讲师半年。1956 年 6 月被聘为中央文史研究馆馆员。曾任北京市东城区政协委员。1966 年 11 月 26 日去世。

作为长女，梁令娴深受父母疼爱和倚重。从梁启超书信看，国事如国会议员选举共和党败给国民党，家事如梁启超夫人病重、梁思成与林徽因婚事等，梁启超都曾与长女倾诉心事，或征询长女意见。如 1913 年选举共和党败北，梁启超家信说："吾党败矣。吾心力俱瘁⋯⋯吾每不适，则呼汝名，聊以自慰，吾本不欲告汝，但写信亦略解吾烦扰也。"③ 再如 1923 年 1 月 7 日，梁启超在给长女的信上说："思成和徽因已有成言（我告思成和徽因须彼此学成后乃订婚约，婚约定后不久便结婚）。林家欲即行订

① 丁文江、赵丰田：《梁启超年谱长编》，上海人民出版社 1983 年版，第 1005 页。
② 同上书，第 1013、1020、1027、1164 页。据第 1027 页，梁令娴于 1925 年 4 月返加拿大。
③ 同上书，第 668 页。

婚，朋友中也多说该如此，你的意见呢?"① 不仅对长女，梁启超对女婿周希哲也非常信赖和亲厚。2010 年 10 月 12 日，郭双林先生在《光明日报》看法《跋梁启超一封未刊书信》，辨析其于美国哥伦比亚大学图书馆特藏室发现的一封梁启超未刊书信的写作日期，信写给时任驻缅甸仰光总领事的女婿周希哲，请后者在南洋代为 1916 年创办的松坡图书馆（为纪念蔡锷创办，国家图书馆前身）募捐。1927 年梁启超写给怀孕的梁令娴家信中嘱她："你来信说希哲很管你，我说很该。你说老白鼻和你，爹爹是不会骂的，不过那老白鼻最怕爹'瞪眼'，你以后要不听希哲的话，他写信来告你时，我也要'瞪眼'哩!"② 之所以父子、翁婿间会如此相互信赖倚重，当然同各自人品修养及善处伦理有关。

梁令娴有论文《所望于吾国女子者》发表于《中华妇女界》第一卷第一期（1915 年 1 月 25 日）。

二　小说创作：推崇谋略的现代外交叙事

1908 年与梁启超、麦孟华合作编订《艺蘅馆词选》（共五卷）。此书是研究梁启超词学思想的重要参考资料之一。

文言小说《巴黎警察署之贵客》刊登在《中华妇女界》第一卷第二期（1915 年 2 期）上，后辑入胡寄尘所编的《小说名画大观》（1916 年 10 月），署名"梁令娴女士"。叙 1905 年 4 月德法两国争夺摩洛哥，战争一触即发。德皇亲临国务会议，但不久竟然失去踪影。原来法国外交总长狄尔喀西设计，当德皇私下去巴黎名妓锦蕊夫人处半夜出来时，安排两名醉汉与德皇相撞。警察当即抓住这三人进警察署。乡约约翰海恩到法国外交总长狄尔喀西私宅，欲报告此事，但狄尔喀西却夷然不动。约翰海恩只好到总统府汇报此事。总统电召乃至登门拜访狄尔喀西，后者均托词不见。翌日德法协议忽成。再三日后狄尔喀西辞职。标题"巴黎警察署之贵客"，原来指的是德国皇帝。

文末有"外史氏"评论，注明素材来源，追述狄尔喀西其人其事：

外史氏曰：法之狄尔喀西，任外交总长，凡七年。法人自第三共

---

① 丁文江、赵丰田：《梁启超年谱长编》，上海人民出版社 1983 年版，第 979 页。
② 《梁启超全集》第二十一卷"家书"，北京出版社 1999 年版，第 6288 页。

和以来，总长在位之久，未有若狄氏者也。英法俄三国协商，全成于其手；意大利与德奥之交，亦彼离间之。盖十年以来，欧洲外交大势之转移，其枢泰半完自狄氏。论者或以比诸俾士麦云。当一九零五年，德法争摩洛哥问题极剧，殆将决裂。而德法协忽成，蔽空层云，瞬息荡尽。局外莫解所由，揣疑百出。协约成后，而狄尔喀西旋去位，众益怪之。数月后，美国某报，忽载此事始末甚详。事太诡异，信否莫能明也。狄氏自此事辞职后，至一九一一年，复入阁，为海军总长者二年，昨秋又去位。今兹大战起，法人网集各党英俊，组织所谓国防内阁者，而狄氏复入长外交，今方在职也。其中年来之事，则欧洲战役史论第一编，言之颇详。《大中华杂志》行将为作小传也。

作为外交官夫人，梁令娴稔熟国际局势，对外交策略极感兴趣，这也是题中应有之义。小说中的法国外长派间谍侦知德皇动向，设计将他困在警察局，迫使德方妥协。这些作为有着明显的反间、釜底抽薪等谋略的痕迹，显得很"中国化"。其中似乎表露出叙事者对中国文化能适应于新国际形势的乐观与自信态度。

第五章

民初小说界女作家里籍生平及其作品考论（下）

——江苏籍女作家及其他

第一节 《瓦解银行》作者：杨令茀

一 生平事迹：做则做到极致、极具自我意识和自尊感的知识女性

（一）辞典中的杨令茀①

杨令茀（1887—1978），字清如，江苏无锡人。出身望族，是杨延俊四子、名宿杨宗济的第八个女儿。自幼受家庭熏陶，熟谙经史，酷爱古典文学，并勤习书画。5 岁便有作品参加画展。8 岁则师从江南著名画家吴观岱习画。宣统三年（1911）随长兄杨昧云（清末度支部丞参）去北京，拜文坛耄宿樊樊山为师，并得到陈师曾、林琴南、廉泉诸名流的指点，结交齐白石等画家，诗文画艺日益精进。每每举办个人画展，观赏者络绎不绝，名声大噪，后被推荐入故宫临摹宫廷墨宝和历代帝王画像，兼任清宫画师。有"杨家小妹才气高"的美誉。她的书法也很有功力，被推荐任袁世凯子女教读。

杨令茀亦擅西学，少年曾获上海市中学生联合运动会跳栏冠军。她的

---

① 杨令茀具体身世情况，参见卓承元主编《中国妇女人名大词典》，河北科学出版社 1991 年版，第 172 页；《杨令茀诗书画三绝》，见郑逸梅《清末民初文坛故事》，学林出版社 1987 年版，第 103 页。

法文很好，又钻研了英、俄两国文字。爱好建筑艺术，曾制作大观园模型和颐和园模型，鬼斧神工，观者叹绝。这是一个具有新知识的才女，不同于传统时代的闺秀。

从杨令茀的经历看，无论做什么她都尽力做到极致，显然是一个自我意识极强，极具自尊感的知识女性。这可能也是她终身未婚的主要原因之一。

杨令茀无意于以家庭为重的女性传统人生观，却将个人荣辱与国家共同体紧密相连，一生重义爱国，是个极具血性的女画家、女作家。

"九一八"事变后，日本派女间谍对她进行拉拢，她慨然写下"关东轻弃千钟禄，义不降日气节坚"的诗句。1934年，为摆脱日军纠缠，她通过驻哈尔滨的德国领事馆介绍，赴德举办画展。行前将在沈阳皇姑屯购置的600亩田产捐赠给当地基督教女青年会。以后一路旅行一路作画，并将所得收入寄赠上海救国会作为抗日活动经费。抵达柏林后，适逢希特勒主持的联合画展开幕，她被邀参加，不料一幅花鸟作品被希特勒看中，并要其在画上落款。她用中文写上"致战争贩子"几个字。事后希特勒看到译文时勃然大怒，下令将其驱逐出境。此时她早已离开德境回国。

1936年，杨令茀赴加拿大，参加在温哥华举办的加拿大全国画展。1937年到美国，从此在美国侨居40年。先在加利福尼亚大学学习，后至斯坦福大学、蒙德莱国立军官学校、太平洋大学、华盛顿大学教授绘画和中文。1965年退休后移居加州卡麦尔城。

1972年，她曾写信给周恩来总理，表白她思归并欲将珍藏文物和她在故宫临摹的帝后画像献给祖国的心愿。但当时国内正处于"文化大革命"时期，她迟迟没有成行。1978年9月5日，杨令茀病逝于美国卡麦尔城，终年91岁。她逝世后，其侄杨通谊、侄媳荣漱仁遵照其遗嘱将她一生珍藏的文物捐赠给北京博物馆，其中献给故宫博物院的有乾隆御用的翡翠水盂、玉雕香炉等8件宫廷玉石珍品；并将其早年在故宫临摹的15幅历代帝后像及她的诗文书画合计130余件字画艺术作品，捐赠给故乡无锡市博物馆。杨、荣更将杨令茀遗产合10万美元捐出，设立"杨令茀文教基金"。1982年，她的骨灰运回祖国，安葬在无锡管社山下杨园。

2007年3月8—18日，为了纪念中国近代著名女画家——杨令茀女士诞辰120周年，无锡市蠡湖地区规划建设领导小组办公室和无锡市博物馆共同主办"'爱国女俦，诗画女杰'——杨令茀绘画艺术展"，所展出的45 幅作品均通过细心遴选，集其精作于一堂，让大家在领略女画家绘画艺术风采的同时，更能感受这位女杰的人格魅力。

杨令茀著有诗集《山远水长诗集》《翠薇嶂》《获怨室吟草》。

（二）新资料：客居美国的杨令茀

1982 年，杨令茀捐献文物在无锡展出的消息在《新华日报》上刊登，罗振玉侄女罗守巽老人看到消息，勾起了与杨令茀交往的一段回忆：1927 年，老人在沈阳故宫博物馆工作时，见到馆中历代帝后画像，始知杨令茀其名。当时杨令茀的画很受各界名流推崇，连罗振玉都称赞。老人心中自然涌起敬仰之情，但并无交往。一日，杨令茀突然不请自来，罗守巽欣喜过望。第二天，罗守巽到杨令茀青年会寓所回访，从此以后来往频频，相过甚密。罗守巽第一次看到《癸卯旅行记》就是在杨令茀寓所，认识该书作者单士厘女士也是杨令茀介绍的。杨令茀初抵美国时，曾与罗守巽有书信往来，但人生坎坷，世事多变，且相隔万里，不久即失去联系。但罗守巽把故友的书札视为至宝，珍藏五十余年直至乘鹤西去，杨令茀女士另有一封用西式红格稿纸钢笔直写的书信，信中陈述了其在美国生活之困境和无尽感慨。信曰："此次来美目中所见及为临时讲师数月，经济、精神均感不快，惟最近得有一线光明。在丕县六星期，可学得无土种植法，省水，省劳工，收获得四倍。茀已学会地瓜、杨梅二种。因带来路费一千五百元（合华币五千元）已将不支。六个月来收入仅三百余元。幸姜老伯接济田租五百余元（合美金一百六十余元）……家兄如能得有接济一千元，即可学会种麦、种棉。如此机会失去可惜，将来回国可以教授荒旱之区，救济灾民。"

信中还说："美人为拜金主义，房租、饭金、学费不能迟交一日，利用我华人工作最好白做，不名一钱。即一块干面包亦不肯白给华工吃。茀于数十里外赶往教授，每星期四十元外，喝白开水一杯亦须给五分钱（合华币一角五分）此民间状况，外交官帘深堂远，不知也……我东方人真须觉悟，自己争气！"

杨令茀女士在信中对艺术界国际友人多有赞许，信曰："大凡诗人画士各国皆同，不分国际界限，待人仁厚。茀在此亦有道义之交数人，彼此解衣推食，数十里，数百里驱车相迎。"①

从中可以了解杨令莤初到美国的境遇：任临时讲师，"六个月收入仅三百余元"，经济颇拮据；积极学"无土培植法"；对美国人的拜金主义和对华人的歧视很反感；在美国文艺界结识了志趣相投、能彼此推食解衣的朋友。上述叙述可以加深我们对杨令莤作为一个极具自尊感和爱国情怀的知识女性的理解。

二 小说创作：扩充了时事、黑幕及爱国、侠义等小说题材的内涵

长篇小说《瓦解银行》共十二回，1913 年 5 月 1 日刊登于《小说时报》第 18 期，署名"杨令莤女士"。小说用文言写成，但模仿通俗小说的章回体。刊出时，此篇冠以"长篇名著"之名。与其他女作家的作品相比，此文确实是女性在民初报刊中所发表的小说中最长的一篇（非连载）。《小说时报》不采取连载方式，一次推出这篇较长的小说，主要原因当在于此文采自时事，而《小说时报》注重时效，一次全文登载，重磅推出。令莤小说仅见此一篇，但也做到了极致。②

郭延礼师认为《瓦解银行》"不能算长篇，而是一个很典型的中篇小说"："从篇幅（1.5 万字）和结构看应属中篇，类似于稍后出现的鲁迅先生的《阿 Q 正传》。当然，在 20 世纪初，对于小说文体中的中篇和长篇、中篇和短篇的界定还不十分严格，特别是对于中篇小说并无明确的定义。在这种情况下，《瓦解银行》的出现，对于现代中篇小说这一艺术形式倒有一种树立范式的意义。"③

此文取材于新闻，算是时事小说与黑幕小说的合体，作者在第十二章叙述故事的本事甚详：

> 阴历壬子四月十五日，京师某报新闻栏内，载银行偏案续志一则

① 朱松龄：《罗守巽与杨令莤的友谊》，《钟山风雨》2011 年第 5 期。
②《眉语》第二号宣言"于本杂志第三号征求女界墨宝，汇作临时增刊，或字或画或文或说部或杂记"，这个临时增刊的小册子后来可惜未流传下来，据第三号宣言中介绍，本次投稿的女小说家有"梁令娴"。
③ 郭延礼：《20 世纪初中国女性小说家群体论》，《中山大学学报》2011 年第 2 期。

云：商业银行总理黄某，既为诸投东控告，受司法处看管。昨日诸股东联名具察，举代表瞿□□君、沈□□君谒见某巨公，请电召其介弟回国，与黄某对质，俾黄无所攀诬。某巨公绝无左袒之意，立允发电召乃弟，可称至公无私。闻之府中人云，某公弟出洋，盖未尝禀命某巨公，则黄某所指，或非无因。

凉秋七月，某夕某报新闻栏内，见银行瓦解之尾声一则，题云：美哉逋逃薮 商业银行案悬经数月，兹以黄某所延律师某西人战败，诸股东必欲使其破产偿还。黄之家属以重金啗英商某，出而干预，驱车至司法处索黄。监守者欲禀长官，某英商不许自由行动。载之竟去。

《瓦解银行》共十二回。回目并不讲究对偶，随意自如，往往暗用典故。回目如下：

第一回　茗客谈瀛

第二回　风吹春水　底事干卿

第三回　青鸟书来

第四回　高谈雄辩皆沉雄

第五回　叱起海红帘底月

第六回　人间何处觅黄衫

第七回　磨盾鼻，一挥千纸，龙蛇犹湿

第八回　神经病耶

第九回　斗柄潜移

第十回　如此星辰非昨夜

第十一回　五湖烟水失西施

第十二回　曲终人不见，江上数峰青

小说叙京师万牲园内，黄竹亭等商议创办银行，所虑国人对本土银行欠缺信任，若能得当朝权贵做招牌，则应能减少大家顾虑，融资当不难。而某巨公为诸商心中不二人选，所虑某巨公不便亲自参与，若能得其某位介兄公郎，事当可成。正谋划间，园内巧遇某巨公介弟五大人，后者同意参与，担当发起人之责。后来果然募集了不少股金。黄任项目经理经营银行事宜，负责保存银行要件等重要资料。某日黄得电报言母病危，惶急中只得把银行要件委托于五大人。三日后，黄归，原来黄母无恙。黄向五大人索要银行要件而不得，因为此时五大人已远赴俄罗斯。诸股东聚讼无良策，某巨公应受害者要求电召五大人归国，而五大人却已赴瑞典留学。事实证明五大人已携股资逃脱，但大家却无可奈何。为了躲避股东追债，黄商等人求援于某英国商人，后者从司法处强行带走黄竹亭，将逃往英伦。叙事者在文末为中国未来而忧虑：

> 谁生厉阶，至今为梗？国际凌夷，纪纲弛废，作奸犯科者悉以金钱势力，托底西人，恬不知羞……今则逐彼富人，使投西籍。富者益富，贫者益贫。兼以先朝勋贵、民党巨公，不得意于新政界者，亦纷纷挟资，适彼乐土。输出奁资，何可胜计？伤哉！吾国宁有富强之日乎？彼黄商之乞援西人，因蛇影杯弓，授人口实。将生为异域之人，死作蛮夷之鬼。自贻伊戚，夫复谁尤？吾国上流社会人心理如此，吾操觚至此，不禁发指眦裂，襟袖沾濡也。虽然，某公弟固辞藻渊永，倜傥有大志，文坛诗社，时见其著作。曩见其《居庸关题壁》云：
>
> "疏柳髡霜，高枫辞晚，西风人上征轮。羌笛吹烟，丛葭都作边声。层峦绀塔秋如画，问皇华多少长亭？数邮程猎猎樯旗，又指怀城。苍茫世事何堪忆，看数行归雁，霄汉云横，衰草连天，愁根梦里还青。霞边盼断相思字，怨迢遥燕树无情。订重来蕙雪销时，同把瑶樽。"
>
> 一曲清商，余韵犹当绕梁三日。

笔者曾试图依据上述引文中的题壁诗，考察"五大人"究竟是民初的哪位贵家公子？惜乎未有结果。杨令茀所憎恶的官场腐败、民众崇洋，都是缺乏公心和国民意识的表现。杨令茀目前仅见的这篇小说，表达的是对如何树立国民意识这个时代根本问题的思考。参见本书第八章"女作家与民初社会思潮"。

小说第六回至第八回叙五大人与黄某等商议认股具体事宜，其中有一插曲：交际花映月为其妹停云来寻找五大人，希望五大人念旧情，与停云归好。众人唯恐开罪贵人，不肯代其缓颊：

> 映月曰："妾妹停云，受知于某贵人，此妾畴昔之夜，得识荆公等，非乎？"曰："然。"映续言曰："诒意翡翠兰苕，和鸣未已，而罟

风恶劣，媒孽中生。某珠宝肆，以一纸账券来索绩逋。弱妹不善词令，致迕贵人。贵人拂衣竟去。挽其亲信之友缓颊，怒不稍霁。作负荆之书，怒复不霁。楚囚相对，乃忆诸公与贵人虽新交，然吾侪见贵人待宾客，未有敬之如诸公者。公等魄力，必足以左右贵人。苟得一言，必能立苏吾困。故不惮以匹马轻车，奔赴告难。惟公等怜而为之。"朱曰："贵人乃决裂若是乎？是毋待进言，少迟将自悔。"曰："是盖难矣。楚琴煮鹤，此中别有难言之隐。向也得之御者，凤凰池畔，别有良家。有女同车，新人如玉。每当上林花好，紫禁风甜。辄有一雪衣花帽之女郎，控金勒骄骢，与贵人作并辔之游。不知其为何许人？媒孽吾妹，必其人也。诸公代妄思之。"

朱频颔其首曰："君言良非无因。然则既倒狂澜，恐非一言可以挽救。"曰："停云之于贵人，已订白头之约。承贵人许以天中佳节，双桨来迎。乘长风破万里浪，遍历欧洲繁丽地。然后驻双旌于沉极，消受锦片前程于文明空气中。今盟血未干，宁便作秋风纨扇。得和事老小费周旋，行当言归旧好耳。"

诸人闻贵人既别眷新人，知其妹小星无望。不觉咸有难色。时则楼外漏声，迢迢将绝，人皆倦绝。几欲作我倦欲眠君且去之言，下逐客之令。

可对上述引文分析如下：其一，映月向诸位商人求助的目的，在于请后者代为求情，使其妹停云能重得五大人的宠爱。其二，停云与五大人之间的嫌隙，起因在于珠宝店拿"积券"向停云索债，停云言语不善，反馈到五大人，五大人从此不喜停云。其三，珠宝商索债，说明五大人未曾向珠宝商付款，珠宝商才会向停云索债。而在停云看来，自己得到的珠宝应该是五大人赠予的，不该向自己索款。吃惊生气之下，才会对珠宝商辞色不善。其四，从引起停云和五大人生隙的这一事件，可以看到五大人或者经济拮据，或者为人吝啬。后来对停云已不念旧情，仍不欲归还购买珠宝的这笔钱，其对钱对妓女态度如此，足见其不只无情，而且做人毫无底线。其五，在筹资建设银行的关键时刻，众人从映月这里得知此事，如果足够冷静，不难判断五大人是个不足信托之人，当悬崖勒马，犹未为晚。其六，可惜在映月一方只求归好，一厢情愿；在黄商、朱商等一方则有求于五大人，讨好唯恐不及，忽略了冷静判断其是否可靠。其七，因此，有求于人的心态，加上贪欲之心、侥幸之心，造成了映月、停云没有能力求助，也同样使众商没有能力准确判断，带来了双方最终的悲剧。

综上，这个插曲在小说中绝非闲笔，而是必要的一个部分。

首先，它丰富了小说内涵，使其超越了一般时事小说和黑幕小说，而富有心理真实性和哲理性。

其次，它与回目所标出的"人间何处觅黄衫"所指唐传奇《霍小玉传》故事可形成互文关系，启发读者思考爱情与尊严、爱情与理性、物欲与理性、侠义与理性、付出与回报等诸多范畴之间的关系。众人不能充当"黄衫客"，五大人最终也并非众人的救世主，有依赖之心者最终无所依赖，不愿施救者最终也求告无门，这俨然演变成一则"反侠义"主题的故事。

最后，在以上基础上，暗示了诸商筹建国家银行心理动因中的暧昧不明、混沌难言之处：究竟是为了开篇大家陈述的拳拳爱国强国之念，还是为了个人私欲？开办国家银行而与权力共谋，岂非与虎谋皮？为什么会忽略怀疑五大人的个人品质，而对他抱有侥幸心理？以上混沌暧昧说明对众商而言，个人与国家、私欲与公心之间的关系还远远没有厘清。而以上思考，也使杨令弗的《瓦解银行》在民初时事小说、黑幕小说、爱国小说、侠义小说中都独树一帜，占有重要的地位。《小说时报》的编辑不对其题材作出明确界定，而只以"长篇名著"目之，是否也出于同样的判断？

第二节　"女界能以文字托业于新闻，影响政局启迪人群""第一人"：刘韵琴[①]

一　生平事迹：寄意于"开启民智"的一生[②]

刘韵琴（1884—1945），名羽诜，清末著名文艺评论家刘熙载孙女。

---

① 笔者发表《中国女性小说的起步》等文时（2000、2001），未发现刘韵琴的小说作品。
② 本节在刘韵琴生平资料方面并无新发现，仅对现有资料作梳理考辨。参考资料主要为，李西亭：《刘韵琴传略》，《兴化文史资料》（第12辑），1987年；《民初女记者刘韵琴》，《新闻研究资料》1988年第1期；马勤勤：《清末民初女小说家刘韵琴及其反袁小说》，《南京师范大学文学院学报》2015年第1期。

清光绪九年十月三十日（1883年11月28日）出生于兴化城西城内城隍庙东巷祖宅内。据《清代朱卷集成》，刘韵琴之父刘展程（1846—1888），字诚之，一字慕陔，行二；光绪乙亥年（1875）参加江南乡试，为中式第五十二名举人。母许氏，出自泰州望族，通诗文。为刘展程续娶妻室，山东泰安府判许宝篑之女。韵琴四岁失怙，与母兄相依为命。"羽诜"名取自《诗经》"螽斯羽，诜诜兮"，寓家宅兴旺，多子多孙之意。而韵琴一生并无子女，其全部心智都投入"开启民智"的追求之中。

刘韵琴长兄刘增诜，字益峰，次兄刘祥诜，字仲云，皆善音律，工诗词，而仲云尤胜。兄妹唱和不断，诗札往返。如《七律·喜晴（步仲云原韵）》《歌行·远别离（留别仲云二兄）》《满江红·闰中秋和仲云二兄》等。据同乡闺友任瘦卿在《韵琴杂著》序中所介绍，韵琴"九岁能诗，及笄文名籍甚"。《韵琴诗词》首篇《七绝·中秋无月》即为九岁时作："准拟今宵乐事多，那堪今夕又空过。何如借取昆吾剑，挥断云根见素娥。"感时抚景，语出惊人，有豪侠气。年甫十三即崭露头角，《七绝·春阴》已颇富诗情画意："溟濛天气种花时，小婢行来笑语痴。遥指隔溪深竹外，桃花新放两三枝。"幼年就读私塾，仰慕古代女英雄花木兰，她在七律《木兰从军》诗中写道："一朝战罢回东阁，千古风高花木兰。"

多数材料介绍刘韵琴在13岁时（1897）前往南京女子学校读书。而据新近马勤勤女士考证，韵琴应是婚后才去南京读书的。①

光绪二十六年（1900）韵琴16岁时，遵母命嫁给明"状元宰相"李春芳十一世孙、同乡李光俪长子李宜璋（字达斋）为妻。多数资料认为韵琴婚后旋随翁姑赴华容知县任所，而据马勤勤查阅《岳阳市志》，李光俪光绪三十年（1904）才到任华容，故而刘韵琴作为儿媳随任的时间，当在1904年之后。在湖南期间，韵琴结识秋瑾。论者多认为因夫妻不睦，19岁（1903）的韵琴只身赴上海神州女校任国文教员。如果韵琴于1904年才随任湖南，则此说亦不可靠。

1907年，鉴湖女侠秋瑾不幸遇害的消息深深触动了刘韵琴，她不惮斧钺在报上发表悼亡友的七律诗《吊秋瑾》："剑芒三尺逼人寒，莫作寻常粉

---

① 马勤勤：《清末民初女小说家刘韵琴及其反袁小说》，《南京师范大学文学院学报》2015年第1期。

黛看。肝胆烛天尘世黯，头颅掷地梦魂安。女权未许庸奴占，种界空嗟异类团。恨煞东瀛初返棹，秋风秋雨送罗兰。"诗中，把秋瑾推崇为法国女政治家罗兰。

中国人民大学博士后马勤勤 2015 年发表的《清末民初女小说家刘韵琴及其反袁小说》对韵琴生平的几个问题，如"何年随任华容""何时就读南京女子师范学校"都提出看法并做出了较有说服力的考据。但笔者尚有一个问题，马勤勤也并未提及：一般认为韵琴 1908 年前往东南亚出任女校校长，而 1918 年《女子世界》刊登的韵琴照片也介绍她是"南洋马六甲培德女学校校长刘韵琴女士"，莫非她此生共有两次出任华侨女子学校校长？笔者拟依据韵琴诗词再做钩稽考订，以俟异日。

在没有新证据情况下，依此前有关韵琴生平经历的记载：1908 年，接受曾在马来西亚槟榔屿华侨女子学校任教的同乡密友任瘦卿女士建议，刘韵琴只身远去南洋马来西亚马六甲城，出任华侨女子学校校长。1911 年秋，身在海外的刘韵琴得知武昌起义成功的消息后，立即返回祖国。到兴化看望兄、侄。翌年，步秋瑾后尘东渡日本留学，就读于东京中央大学。此次留学的目的，正如她在《涤秽》一文中所说："尝至日本，观其政治风俗及五十年（1818—1868）维新史。"即研究"明治维新"对日本富国强兵的作用。在留日期间，刘韵琴与反帝反袁革命斗士黄兴、宋教仁、谭延闿、邵飘萍等人交往。1915 年春，袁世凯勒令驻日公使陆宗舆解散留日学生总会，刘韵琴等留日学生被迫中断学业回国。同年，她被上海《中国新报》馆聘用，成为我国最早的女新闻记者之一。不久，袁世凯正式承认日本提出的《二十一条》，刘韵琴义愤填膺，在报刊上连续发表反对日本帝国主义和卖国贼袁世凯的诗文、小说，对全国反帝反袁斗争浪潮的形成起了推波助澜的作用。1916 年 1 月 14 日，韵琴写了《敬告各省将领》一文，呼吁他们起来共击公敌袁世凯，其革命锋芒不容于当局而被解聘。

1916 年 8 月，刘韵琴接受曾在印度尼西亚槟榔屿华侨女子学校任教的同乡密友任瘦卿女士的建议，委托上海泰东图书局出版《韵琴杂著》，封面书名由曾被孙中山任命为湘军总司令的谭延闿题写。此外，通晓日文、英文的她还与著名小说家毕倚虹合译美国小说《纽约的夫人》（一名《纽约娼妓的生活》），宣传"妇女解放"的先进思想，载于《社会之花》，宣传"妇女解放"的先进思想。还自日本菊池幽芳译本译有西方小说《乳姊妹》（上、下册，上海中国图书公司 1916 年 6 月出版）。1917 年，复在上海神州女校任教。1918 年 5 月 5 日，商务《妇女杂志》第四卷第五号刊登了一帧小照，题为"南洋马六甲培德女学校校长刘韵琴女士小影"。韵琴此时已为华侨女子学校校长。梁绍文《南洋旅行漫记》记载采访女校校长韵琴，后者"如今什么外事都不问了，一心一意地去办华侨的教育，所以她年来对于国事，都甚隔膜云"①。

1933 年，年届半百的刘韵琴回到阔别已久的故乡兴化，居住在城内东大街元老府 3 号门内。她在家中创办私立女子学校，以实践自己"开启民智，救国救民"的夙愿。由于婚姻不幸及李宜璋早逝，韵琴无儿无女，形单影只，其《岁暮感怀》"岁月易蹉跎，残冬转眼过。阴寒云互结，风动雪婆娑"，表达了晚景的叹息。民国三十四年（1945）八月十四日（农历七月初七）溘然长逝，由其侄李远桐承嗣，葬韵琴于兴化城东北李府舍村郊。

刘韵琴不但能创作优美的古体诗词，而且坚持用白话文进行小说、散文、新闻通讯写作及外国文学翻译，因而在中国近代文学史上有较高地位。20 世纪 30 年代，著名《中国新报》记者陈荣广盛赞刘韵琴："吾国女界能以文字托业于新闻，影响政局，启迪人群者，当推刘女士韵琴始矣。"著名女作家丁玲、诗人臧克家也曾给予刘韵琴很高评价。臧克家赞誉她"诗词的确写得不错，思想内容与艺术表现两个方面均甚可取。在她所处时代，能有如此表现，令人钦佩"。著名女作家丁玲 1985 年秋因病在北京住院期间，也曾表示"很想看看韵琴女士之作"。《兴化市志·人物传》称刘韵琴女士生于 1880 年（清光绪六年），系明显舛误，当为 1884 年，应予匡正。

作品集有《韵琴诗词》，武汉工业大学出版社 1995 年版；《韵琴杂著》，署名韵琴女士，上海泰东图书局 1916 年 8 月 20 日，有诗词、小说、杂文、传奇；译著《乳姊妹》②。

刘韵琴是近代"扬派小说"中唯一的女作家，可惜关于她的材料很少，在《鸳鸯蝴蝶派小说分类书目》中仅有《韵琴杂著》一种。1996 年

① 梁绍文：《南洋旅行漫记》，中华书局 1926 年版，第 153 页。
② 韵琴女士：《乳姊妹》（上、下册），自日本菊池幽芳译本转译，上海中国图书公司和记 1916 年版。

春，《郑州晚报》《南京日报》《江苏地方志》等报刊相继发表文章，使湮没长达 80 年之久的江苏兴化籍女作家、记者、诗人刘韵琴及其作品得以重见天日，引起学术界广泛关注。中华诗词学会会员、河南省柘城县李西亭编著注释了《韵琴诗词》，1996 年 3 月由武汉工业大学出版社出版，初版3100 册。书前有臧克家代序、华中师范大学文学院教授黄清泉代序及民国期间兴化任厚康（即任瘦卿）、湖南湘乡成本璞、江西南康陈荣广为《韵琴杂著》所作的序言。书后附刘韵琴影印资料两页，全书共收入刘韵琴所创作的诗、词、歌、赋、小说、笔记、散文等多种文体作品。

二　小说创作：时事黑幕小说

韵琴小说极有特点：基本都是"反袁"小说。参考马勤勤所列韵琴著、译小说篇目表，修订如下：

表 5 - 1

序号	小说名	报刊、出版社	时间	分类信息
1	《白虎汤》	《中华新报》	1915 年 11 月 18 日	寓言短篇；文言
2	《大公子》	《中华新报》	1915 年 12 月 20 日	纪实短篇；白话
3	《报夫仇》	《中华新报》	1916 年 1 月 11 日	纪实短篇；文言
4	《痴人梦》	《中华新报》	1916 年 2 月 13 日	滑稽短篇；白话
5	《新华宫》	《中华新报》	1916 年 3 月 11 日	传奇短篇；文白
6	《皇祸》	《中华新报》	1916 年 3 月 13 日	滑稽短篇；白话
7	《湘民怨》	《中华新报》	1916 年 3 月 23 日	纪实短篇；文言
8	《爱国童子》	《中华新报》	1916 年 3 月 21 日	社会短篇；文言
9	《商人忿》	《中华新报》	1916 年 4 月 1 日	滑稽短篇；白话
10	《奇臭》	《中华新报》	1916 年 4 月 4 日	怪异短篇；白话
11	《行路难》	《中华新报》	1916 年 4 月 12 日	时事短篇；白话
12	《烛奸》	《中华新报》	1916 年 4 月 21 日	时事短篇；白话
13	《琼华第二》	《民权素》（第 17 册）	1916 年 4 月 15 日	爱情短篇；文言
14	《水国春秋》	《中华新报》	1916 年 5 月 14 日	寓言短篇；文言
15	《望帝魂》	《中华新报》	1916 年 6 月 29 日	滑稽短篇；白话
16	《乳姊妹》	中国图书公司和记	1916 年 6 月	译著

序号	小说名	报刊、出版社	时间	分类信息
17	《约瑟芬》	《中华新报》	1916 年 5 月 28 日	历史小说；不详
18	《临时侦探》	《中华新报》	1916 年 8 月 2 日	爱国短篇；文言
19	《纽约的夫人》	《社会之花》	不详	译著
20	《侠义女伶》	《国民日报》	不详	不详
21	《孝女奈杰娜复仇记》	《国民日报》	不详	与"舍我"合作

其中共有 16 篇为短篇小说。《纽约的夫人》又名《纽约娼妓的生活》，系与著名小说家毕倚虹合译自美国小说，宣传"妇女解放"的先进思想，载于《社会之花》。《乳姊妹》原文为西方小说，此文转译自日本菊池幽芳译本。

以上作品收入《韵琴杂著》的共有 15 篇，其中《大公子》（袁克定）、《痴人梦》《皇祸》《商人忿》《行路难》《烛奸》《望帝魂》《奇臭》8 篇是白话小说，其他作品为文言小说。各篇都曾发表于《中华新报》。同样发表在《中华新报》上的历史小说《约瑟芬》可能由于篇幅较长，未收入《韵琴杂著》。换言之，《韵琴杂著》收录的小说基本都是曾发于《中华新报》的短篇小说。并有"韵琴女士最近肖像"一帧，文首有兴化任厚康（即任瘦卿）、湖南湘乡成本璞、江西南康陈荣广为《韵琴杂著》所作的序言。

韵琴发表收入《韵琴杂著》的各篇小说时，任《中华新报》新闻记者。与其身份相关，各篇小说均具有很强时效性。如其《大公子》刊于袁世凯谋称帝阶段，嘲讽为袁世凯复辟大造舆论的筹安会（小说谐音为"求暗会"）；《皇祸》写于袁世凯称帝期间，讽刺袁家眷争权夺位的丑态；《烛奸》叙袁世凯吞金自杀一事，小说中注明事见《天津公民日报》。又如《望帝魂》叙袁世凯临死前给大公子五条妙计，小说注明事见六月十四日《时事新报》。韵琴只将其刊于《中华新报》的各篇时事小说收入《韵琴杂著》，足见其注重社会功用的小说观念，如其《中华新报》同仁陈荣广在《杂著陈序》中所夸赞："吾国女界能以文字托业于新闻，影响政局启迪人群者，当推刘女士韵琴始矣。女士以聪淑之资，通进化之例，故其为文也，不缠绵悱恻于儿女之私，亦无撞搪呼号于参政之习，抉藩入轨，悉如分际……抨击帝制，警惕国人。庄谐杂作，惩劝并施，不求艰深而意自远。"这种以"开启民智"为目的的创作观念，与晚清"小说界革命"的基本主张可谓一脉相承。

韵琴小说观念上承晚清"小说界革命"，形式上则以陈荣广所言"庄谐杂作"为特点。对此，马勤勤论文析之颇详，兹不赘述。笔者更关注的是，民初这种观念影响力如何？持此观念对韵琴的小说创作生涯影响如何？

在《大公子》开篇，韵琴批评了当时比较流行的通俗文学观，强调自己写作目的在于唤醒民众：

> 从来做小说的人，都喜欢说谎话，无端捏造些离奇古怪的事出来，把看的人当小孩子玩弄。我幼年的时候，看小说入迷，就是上过他们的当。近来的小说家，兼带营业性质，更争新斗异的，不知说到哪儿去了……
>
> 我这小说不是捏造出来的，不是有营业性质的，是要使我们中华民国的国民，知道于今政界种种的黑暗事实，都是由这万恶政府酝酿出来的……
>
> 我将这千真万确的事写出来，给那些七颠八倒的人看了，怕他们不说我一个女子也喜欢造谣言，恐人家不信，还要用种种的话来掩饰吗？

说"近来小说家，兼带营业性质，更争新斗异的，不知说到哪儿去了"，显然是以偏概全。本书论及鸳鸯蝴蝶派女作家有相关介绍分析，不赘。

晚清"小说界革命"带来的弊端之一：对小说形式的关注不足，流于说教叫嚣。对此韵琴已经自觉地加以规避：

其一，强时效性。如前论。

其二，人物语言通俗生动，如《痴人梦》写村人王憨之妻抱怨他的话：

> 你看东邻张家伯伯、西邻李家叔叔，他们都入甚么筹安会，请愿咧、筹备咧，如今都发了财，做了官，有了好处。我前日看见张家的嫂嫂、李家的姆姆都是穿金戴银、披绸着缎，举止阔绰的了不得。谁

似我晦气，嫁着了你这种无用的男人，吃又没得吃，穿又没得穿，终日忍饥受冻。熬到后来，不过是个叫化老婆罢了，我何苦来？

非常符合民间某些势利短视的女性语言的特点。

其三，以普通人生活为立足点编织情节，增强读者的代入感。如《湘民怨》叙袁家军横行湘中，生灵涂炭。一老妇的儿子省亲途中遇袁家军，被枪杀；典当行遭士兵强行以绑带典当，以致破产；又一老妇，其侄被袁家军勒索多金而死，侄媳被强奸，其老哥不堪家破人亡而疯；又一女子怀抱幼儿投江遇救，其夫被诬为党人而杀。

其四，使用耳熟能详的典故，增强讽刺效果。如《痴人梦》周妈说袁世凯长得像"乌龟"："如今皇帝是自己经营做的。只要有人补助做皇帝，肯赞成帝制的，莫说是乡下人，便是龟子亡八蛋也是欢迎的。这矮矮敦敦的走路一颠一颠，倒像个乌龟。"《奇臭》也骂袁世凯是个"大癞头鼋"，而其手下诸人则是猪八戒身上的"猪虱子"。

不可讳言，在借助以上手段增强表达效果的同时，韵琴小说有时也会有恶讪之嫌。晚清"小说界革命"以开启民智为号召，似乎先天不够相信"民智"及其品位，有时会降低艺术品位"合时人嗜好"，以致"辞气浮露，过甚其辞"——其中似乎存在着某种吊诡。以提倡者的学力、旨趣，势必难以在品位不足的写作中消耗过久时间精力。大概这也是多数代表人物不久即放弃小说创作的主要原因。韵琴在其《临时侦探》中也说："黎大总统下明令恢复旧约法，召集国会，此四年中惨淡无光之中华民国，依然庄严灿烂，一旦复其旧观，街头巷口，惟闻欢呼中华民国万岁、国会万岁之声浪，洋洋乎盈耳，记者对于袁氏叛国称帝之口诛笔伐责任，亦于是告终"，作总结并告别自己的小说创作。大抵此派作家从未以职业小说家自命或作为自己的人生追求。

第三节　其他苏籍女作家及其他籍贯女作家

一　江苏籍女作家温倩华

目前仅见温倩华一篇小说：文言笔记《手术》，刊登于《礼拜六》第四期（1914 年 6 月 27 日）。全文不足 400 字，叙清咸同年间无锡名医楚二，以推拿著称，以聚气之法救治一病人。注明"不受酬"。

温倩华，字佩萼，江苏无锡锡山人。有黛吟楼。早逝。上海中华图书
馆《女子世界》第一期（1914 年 12 月 10 日）刊其照片，目录曰"女诗
人温倩华"，照片题名"投稿者小影温倩华女士"。同期发表诗作《七夕》
等，署名"锡山温倩华佩萼"。另刊其家藏华艾姝女士山水画册。第二期
倩华表妹江莹（素琼）的诗作为我们了解倩华提供了一些资料，诗云：

> 甲寅九月之秋偕倩华表姊同摄一影藉留纪念即赋一绝
> 妆台我欲拜为师，天付聪明绝世姿。
> 慧业几生修得到，读书休恨十年迟。
> （姊每恨髫年失学故云）。
> 珊珊细步欲何之，为访秋光到菊篱。
> 莫怪离多欢叙少，而今赢得不分离。

《游戏杂志》第四期亦刊其照片，照片题名"温倩华"。该刊物第二期
上登载了她写于"辛亥革命"初起时的心情：

> 辛亥革命事起，九月十五，
> 合家避至乡间，舟中即事，
> 浮家别故园，扁舟载明月。
> 枫树一林霞，芦花两岸雪，
> 夜深人语稀，桥阴橹声密。
> 同是沦落人，都同下游发。
> 村庄间有无，水鸥时出没。
> 鸟意自闲闲，人心何惕惕。
> 旦自放愁怀，一赏秋江水。

其中明显没有"英雄"气概，而充满了小儿女情致。

温倩华与陈翠娜时相唱和，《游戏杂志》第九期有署名"温倩华女士"
的《消夏杂诗》和署名"十三女子翠娜"的《消夏词和倩华姊》。翠娜为
陈栩（蝶仙）之女，蝶仙 1917 年起曾借助《文苑导游录》（一名《文学

指南》）、《文艺丛编》等刊物，用函授方式招生学习，在以上刊物上发表她们的写作，小翠（翠娜）、小蝶、佛影、温倩华等人的作品都曾登在上面。① 陈栩的办刊办学宗旨见于《文苑导游录弁言》："吾书一名《文学指南》，为从游弟子而作也。盖吾以为文学之道，歧路甚多，彼醉心于东西，而趋向不与我同者，我不必强之使难；惟我从游诸子，则我必示之以方针……我于其间，略识门径，则情愿为向导，以导我从游之人。其不与我同趋向者，则不妨分道而扬镳。……故吾此书，不过一游戏场之入场券耳。后列各栏，则陈列品也，为美为恶，见知见仁，是在阅者，吾不敢谓必有可观者焉。"则温倩华为陈栩（蝶仙）之入室女弟子无疑，当可归入"鸳鸯蝴蝶派"作家阵营。1921 年 5 月起至 1922 年 11 月，陈栩编辑出版共 5 期《文艺丛编》，其中《栩园儿女集》包含温倩华的《翠吟楼诗草》。

陈小翠有《〈黛吟楼图〉序》，为温倩华生前居住的黛吟楼绘图并撰文。其中为倩华的早逝而叹息。详考小翠《翠吟楼诗稿》当有更多发现，以俟异日。

倩华另有《黛吟楼遗稿》诗集行世。

二　四川女界先锋曾兰及津籍"畏尘女史"

曾兰（1875—1917），字仲殊，号香祖、香翁、定生慧室主人。四川华阳人，生于四川成都。父曾恒夫为孝廉，弟曾阖君（天宇）为著名金石学家、书画家、蜀中名士。曾兰本人为清末民初知名女诗人、书法家、政论家与小说家，四川第一张妇女报纸《女界报》主笔，中国南社社员。同时，她也是成都最早接受新文化洗礼的新女性，政论文章批判旧礼教、争取妇女权益，为成都妇女登上社会大舞台助力，还被《新青年》《妇女杂志》等刊物转载。②

1875 年，曾兰出生于成都文庙前街曾家，排行第四，成年后因学问精深，被尊称为"老四先生"。

1890 年，15 岁的曾兰嫁给新文化运动的先锋之一吴虞为妻。吴虞（1872—1949），原名姬传、永宽，字又陵。四川新都（今属成都市）人。

---

① 周妙中：《江南访曲录要》，《文史》第 2 辑，1963 年 4 月。

② 曾兰生平行状参见赵清、郑诚编《曾香祖夫人传》，转引自《吴虞集》，四川人民出版社1985 年版，第 267—272 页；《吴虞日记》（上），四川人民出版社 1984 年版。

1919 年 11 月，吴虞在《新青年》第 6 卷第 6 号发表《吃人与礼教》，大力攻击"吃人的礼教"。胡适称他是"只手打翻孔家店的老英雄"。因此被视为民初反旧礼教和旧文化的代表人物。他曾任《西成报》等报纸主编。

曾、吴两家为姑表亲，二人青梅竹马，吴虞曾提到与曾兰"小时即相识，庄雅众莫比"，赞扬曾兰的学养气质。

1872 年，吴虞因与其父亲决裂而被赶出家门，曾兰也随夫迁居新繁县（今属新都县）龚家碾，开始过着一种隐逸田园的耕读生活。到 1892 年他们才回到成都，在城西买宅定居。

吴虞自戊戌维新开始求新学，在成都以教学馆为生，曾参与创设溥利公书局。1905 年赴日求学，入法政大学。1907 年回国，任成都府立中学等校教员。一度主编《蜀报》。辛亥革命后，曾加入共和党，兼任《四川政治公报》主编，后著文反对袁世凯称帝。

曾兰在求新学新文化的道路上一直与夫君同步，可谓知音。1912 年 6 月，成都报人孙少荆诸君主办了四川第一张妇女报纸《女界报》，分社说、电文、世界大事、中国要闻、本省新闻、科学、女界史、杂录、时评、小说，每月三、六、九日各发行一张。曾兰被邀为主笔，倡导女界文明，竭力批判旧礼教的黑暗，积极争取女性的权益。蜀军都督府总政处鉴于《女界报》的影响而破天荒同意女记者列席会议，省临时参议会也专设了接待女记者的会议室，并专门赠送入场券给曾兰。成都女性从此获得登上社会大舞台的机会。

"新文化"运动肇始，曾兰跟着吴虞接触新文化的读物与思想。当时整个成都市只订出了五册《新青年》杂志，他们家里就订了一册。曾兰最有影响力的作品是她的一系列批判专制制度、主张女权的思想政治评论，如《女界缘起》《今语有益于教育论》《弥勒·约翰女权说》《铁血宰相陴斯麦夫人传》《书女权平议》等重要论文、传记，有的被《妇女杂志》转载，有的则由陈独秀主编的《新青年》发表。

1917 年 4 月，军阀戴戡和刘存厚在成都市区打巷战。为避兵祸，曾兰搬进西门外的万佛寺。不料，"暑湿中羸躯，一病遂到骨"，吴虞整天守候在妻子身边，煎药、端水，百般细心护理，却仍然未能挽救妻子的生命。曾兰于当年 11 月 19 日，病逝于少城栅子街五十号爱智庐家中。

曾兰有白话短篇小说《孽缘》，描写包办婚姻给女性带来的悲惨遭遇，是一篇有着新文学萌芽的佳作。

《孽缘》刊于《小说月报》1915 年第六卷第十号，讲述才色俱佳的女子鲁惠，被贪财的母亲包办，嫁给田姓土财主。丈夫猥琐又好色，后来竟然弄了个妓女回家；田家有两个好吃懒做的女亲戚，在鲁惠的公婆前搬弄是非，散布流言。公婆偏祖儿子，原本就认为儿子的堕落是媳妇之过，经人挑唆，公婆更是加倍厌恶、折磨儿媳。

作为一篇白话小说，《孽缘》比鲁迅的《狂人日记》早发表整整 3 年。曾兰何以能在地处西南一隅的成都创作出中国较早的白话小说？据川地学者分析，其中可能有三方面的因素：一是四川老百姓有摆龙门阵的习俗，龙门阵即为白话文的口语形式；二是四川川剧影响，川剧的剧本及剧种形式，也多为白话文；三是经过 1911 年四川保路运动，四川民众也深受白话说唱文学的熏陶。①

不应讳言，曾兰夫婿吴虞在《孽缘》创作中也起到了重要作用，此文创作于 1914 年 10 月间，曾经吴虞修改定稿。《吴虞日记》"阴历九月十九日"载："饭后为香祖改定所作《孽缘》小说。午刻，孙少荆来谈颇久，去后，复改小说。晚将小说改毕，约三千余字。"②"初九日"记"饭后至道署。将小说稿与孔周送去"③。可见《孽缘》先是由吴虞投给成都的《娱闲录》，这是成都出版家樊孔周出资创办的文艺杂志。曾兰当年 8 月曾在该刊发表小说《铁血宰相陴斯麦夫人传》。不料小说甫发表，曾兰的妹夫雷雨村将小说中的人物与自己对号入座，大闹不已。吴虞不得不写信给樊孔周说明此事。《吴虞日记》"阴历十月初七日"记"今日雷雨村生日，早间叔妘来函，言家中生出一事，初不了了。余嘱香祖姑往一视。晚香祖归，则言雷氏以《娱闲录》中家庭小说《孽缘》，系写渠家之事，而为叔妘请托余为之，大起风波耳。作书于樊孔周"④。可能曾撤回稿件，后纠纷平息，又投稿给《小说月报》。

1915 年 10 月 1 日，吴虞接到了上海商务印务馆《小说月报》编辑恽铁樵（树珏）的一封信，云：

---

① 谢天开：《曾兰：挥笔为剑争女权》，《成都日报》2012 年 5 月 7 日。

② 《吴虞日记》（上），四川人民出版社 1984 年版，第 153 页。

③ 同上。

④ 同上书，第 156 页。

香祖女士左右：尊著《孽缘》篇，叙事明晰，用笔犀利，甚佩甚佩！箴砭社会洵小说之职志，间有力透纸背而讽刺较着边际者，已僭加删节，尚祈谅之！计七千字，奉润十四元，察收为祷，凤便希时赐教益，此请著安！①

其奖掖《孽缘》不可谓不高。《孽缘》初定稿"约三千余字"，此时"计七千字"，未见《娱闲录》所载初稿，不知前后出入。收信当日吴虞夜不能寐，做对联曰："功业感筹边，更思文苑儒林，有叔本公仪，同留胜迹；穷愁何足志，只合登仙成佛，继桃椎②法进，共写灵襟。"③ 对联表达了与妻子合作《孽缘》的成就感和自豪感。

曾兰病逝于 1917 年 11 月 19 日，其小说与政论遗文经由吴虞编辑成《定生慧室遗稿》二卷刊刻出版。1921 年 10 月初版《吴虞文录》"附录"亦收入《吴曾兰女权平议》《吴曾兰孽缘》两文。

关于曾兰与南社及其与民初"新文化"运动之间关系的有关阐述，参见本书第七章"女作家与民初文学流派"及第八章"女作家与民初社会思潮"。

还有一个津籍女作家"畏尘女史"长期生活在四川，任《娱闲录》主撰者，号畏尘室主。《四川公报》副刊《娱闲录》第十一册（1914 年 12 月）有她的一幅山水画，题有"畏尘室主"的署名。《娱闲录》第七册（1914 年 10 月）刊登了题名"本录主撰者畏尘女史"的照片，照片有简介，文曰："畏尘女士工文、善画、精绘事、琴学尤邃，热心教育，志愿阁深，现发起《妇女鉴》一种，于妇女德育智育裨益匪浅。"《妇女鉴》，月刊，1914 年 10 月由佘余焘（一钧）创刊于成都，共出三期。该刊主撰者余一均，亦为畏尘女史。编者多为女性，以倡导旧伦理道德而反对女性争取自由平等，标新于民初女性刊物。

据吴虞日记，同年曾兰亦担任《妇女鉴》主笔："十二月初一日，刘

---

① 《吴虞日记》（上），四川人民出版社 1984 年版，第 218 页。

② 当为朱桃椎，唐代隐士。《吴虞日记》原文为"桃推"，误。参见冯修齐《新都楹联》，四川人民出版社 2001 年版。

③ 《吴虞日记》（上），四川人民出版社 1984 年版，第 218—219 页。

长述请香祖任《妇女鉴》主笔，许之。"① 刘长述，原名鹏年，号觉奴。自贡市富顺县赵化镇人，"戊戌六君子"之一刘光第的长子。清光绪十五年（1889）生于北京绳匠胡同，由其父取名鹏年。辛亥后，刘长述在成都从事新闻工作，并以自身经历为素材，开展文学创作活动，与当时成都一批著名文化界人士相往还，颇有影响。与吴虞（爱智）、方舰斋、李老赖（劼人）、曾安素（孝谷）、李哲生、胡安润、何雨神（与辰）等齐名。其中吴虞、李哲生以政论著称，曾安素以艺术著称，而刘长述和李劼人则以小说著称。刘长述小说《松冈小史》，于1915年出版，吴虞作序，在成都风靡一时，受到读者欢迎。

《吴虞日记》1918年4月27日曾谈到余畏尘其人：

> 四月二十七日，余畏尘（名一钧，大兴人），办一《女鉴日报》，夜送关聘来，请予同楷、桓尽义务。余能画，予以所书《草堂风景》一幅赠之。②

笔者推断，余畏尘、佘余焘（一钧）、畏尘女士当为同一人。《妇女鉴》封面所题"佘余焘畏尘等"，"佘余焘"与"畏尘"之间不当如一般所作那样以句读隔开。笔者猜测，余当为余畏尘的夫姓。

则畏尘女士当姓余，名焘，字一钧，而自号为"畏尘室主"。天津塘沽大兴庄人。③ 夫姓余。长期生活于成都，与成都新闻界刘长述等人相熟。善画，精通古典音乐。热心教育，对女德有较传统的认识。1914年创办《妇女鉴》，命意在于以女界道德沦丧现象为鉴，倡导传统伦理道德。曾邀曾兰任《妇女鉴》主笔，并得吴虞所赠《草堂风景》一幅。《妇女鉴》第一卷"弁首"有学者陈文垣题词云："英英佘媛，彼美孟姜。"④ 由此句看，陈不仅在盛赞该刊陈义之贞烈，似乎也暗示一均当时已居孀。

"畏尘女史"在《娱闲录》中先后发表短篇小说合计五篇，篇目如下：
《呜呼夫人》刊于第四册（1914年9月），署名"畏尘室主"。

① 《吴虞日记》（上），四川人民出版社1984年版，第158页。
② 同上书，第386页。
③ 《妇女鉴》"弁首"《小启》作者署"津沽佘余焘"，吴虞等又说她是"大兴人"，则此处大兴当为天津塘沽大兴庄。
④ 《妇女鉴》第一卷，1914年10月。

《咄咄人师》刊于第五册（1914 年 9 月），署名"畏尘女士"。

《鬼事软》刊于第七至八册（1914 年 10 月至 1914 年 11 月），署名"畏尘女士"。

《朋友》刊于第九册（1914 年 11 月），署名"畏尘"。

《哀馑记》刊于第十三册（1915 年 2 月），署名"畏尘"。

其中《呜呼夫人》叙一贤妇，夫不肖，招摇撞骗。贤妇抚子成人，后子立军功，升为军长，母子相依，其乐融融。夫则东窗事发，僵死于树下。子厚葬之。

《咄咄人师》写某校教授冯盈百计献媚校长，继室唐氏百般劝导无益。后各校易长，冯盈被各校拒之门外。无奈以推车为业，得痢疾死。

《鬼事软》叙畏尘室主梦入冥界，游历地狱各处。

《哀馑记》叙丁未秋太原大旱，张媪全家饥寒，媳贤孝，欲卖八龄女以苏婆母饥肠。张媪不舍，相对以泣。"予"闻之，赠以钱二千。

概言之，"畏尘女史"五篇小说都是文言小说，大多为笔记体。唯《鬼事软》志怪。四篇笔记小说均写时事，《鬼事软》亦讽喻现实。小说中的女性大多是贤孝妇人，能齐家；可惜男主角多不堪，故不能济世。足见叙事者笃信传统妇德，坚持内外之别，将改良社会责任寄托于男性，同时对女性的母教职责则寄予了殷切的期待。

在《妇女鉴》发表过小说的女作者，还有第一卷《郝然》作者"纯玉"。第三卷目录提示有"纯玉女士"肖像，题"张纯如女士"，则纯玉即张纯如。生平不详。

三　天津籍女作家徐张蕙如[1]

徐张蕙如，号栖云野客、馥香阁主。另有文字《栖云戏墨》《馥香阁琐记》见《眉语》"杂纂"栏目。蕙如为章武、沽上（今天津）人。《香艳杂志》第八期《蕙香阁艳屑》，署"沽上徐张蕙如辑"。《眉语》第十六号《馥香阁杂缀》署"章武徐张蕙如"。《香艳杂志》第十期有题为"馥

---

[1] 笔者发表《中国女性小说的起步》（2000）时，提出"蕙如女士，其小说《阄婚》1915年 2 月 1 日刊于《小说海》1 卷 2 号。怀疑即为近代知名女诗人吕惠如，尚无实据"。沈燕硕士学位论文《20 世纪女性小说作家研究》（2004）考证"蕙如女士"为徐张蕙如，并搜集了其小说和诗文创作情况。

香阁徐张蕙如女士小影"的封面照片，《中华妇女界》第一卷第十期
（1915 年 10 月 25 日）也有其照片，题为"徐张蕙如女士"；商务《妇女
杂志》第三卷第九号（1917 年 9 月 5 日）也刊其小照，题为"爱读《妇
女杂志》者天津徐张蕙如、衡阳罗刘时女士摄影"。从杂纂和小说的文末
评中可见，她与饲鹤山人、徐幽客等交往密切。其中徐幽客即徐敏，《眉
语》第十三号杂纂三有"幽客杂纂"。

　　徐张蕙如文章多列入《眉语》"杂纂"栏目。沈燕曾将《眉语》中徐
张蕙如刊于"杂纂"的文章列表如下：

表 5 - 2

篇名	期号	类型	体制	署名
栖云戏墨·鹦鹉地	第一卷第九号	游戏小说	文言	徐张蕙如述
栖云戏墨·司花女子诵诗	第一卷第八号	游戏小说	文言	徐张蕙如述
栖云戏墨·善鬼不单名鬼	第一卷第十号	游戏小说	文言	徐张蕙如述
栖云戏墨·冰天谜虎	第一卷第十一号	游戏小说	文言	徐张蕙如述
馥香阁志艳	第一卷第十三号	摘录文献资料	文言	徐张蕙如辑
艳影香痕录	第一卷第十四号	摘录文献资料	文言	徐张蕙如辑
馥香阁杂缀	第一卷第十六号	摘录文献资料	文言	章武徐张蕙如辑
麟凤龟龙录	第一卷第十七号	摘录文献资料	文言	徐张蕙如辑
馥香阁琐记	第一卷第十八号	笔记	文言	徐张蕙如著

　　徐张蕙如是《眉语》的主要女小说家之一。主要作品如下：

　　《铂钏女儿》，刊于《眉语》第一卷第十号。

　　《洗炭桥》，刊于《眉语》第一卷第十一号。

　　《韩牛》，刊于《眉语》第一卷第十二号。

　　《丽娘惨史》，刊于《眉语》第一卷第十六号。

　　《阄婚》，刊于《小说海》第一卷第二号。

　　刊于《眉语》的四篇小说都是志怪题材，都以狐鬼为主要人物。狐仙

"铂钏女儿"做名士叶秋树记室，帮其圈点；壬、癸两鬼"洗炭"求白，不似甲乙丙丁戊己庚辛等鬼败于酒色财气，最终诱捕不老的彭祖，索其命；《韩牛》中老叟狐仙惩罚见利忘义、诱杀其小孙的剃头匠韩牛；"巨物"潜入丽娘新房，伤新郎石宝彝，丽娘被控谋杀亲夫，幸得贼人陆六新婚夜恰见"巨物"自新房窜往僧家，才得真凶。以上狐鬼多襄助君子、惩处奸邪，是铲除人间不平的正面形象。从中可见叙事者讽喻现实的创作动机。

徐张蕙如小说都以讽喻现实为目的，类谴责小说或黑幕小说，有溢恶之嫌。所幸志怪技法使其小说想象奇诡，增加了可读性和艺术性。

第六章

近代小说报刊与女作者群体的兴起
——以《眉语》女作家群与《礼拜六》
"某某女士"作者群为例

民初（1912—1919）报刊上发表的目前可确定作者为女性的小说，可依刊物发表上述作品数量的多寡列表如下（时间略"年""月"而仅显示数字）：

表 6 – 1

序号	刊物	时间	作品	作者
1	《眉语》	第一卷第一号 1914.10	《绣鞋儿刚半折》	马嗣梅
2	《眉语》	第一卷第一号 1914.10	《一朝选在君王侧》	梁桂琴
3	《眉语》	第一卷第一号 1914.10	《一声去也》	许毓华
4	《眉语》	第一卷第二号 1914.11	《同气连枝》	梁桂珠
5	《眉语》	第一卷第二号 1914.11	《萧郎》	柳佩瑜
6	《眉语》	第一卷第二号 1914.11	《处士魂》	高剑华
7	《眉语》	第一卷第三号 1914.12	《春去儿家》	高剑华
8	《眉语》	第一卷第三号 1914.12	《他生未卜今生休》	谢幼韫
9	《眉语》	第一卷第二号 1914.12	《郎欤盗欤》	姚淑孟
10	《眉语》	第一卷第三号 1914.12	《侬之心》	孙青未
11	《眉语》	第一卷第三号 1914.12	《菩萨心肠》	李蕙珠
12	《眉语》	第一卷第四号 1915.1	《裸体美人语》	高剑华
13	《眉语》	第一卷第五号 1915.2	《才子佳人信有之》	柳佩瑜
14	《眉语》	第一卷第七号 1915.4	《刘郎胜阮郎》	高剑华

续表

序号	刊物	时间	作品	作者
15	《眉语》	第一卷第七号 1915.4	《箱笼闲煞嫁衣裳》	李蒣英
16	《眉语》	第一卷第八号 1915.5	《破镜重圆》	李蒣英
17	《眉语》	第一卷第九号 1915.6	《绣鞋埋愁录》	高剑华
18	《眉语》	第一卷第十号 1915.7	《蝶影》	高剑华
19	《眉语》	第一卷第十号 1915.7	《铂钏女儿》	徐张蕙如
20	《眉语》	第一卷第十二号 1915.9	《裙带封诰》	高剑华
21	《眉语》	第一卷第十二号 1915.9	《郎情如水》	柳佩瑜
22	《眉语》	第一卷第十二号 1915.9	《韩牛》	徐张蕙如
23	《眉语》	第一卷第十三号 1915.10	《梅雪争春记》	高剑华
24	《眉语》	第二卷第二号 1915.11	《卖解女儿》	高剑华
25	《眉语》	第十六号 1916.1	《丽娘惨史》	徐张蕙如
26	《眉语》	第十六号 1916.1	《雪红惨劫》	卞韫玉
27	《礼拜六》	第四期 1914.6.27	《手术》	温倩华
28	《礼拜六》	第七十八期 1915.11.27	《新妇化为犬》	陈翠娜
29	《礼拜六》	第八十六期 1916.1.22	《孝子慈孙》	黄璧魂
30	《礼拜六》	第九十九期 1916.4.22	《小玉去矣》	吴忏情
31	《娱闲录》	第二册 1914.8 第三册 1914.9	《铁血宰相俾斯麦传》	曾兰
32	《娱闲录》	第四册 1914.9 上	《呜呼夫人》	畏尘
33	《娱闲录》	第四册 1914.9 下	《咄咄人师》	畏尘
34	《娱闲录》	第七册 1914.10 下 第八册 1914.11 上	《鬼事欤》	畏尘
35	《七襄》	第二期 1914.11.17	《凌波阁》	吕韵清
36	《七襄》	第三期 1914.11.27	《狸奴感遇》	吕韵清
37	《七襄》	第五期 1914.12.17 第六期 1914.12.27	《白罗衫》	吕韵清
38	《中华妇女界》	第一卷第2期 1915.2	《巴黎警察署之贵客》	梁令娴

序号	刊物	时间	作品	作者
39	《中华妇女界》	第二卷第五期 1916.5.25 第六期 1916.6.25	《赖丁格》	李张绍南
40	《中华妇女界》	1916.6.25	《英国改良监狱第一人》	李张绍南
41	《小说丛报》	第一卷第二期 1915.4.30	《彩云来》	吕韵清
42	《小说丛报》	第十八期 1916.1.10	《一剪血》	姚琴桢
43	《小说丛报》	第十八期 1916.1.10	《卿怜曲本事》	朱畹九
44	《香艳杂志》	第八期 1915	《悮悮》	徐畹兰
45	《香艳杂志》	第八期 1915	《以嫖治嫖》	徐畹兰
46	《香艳杂志》	第八期 1915	《周莲芬》	徐畹兰
47	《女子世界》	第三期 1915.3.5	《秋窗夜啸》	吕韵清
48	《女子世界》	第三期 1915.3.5 第六期 1915.7.6	《埋愁冢》	汪咏霞
49	《春声》	第二集 1916.2	《金夫梦》	吕韵清
50	《春声》	第五集 1916.2	《红叶三声》	吕韵清
51	《小说画报》	第七号 1917.7	《离雏记》	黄翠凝
52	《小说画报》	第七号 1918.10.1	《沉珠》	黄璧魂
53	《小说时报》	第十八期 1913.5.1	《瓦解银行》	杨令茀
54	《小说月报》	第六卷第十号 1915.10.25	《孽缘》	吴香祖
55	《小说大观》	第四集 1915.12.30	《花镜》	吕韵清
56	《小说海》	第八期 1917.8.5	《珠光宝气录》	明离女子 徐文系①

　　其中刊载于《眉语》的作品计 26 篇，刊载于《礼拜六》《娱闲录》的各 4 篇，其余不等。值得注意的是，《礼拜六》所载署名"某某女士"的小说原本共计 31 篇，数量超过《眉语》。但其中作者可考证身份为女性的目前仅 4 人。其中作品最多的"幻影女士""秀英女士"，迄今未发现证

　　① 《珠光宝气录》前有冯开（君木）所作的序言，称"女甥徐文系撰《珠光宝气录》，固侠家言也"云云，可确定"明离女子"的姓名及身份。

据可证实其身份性别。《眉语》女作者的身份，大多可由其刊发的编者、作者照片及"杂纂"栏目作品确定的作者信息加以佐证。而《礼拜六》则没有提供类似佐证。本章拟以此入手，分析两个刊物推介女作家的不同编辑策略，以及由此对其作家和作品产生的不同影响。

第一节　《眉语》女作家群及其女性主体间性

一　《眉语》刊发的女作家小说

按发表时间先后可列表如下（时间略"年""月"而仅显示数字）：

表 6 – 2

序号	时间	作品	作者	题材体制
1	第一卷第一号 1914.10	《绣鞋儿刚半折》	马嗣梅	言情小说；文言
2	第一卷第一号 1914.10	《一朝选在君王侧》	梁桂琴	言情小说；白话
3	第一卷第一号 1914.10	《一声去也》	许毓华	言情小说；白话
4	第一卷第二号 1914.11	《同气连枝》	梁桂珠	家庭小说；白话
5	第一卷第二号 1914.11	《萧郎》	柳佩瑜	言情小说；白话
6	第一卷第二号 1914.11	《处士魂》	高剑华	志怪小说
7	第一卷第三号 1914.12	《春去儿家》	高剑华	言情小说；白话
8	第一卷第三号 1914.12	《他生未卜今生休》	谢幼韫	言情小说；白话
9	第一卷第二号 1914.12	《郎欤盗欤》	姚淑孟	言情小说；白话
10	第一卷第三号 1914.12	《侬之心》	孙青未	言情小说；白话
11	第一卷第三号 1914.12	《菩萨心肠》	李蕙珠	社会小说
12	第一卷第四号 1915.1	《裸体美人语》	高剑华	言情小说；白话
13	第一卷第五号 1915.2	《才子佳人信有之》	柳佩瑜	言情小说
14	第一卷第七号 1915.4	《刘郎胜阮郎》	高剑华	言情小说；白话
15	第一卷第七号 1915.4	《箱笼闲煞嫁衣裳》	李蒝英	言情小说
16	第一卷第八号 1915.5	《破镜重圆》	李蒝英	言情小说；白话
17	第一卷第九号 1915.6	《绣鞋埋愁录》	高剑华	言情小说；白话
18	第一卷第十号 1915.7	《蝶影》	高剑华	言情小说；白话
19	第一卷第十号 1915.7	《铂钏女儿》	徐张蕙如	志怪小说

序号	时间	作品	作者	题材体制
20	第一卷第十二号 1915.9	《裙带封诰》	高剑华	言情小说；白话
21	第一卷第十二号 1915.9	《郎情如水》	柳佩瑜	言情小说；白话
22	第一卷第十二号 1915.9	《韩牛》	徐张蕙如	志怪小说
23	第一卷第十三号 1915.10	《梅雪争春记》	高剑华	言情小说；章回
24	第二卷第二号 1915.11	《卖解女儿》	高剑华	言情小说
25	第十六号 1916.1	《丽娘惨史》	徐张蕙如	言情小说；文言
26	第十六号 1916.1	《雪红惨劫》	卞韫玉	志怪小说

其中 1914 年 10 月创刊起仅两个月内发表小说合计 11 篇，1915 年合计发表 13 篇，1916 年发表 2 篇。1915 年几乎每月一刊，看不出停刊迹象。1916 年 1 月连刊两期后停刊，显得有些突兀。26 篇小说中，言情小说合计 20 篇，志怪小说 4 篇，家庭小说、社会小说各 1 篇。从题材看正符合周作人 1918 年在北京大学文科研究所做题为《日本近三十年小说之发达》的演讲所批评的"旧小说"的特征："此外还有《玉梨魂》派的鸳鸯蝴蝶体，《聊斋》派的某生者体，那可更古旧得厉害，好像跳出在现代空气之外的，且可不必论它。"① 言其"旧"，是把"鸳鸯蝴蝶体"和"某生者体"看作才子佳人小说和志怪小说的变种和余绪。

二　《眉语》主要女作家

《眉语》刊发的上述 26 篇小说按作家发表作品多少可列表如下：

表 6 – 3

序号	作者	作品	时间	题材体制
1（1）	高剑华	《处士魂》	第一卷第二号 1914.11	志怪小说
1（2）	高剑华	《春去儿家》	第一卷第三号 1914.12	言情小说；白话
1（3）	高剑华	《裸体美人语》	第一卷第四号 1915.1	言情小说；白话
1（4）	高剑华	《刘郎胜阮郎》	第一卷第七号 1915.4	言情小说；白话
1（5）	高剑华	《绣鞋埋愁录》	第一卷第九号 1915.6	言情小说；白话

---

① 周作人：《日本近三十年小说之发达》，《新青年》1918 年 5 月第 1 期。

续表

序号	作者	作品	时间	题材体制
1 (6)	高剑华	《蝶影》	第一卷第十号 1915.7	言情小说；白话
1 (7)	高剑华	《裙带封诰》	第一卷第十二号 1915.9	言情小说；白话
1 (8)	高剑华	《梅雪争春记》	第一卷第十三号 1915.10	言情小说；章回
1 (9)	高剑华	《卖解女儿》	第二卷第二号 1915.11	言情小说
2 (1)	徐张蕙如	《铂钏女儿》	第一卷第十号 1915.7	志怪小说
2 (2)	徐张蕙如	《洗炭桥》	第一卷第十一号 1915.8	志怪小说
2 (3)	徐张蕙如	《韩牛》	第一卷第十二号 1915.9	志怪小说
2 (4)	徐张蕙如	《丽娘惨史》	第十六号 1916.1	言情小说；文言
3 (1)	柳佩瑜	《萧郎》	第一卷第二号 1914.11	言情小说；白话
3 (2)	柳佩瑜	《才子佳人信有之》	第一卷第五号 1915.2	言情小说
3 (3)	柳佩瑜	《郎情如水》	第一卷第十二号 1915.9	言情小说；白话
4 (1)	李菕英	《箱笼闲煞嫁衣裳》	第一卷第七号 1915.4	言情小说
4 (2)	李菕英	《破镜重圆》	第一卷第八号 1915.5	言情小说；白话
5	马嗣梅	《绣鞋儿刚半折》	第一卷第一号 1914.10	言情小说；文言
6	梁桂琴	《一朝选在君王侧》	第一卷第一号 1914.10	言情小说；白话
7	许毓华	《一声去也》	第一卷第一号 1914.10	言情小说；白话
8	梁桂珠	《同气连枝》	第一卷第二号 1914.11	家庭小说；白话
9	谢幼韫	《他生未卜今生休》	第一卷第三号 1914.12	言情小说；白话
10	姚淑孟	《郎软盗软》	第一卷第二号 1914.12	言情小说；白话
11	孙青未	《侬之心》	第一卷第三号 1914.12	言情小说；白话
12	李蕙珠	《菩萨心肠》	第一卷第三号 1914.12	社会小说
13	卞韫玉	《雪红惨劫》	第十六号 1916.1	志怪小说

其中高剑华发表小说合计 9 篇，徐张蕙如 4 篇，柳佩瑜 3 篇，李淯英 2 篇，其他 9 位女作家各发表 1 篇。1914 年创刊伊始各位女作家（主笔高剑华及柳佩瑜除外）大多只发表 1 篇小说，其后未有作品见刊。相反，1915 年开始供稿的徐张蕙如、李淯英却都连续有作品发表。这是否表明《眉语》创刊敦请各位主笔①提供小说作品以鼓励小说创作，或诚邀友情赐稿襄助②，而其后则开始自觉培养小说撰稿人，并注意与女性撰稿人保持长期联系？

基于此，我们把高剑华、徐张蕙如、柳佩瑜、李淯英等当作《眉语》主要女小说家，而创刊期间仅发表 1 篇小说的梁桂琴、李蕙珠等则不在此列。而 1915 年的《眉语》则是高剑华等四位小说家的舞台，此年可看作《眉语》作为女子小说重镇的成熟期。

（一）高剑华及其"裸体美人"叙事话语的女性主体间性

高剑华（1889—？），号俪华馆主，许啸天（则华）的夫人，浙江杭州人。本书第三章"民初小说界女作家里籍生平考论（上）"第二节考证高剑华的生平交游情况，兹不赘述。

高剑华 1912 年嫁与许啸天，按笔者有关其生年为 1889 年的论断，此年剑华 23 岁。据许啸天自述，两人原为中表亲。③ 如前文所引，二人婚后以文为生，形影相随，奔走各地。

夫妇俩较早"赤手经营"的共同事业，即著名的民初女性刊物《眉语》。高剑华自 1914 年 10 月起任《眉语》主编，该刊物上曾三次刊登题为"编辑主任高琴剑华""本志主任高剑华女士"的照片，分别为第一卷第一号、第一卷第二号、第一卷第三号。亦有她和许啸天的便装照和结婚照，高剑华穿西式婚纱。《眉语》1914 年 10 月创刊，1916 年 3 月停刊，

---

① 梁桂琴、许毓华、梁桂珠、姚淑孟、孙青未、李蕙珠等都是《眉语》"杂纂"等栏目的主笔。

② 李蕙珠刊于《眉语》第一卷第一号（1914 年 10 月）的《杂纂二·倚蓉室野乘》谈到写作缘由为"同学高剑华君有眉语小说杂志之刊，来索余近作。余无以应，乃杂遂旧闻之可堪发谑者数十条付之，聊以塞责"。

③ 许啸天：《新情书》十首之二，《眉语》第四号。

前后共出 18 期。

高剑华不仅是《眉语》社长和主编，也是最高产的女小说家。其 9 篇小说中共有 8 篇言情，1 篇志怪。本书第三章概括剑华小说有如下特征：其一，故事中大都有一个很有主见的女性形象；其二，故事中的女性大都由于被爱而获救赎；其三，意识自主性与生理被动性的冲突，赋予了女性性别幻想以"乌托邦"色彩和传奇性特征；其四，剑华小说本质上在讲述女性精神历险的传奇。概言之，剑华小说既在表达追求精神自由的主体性诉求，又将希望或安全感寄托于被爱，即在两性关系中的客体性。

剑华最能表现这种有张力的主体间性特征的作品当推其《裸体美人语》，小说中"侬"在父亲死后一度消沉，渐慕豪华，由表妹作伐，"侬"嫁怡亲王为妃。某日，皇后携"侬"游内苑，"侬"于林中见一裸体美人。

所谓"士为知己者死，女为悦己者容"，都是在客体化中实现主体价值。而"裸体美人"则讥笑说"伪君子以伪道德为饰，淫荡儿以衣履为饰"，其追求主体性的意识可谓大胆而彻底。修道者感喟"大患在吾有身"，此处女叙事者则在思考"大患在吾有衣"，都在追求彻底地超越自身的客体性。不过，裸体是否能降低女性的客体性程度？对着裸体美人是否能如同面对西方自由女神，摒弃俗念，顶礼膜拜？美人身上的衣服此时如同女性身体主体间性的层次，发人深省，富有隐喻意味。

《眉语》自第二号发广告征集名媛及妓女照片，第十四号编辑部预告"特赠大幅裸体美人画月份牌"云：

> 本杂志发行已一年，销数达万册。兹值第二年第一号出版（即第十三号）特印赠长二尺宽尺余之大幅裸体美人名画，香艳精美，为自来所未有。准于阴历十二月初十日由本杂志总发行所分赠。凡预定本杂志半年者（从十三号以后定起者）每份各赠一幅，以示优异。幸勿失此机会（此画不零售）！

此则广告中推出的"大幅裸体美人名画"显然不似小说中的"裸体美人"那样带有女性主体性诉求，而是定位于"香艳精美"，强调其供猎艳的客体性价值。这也说明"裸体"并不能降低女性的客体性程度。"裸体美人"的现实客体性与艺术主体性之间的张力，决定了"裸体美人"形象的女性主体间性。

（二）徐张蕙如

具体介绍见本书第五章。徐张蕙如小说都以讽喻现实为目的，类谴责小说或黑幕小说，有溢恶之嫌。所幸志怪技法使其小说想象奇诡，增加了可读性和艺术性。值得注意的是其作品中的女性形象，很难评说其有主见，抑或容易受人左右。如叶秋树不善句读，受人轻视，"铂钏女儿"却能青眼相加，但又甘为其记室；新郎石宝彝被怪物所杀，黄丽贞不在案发时或受冤时以身相殉，甚至还曾"诬服"，最终案情大白归家后才不堪清冷身世，自裁了断残生；某巨商之三女以可自由结交男子为条件嫁给某宦官，徒然被世人讥笑。以上女子无论贤愚，无论贞淫，都有其所求，亦有其无奈。鲁毅将女性形象的类似表现称为"男性话语的文本实践及'越轨书写'"①，黄锦珠则命之为"女性主体的掩映"②，都指出了其中的女性主体间性特征。虽然蕙如所写均为志怪故事中的女性，但现实女性的主体间性，在其小说中得到了近自然的展示。

（三）柳佩瑜及其"才子佳人""旖旎春光"叙事话语的女性主体间性

里籍、生平暂无从查考。1914 年任《眉语》编辑，该刊第一卷第二号（1914 年 11 月）刊登题名"柳佩瑜 本杂志编撰部女士像"。共在《眉语》发表小说三篇：《萧郎》，第一卷第二号（1914 年 11 月）；《才子佳人信有之》，第一卷第五号（1915 年 2 月）；《郎情如水》，第一卷第十二号（1915 年 9 月）。是 1914 年《眉语》创刊后第一批为"小说"栏目供稿的编辑中连续发稿的唯一一位。

以上三篇均为言情小说：《萧郎》取"从此萧郎是路人"之意，讲多情女子吴兰芳被纨绔子弟郑世禄遗弃，寻夫却遭囚禁，爱子被售的悲惨遭遇，类现代秦香莲故事；《才子佳人信有之》假狸猫"雪婢"之口渲染《眉语》社长高剑华夫妇的美好婚姻生活；《郎情如水》叙工程师"余"

---

① 鲁毅：《鸳鸯蝴蝶派编辑策略与清末民初女性小说创作》，《济南大学学报》2015 年第5 期。

② 黄锦珠：《女性主体的掩映：〈眉语〉女作家小说的情爱书写》，2011 年中国近代小说国际学术研讨会会议论文集，济南，2011 年 10 月，第 99 页。

设计才干深得厂主赏识，最终被委主管厂务，并获娶厂主之女，恨"余"者格希尔枉做小人徒唤奈何。三篇都以第一人称叙事。前两种小说中"余"或"奴"为旁观者：女主角吴兰芳的旧时好友，女主角高"夫人"的爱猫；后一种小说"余"为男主角，但"郎情如水"则是代女主角界定整个故事。

概言之，柳佩瑜小说的视角选择，明显地将女性置于被观察、被设定的地位，有明显的客体化特征。

最典型的流露如《才子佳人信有之》如下描写：

> 夫人乃折纸作小屋置地上，奴隐身其中。夫人以纤指在室外抓搔，奴急跃出抱夫人指佯噬之，继作种种游戏，或攀登跳掷如鸟，或作蛇行，或作虎视，或人立而舞，或龟行而伏。凡所以媚夫人者无所不至，夫人顾而作娇笑，笑乃如花枝招展，如柳条俯仰。渐力弱不支，软倚郎肩。郎揽而坐诸怀，俯颈与夫人接吻。夫人红晕粉颊，推郎起曰："幸雪儿不解语，不然旖旎春光，漏曳殆尽矣。"

正是"雪奴"的叙事，将夫人房内的"旖旎春光""漏曳殆尽"：其"顾而作娇笑，笑乃如花枝招展，如柳条俯仰。渐力弱不支，软倚郎肩"，与雪奴的媚人之举相似，无不流露出供赏玩的被动情态。与之相反，"郎""揽而坐诸怀，俯颈与夫人接吻"等一系列动作则充满了主动性。

具反讽意味之处在于，"雪奴"在本篇中身份虽是客体，却在叙事视角中占主导地位。主人看其做戏，不知在其眼中也已成为才子佳人剧中之人。正如"夫人"诸般姿态似拒还迎，无限浓情蜜意从中流泻；夫妇情深，锦绣春光恨不能"为阃外人漏泄一二"。雪奴与主人、夫人与郎君、叙事者与被叙事者三对主客体的设定，使主客体之间的关系充满了张力，暗示了相互制约转换的多种可能性。

与传统才子佳人小说相比，此篇作品不仅作者为女性，主角亦是女性，还是在"狸奴"视野中的女性。以上多层次的主客体关系使此作在才子佳人小说中别具一格，表现出典型的女性主体间性特征，有着丰富的性别阐释空间。

三　《眉语》是否"桃色期刊"及其女性主体间性

如本书第三章所述，《眉语》并非所谓"桃色期刊"。其"图画"栏目颇有特色，每期都有精选图画，广泛征求女子肖像，制成特刊《名媛集》："欧美各大杂志尝有美人影片之征集，凡属交际场中名媛淑女往往以预选为荣，本社特仿其例，订约如左：贤女，例如孝女、烈女、节妇及热心公益者；才女，例如书画家、女学家、美术家、科学家等；美女，例如其美名著于一方者。"① 另有"文苑"栏目包含诗词、剧本、弹词、曲谱等，"杂纂"栏目包含笔记、琐闻、笑话、译丛、妓女名录等。

本书第三章借用台湾女学者李癸云所论"女性主体性"概念分析《眉语》期刊的社会性别特征，概括后者在女性意识方面的"兼具自主性与被动性"。此处笔者希望用"女性主体间性"概念来取代所谓的"女性主体性，庶几可以避免少许误读"。

笔者认为《眉语》有着突出的女性主体间性，主要根据在于：其主动性或曰自主性强，自觉在编辑理念、内容选择、市场定位中贯穿着鲜明的女性特色；而客观上看，其所渲染的女性特色，包含着被赏玩、被消费的客体性内涵。

从主导倾向看《眉语》鼓励女性积极参与生活，塑造自我，更偏重强调女性的自主性和自为性。即此而言，《眉语》算不得所谓"桃色期刊"，只是其突出女性性别特征和主体性的编辑理念，不免与强调女性性别特征私有性的传统女德相抵牾，有些做法如发布妓女名录甚至是故意标新立异，容易招致诲淫之讥。

即表现女性的主体间性而言，如前所述，《眉语》社长高剑华的《裸体美人语》、女作家柳佩瑜的《才子佳人信有之》等作，其中"侬"视野中的"裸体美人"和"奴"（狸猫）视野中的"夫人"都成为女性主体间性的隐喻性符号，富有阐发性。这两篇小说在表现女性主体间性方面已达到形象化、符号化的艺术高度，即使与现代女作家的作品相比亦毫不逊色。仅凭此两篇作品，《眉语》即可与其他最具探索性的现代文学刊物并

---

① 《本社特刊征求肖像〈名媛集〉启事》，《眉语》第七号。

列而无愧。

可惜在现实中女性主体间性所面对的问题远比小说中更为深刻和复杂。"裸奔"和"春光漏泄"在艺术中可供膜拜或赏玩，使读者在主体性和客体性两端品度游走；在现实中则难免于"桃色"和"诲淫"之评。《眉语》的花开花落，本身就是女性主体间性探索中的一个有意味的文化符号。

第二节 《礼拜六》的"某某女士"作家群及其"名士化"特征

一 《礼拜六》署名"某某女士"的作品及已被确认为女性的作者

《礼拜六》前一百期（"五四"之前）作者署名为"某某女士"的小说作品共有31篇，兹依作者作品多少和作品发表时间列表如下：

表6-4

序号	作者	作品	时间	题材体制
1（1）	幻影女士	《坟场谈话录》	第十九期 1914.10.10	短篇小说
1（2）		《声声泪》	第二十二期 1914.10.31	实事短篇
1（3）		《回头是岸》	第四十八期 1915.5.1	短篇小说
1（4）		《贫儿教育所》	第六十一期 1915.7.31	理想小说
1（5）		《臆惨哉》	第六十二期 1915.8.7	灾情小说
1（6）		《不堪回首》	第六十七期 1915.9.11	警示小说
1（7）		《慈爱之花》	第七十期 1915.10.2	短篇小说
1（8）		《别矣》	第七十三期 1915.10.23	短篇小说
1（9）		《灯前琐语》	第八十一期 1915.12.18	短篇小说
1（10）		《小学生语》	第八十二期 1915.12.25	国家小说
1（11）		《农妇》	第八十三期 1916.1.1	家庭小说
1（12）		《絮萍》	第八十六期 1916.1.22	短篇小说
2（1）	秀英女士	《死缠绵》	第六十六期 1915.9.4	哀情小说

序号	作者	作品	时间	题材体制
2（2）	秀英女士	《青楼恨》	第七十期 1915.10.2	苦情小说
2（3）		《子骗》	第七十四期 1915.10.30	社会小说
2（4）		《杀妻记》	第七十七期 1915.11.20	义烈小说
2（5）		《女学蠹》	第八十六期 1916.1.22	社会小说
2（6）		《髯翁之遗产》	第九十四期 1916.3.18	家庭小说
3（1）	静英女士	《割臂盟》	第五十九期 1915.7.17	言情小说
3（2）		《阿凤》	第六十四期 1915.8.21	言情小说
3（3）		《人月重圆》	第六十七期 1915.9.11	言情小说
4（1）	颖川女士	《郎颜妾臂》	第六十三期 1915.8.14	言情小说
4（2）		《缘篮记》	第六十五期 1915.8.28	言情小说
4（3）		《火里鸳鸯》	第六十六期 1915.9.4	言情小说
5	温倩华女士	《手术》	第四期 1914.6.27	短篇笔记
6	鹅西女士	《苦海沉珠记》	第六十三期 1915.8.14	言情小说
7	镜花女士	《爱之果》	第七十四期 1915.10.30	言情小说
8	翠娜女士	《新妇化为犬》	第七十八期 1915.11.27	滑稽小说
9	佩瑛女士	《雄辩之女学生》	第七十八期 1915.11.27	短篇小说
10	璧魂女士	《孝子慈孙》	第八十五期 1916.1.22	家庭小说
11	忏情女士	《小玉去矣》	第九十九期 1916.4.22	苦情小说

　　从时间看，其中1914年刊发小说3篇，1915年22篇，1916年6篇。与《眉语》相似，大部分作品刊发于1915年。基于此，1915年可以被视为民初女作家发表小说的"极大年"。

　　从题材看，言情小说类别（含言情、苦情、哀情）居多，共计11篇，也有社会小说、实事短篇、灾情小说、国家小说及滑稽小说等；还有一些家庭伦理小说。《礼拜六》前一百期（五四之前）共刊出了640余篇小说，其中言情小说有190篇，将近占到三分之一。这个比例在女性小说作品中也是相符的。与《眉语》刊发的女作家小说相比，《礼拜六》题材类型更为广泛。

从作家看，其中"幻影女士"发表小说共计 12 篇，"秀英女士"计 6 篇，"静英女士"与"颍川女士"各 3 篇，其他作家各 1 篇。《礼拜六》合计推出共 11 位署名"某某女士"的小说作者，合计 31 篇小说。

与《眉语》不同之处在于，《礼拜六》没有作者照片、"杂纂"类作品等辅助佐证作者性别、身份，迄今，以上作者中只有 4 位我们有确切证据可以判定其为女作者：温倩华（温倩华女士）、陈翠娜（翠娜女士）、黄璧魂（璧魂女士）、吴忏情（忏情女士）。而以上作者都只有 1 篇小说见于《礼拜六》杂志。仅以推出女作家这一标准而论，《礼拜六》并未推出一位有代表性的女作家，却推出了两个有影响力的"某某女士"作家，尤其是"幻影女士"，无论作品数量抑或风格、创新度等，在民初小说界"女作者"群体中都是一个不可忽视的存在。

可见，《礼拜六》与《眉语》同为推进女作家小说的重镇（二者分别刊发 31 篇、26 篇"女作家"小说），但编辑策略却有很大差异。无论探讨民初报刊对于女作者群体兴起之意义，抑或"鸳鸯蝴蝶派"在女作家小说方面的编辑策略，如果不充分考虑到《礼拜六》《眉语》两种小说的差异，都很难得到最接近于事实的结论。

二 "幻影女士"与"秀英女士"叙事话语中"女性"的不在场及其"名士化"

（一）"幻影女士"：一个"名士化"的"她者"

"幻影女士"在《礼拜六》发表小说共计 12 篇，依发表时间可列表如下：

表 6 - 5

序号	作品	时间	题材体制
1	《坟场谈话录》	第十九期 1914. 10. 10	短篇小说
2	《声声泪》	第二十二期 1914. 10. 31	实事短篇
3	《回头是岸》	第四十八期 1915. 5. 1	短篇小说
4	《贫儿教育所》	第六十一期 1915. 7. 31	理想小说
5	《臆惨哉》	第六十二期 1915. 8. 7	灾情小说

序号	作品	时间	题材体制
6	《不堪回首》	第六十七期 1915.9.11	警示小说
7	《慈爱之花》	第七十期 1915.10.2	短篇小说
8	《别矣》	第七十三期 1915.10.23	短篇小说
9	《灯前琐语》	第八十一期 1915.12.18	短篇小说
10	《小学生语》	第八十二期 1915.12.25	国家小说
11	《农妇》	第八十三期 1916.1.1	家庭小说
12	《絮萍》	第八十六期 1916.1.22	短篇小说

其中 1914 年发表小说 2 篇，1915 年 8 篇，1916 年 2 篇。如前所述，《礼拜六》发表的署名"某某女士"的 31 篇作品中，言情小说类别（含言情、苦情、哀情）合计 11 篇，占全部作品的 35%。而作品数量最多的幻影却没有一篇为言情之作。如果没有"幻影女士"的作品，言情小说会占《礼拜六》"女作家"小说总数的 58%。《礼拜六》主编大力推介这样一位与言情"绝缘"的作家，应该是大有深意存焉。

"幻影女士"在《礼拜六》发表小说计 12 篇，主编王钝根对其中 3 篇作了"编者附识"：

> 钝根曰：遭逢拂逆而不自失望，牺牲富贵而服事贫贱，惟基督徒能之。幻影女士当是基督徒，故能以剀切慈祥之意，作此有功世道之文。然谓欧洲妇女遇事，辄寄其情于慈祥事业，此言犹有未尽。盖欧美妇女大半服膺基督教，热诚所至，甘弃食色居处之好，而尽瘁于慈善事业者，正不必失意者为然。若我国妇女，则梦见博爱主义者犹少，无怪其终日浮沉于衣服玩好虚荣浊想之中而不复知。野田草露间，有僵卧垂绝之婴孩也。深望女士此文，普及中华妇女界，渐知济人为天职，失意者竭其力，得意者助以资，使震旦前途，不致为怨雾所阻塞，国家进步之曙光，庶几可睹矣。（《回头是岸》，1915 年 5 月 1 日第四十八期）

> 幻影女士鉴：屡承惠赐佳著，慈光照人。曷胜感佩！本馆例对投稿者须赠书。女士通信处可见示否？倘蒙不弃，俾得寄书，稍弥歉

疾，幸甚！（《贫儿教育所》，1915 年 7 月 31 日第六十一期）

钝根按：咸勿顿、葛登之言，殊不尽然。第吾人对之，不能无愧。（《小学生语》，1915 年 12 月 25 日第八十二期）

其中《回头是岸》《小学生语》两条编者附识都对小说情节构置发表了意见：《回头是岸》中"妙龄女子"因失恋离家，寄情于慈善事业，叙事者文末评"吾闻欧洲高洁之妇女遇失意事辄寄其情于慈善事业……惟近观小说，凡失意者皆以一死自了绝，不念父母邦家，诚恐涓涓不塞，将成江河也。不忖简陋，而作是篇，以为失意者劝"。"鸳鸯蝴蝶派"言情模式向以哀感顽艳为时尚，追求所谓"昙花一现，泡影幻成，徒留兹《民权素》一编，以供世之伤心人凭吊"①。女性言情作品更是执着于塑造殉情女子，《礼拜六》署名"某某女士"发表的言情小说类别（含言情、苦情、哀情）合计 11 篇，其中有自杀情节的便有 7 篇。《回头是岸》显然有感于此，意图向女界推介新的人生寄托和价值观。编者钝根则认为"尽瘁于慈善事业者，正不必失意者为然"，更是建议将此价值观推广为常态。

钝根建议将服务社会意识推广为女性常态价值观的思想立足点，并不在于鼓励从事慈善事业，而是传布其民族国家观念："使震旦前途，不致为怨雾所阻塞，国家进步之曙光，庶几可睹矣。"此时适逢《礼拜六》大力推介"爱国小说"（参见本书第八章），对于"幻影女士"《回头是岸》这篇超出情爱及伦理主题，将个人价值融入某种更广泛的社会共同体的作品，钝根寄望更深的，显然是将其纳入在他看来更现实更紧迫的民族国家叙事话语的洪流。

"幻影"同年刊发的《小学生语》似乎应其期许，探讨了民族国家问题，小说借男女两个小学生之口讨论了当时女界、政经界种种问题。两个小学生的对话引用学校外国教员及男童偶遇之咸勿顿、葛登等人的评论，构成一个超叙述层置于小说主叙事层之上，掌握压倒性的评判权。主叙事层叙事者"小学生"的身份，更使全篇隐隐然构成了中西国民、中西文化之间学与师、蒙昧与开明的不对等关系。而这种不对等观念，显然不符合民族国家叙事话语对平等的诉求。钝根在编者"按"中评价："咸勿顿、

---

① 沈东讷：《民权素》序三，《民权素》1914 年第 1 期。

葛登之言，殊不尽然。第吾人对之，不能无愧"，同时强调自我肯定和自我反省，恰是民族爱国叙事话语自尊和自审的两面，对"幻影"叙事话语的向外一边倒，无疑有纠偏作用。

《贫儿教育所》编者附识则借助公共空间向"幻影女士"表达了尊重和相交之意。编者的表达颇为审慎："本馆例对投稿者须赠书。女士通信处可见示否？""投稿者"是中性概念，没有性别内涵在内。这是编者在尽力表白其无猎艳或亵渎之意。这种定位既与"幻影"作品超越情爱，甚至超越家庭伦理的主题有关，也与《礼拜六》编者对公民社会叙事话语和民族国家叙事话语的追求有关。"幻影女士"，在《礼拜六》的叙事话语平台作为一个超越一般"女士"的叙事者，在编者按"公共对话空间"则作为一个被尊重、被平等相视的"不在场"作者，其性别内涵被最大限度地抽象化，成为一个"名士"化的"她者"。

（二）"秀英女士"：被塑造的又一个"幻影"

"秀英女士"在《礼拜六》发表的小说共6篇，依发表时间可列表如下：

表6-6

序号	作品	时间	题材体制
1	《死缠绵》	第六十六期 1915.9.4	哀情小说
2	《青楼恨》	第七十期 1915.10.2	苦情小说
3	《子骗》	第七十四期 1915.10.30	社会小说
4	《杀妻记》	第七十七期 1915.11.20	义烈小说
5	《女学蠹》	第八十六期 1916.1.22	社会小说
6	《聱翁之遗产》	第九十四期 1916.3.18	家庭小说

其中1915年发表小说4篇，1916年2篇。前两篇为"哀情""苦情"小说，后面4篇为社会小说、义烈小说、家庭小说。《杀妻记》《聱翁之遗产》探讨爱国问题，但前者情节处理过于激烈，被编者标注为"义烈"小说；后者立足于家庭财产观的变化，被标注为"家庭小说"（参见本书第八章）。"秀英女士"另有小说《奈何》发表于《游戏杂志》第十九期，笔者未见。就刊物名和小说名判断，可能也是哀情或苦情小说一类。"秀

英女士"有言情类作品而不再向《礼拜六》投稿，反而向后者投递社会小说、国家小说，可能对《礼拜六》的用稿取向有了自己的判断。当然，也有可能其后期向《礼拜六》所投言情小说未被采纳，转投他刊。那么也可以说明《礼拜六》采纳"女士"稿件逐渐有题材倾向性。考虑到1916年"忏情女士"（吴忏情）还在《礼拜六》发表"苦情小说"《小玉去矣》，笔者判断《礼拜六》可能对"秀英女士"采取了类似"幻影女士"的编辑和包装策略，使其向公民社会叙事话语和民族国家叙事话语的代言人成长和蜕变。

"秀英女士"的6篇小说中，"义烈小说"《杀妻记》文末也有编者附识，前文已引，不赘。

编者显然认为《杀妻记》处理爱国主题与家庭伦理主题之间矛盾的方式过于极端和激烈，故将其标注为"义烈小说"。借助于类似标注和评价，编者对爱国小说的界定逐渐明朗，具有引导指示意义。

（三）"幻影"等"女士"民族国家叙事话语中"新女性"的无处安身

如前所述，钝根对"幻影女士""秀英女士"的评价主要针对其探讨国家时局及国民性等问题的作品，如《小学生语》和《杀妻记》。所作引导，本质上在于强调主体意识：《小学生语》一味崇外，民族性和自主性不足；《杀妻记》一味鼓励爱国，对个人尊严、价值认识不足。这里暴露出一个问题：《礼拜六》鼓励女性想象超越于传统"三从"规定的客体性地位，超越这种客体地位所投射的苦情、哀情叙事话语；但"女士"们转而将个人价值融入更宏大的社会共同体、国家共同体，姿态依然忘我，欠缺主体性，很难理性把握自我价值与共同体利益之间的尺度。或者说，在"女士"们的民族国家叙事话语中，"士"的气度更加宏大，"女"却无处安身。

"幻影女士"《贫儿教育所》中的"女士"、《回头是岸》中的"女"、《絮萍》中的"絮萍"等"新女性"都在伦常情感和邦国利益之间选择了后者：

> 世界之大，何所不容其爱？昔英女皇哀立沙白，以其国为夫，其爱之也可知。汝欲用爱，则残疾之老弱、无教之贫儿、被弃之婴女，皆汝用爱之好机会也。汝何为不举汝爱情扩而充之，以增女学之异

彩，而必举汝爱情，践而污之，以灭女学前途之兴明耶？

而几位新女性也都选择了隐姓埋名，或献身慈善、教育，或隐居山林。以人为夫尚且能容身于家庭，"以其国为夫"，则很难在人群中安身。

"秀英女士"笔下的新女性也有类似困境：《杀妻记》中德女梅丽成为丈夫表达爱国之情的牺牲品；《女学蠹》中瑞珍卷款逃出婆家，四海行骗；《髯翁之遗产》中索性父子之间传递精神遗产，女性非所有者或继承人，只能遁迹。

这些"女士"笔下无处安身的"新女性"，或者已经提出了"娜拉出走了以后怎么办"这个寻求现代女性主体性的世纪难题。

第七章

女作家与民初文学流派

第一节　民初"鸳鸯蝴蝶派"小说报刊女作家

民初女性创作的小说多刊登在报刊上，尤其是上海的报刊。其中"鸳鸯蝴蝶派"的代表刊物《礼拜六》《眉语》，在它们周围甚至形成了一个女性作家群。吕韵清的作品近年被收入《鸳鸯蝴蝶派小说分类目录》，成为"鸳鸯蝴蝶派"的一位代表作家。不难发现，女性小说的兴起离不开《礼拜六》等小说刊物的鼎力相助。如果没有它们的扶持，难以想象稚嫩的女性小说在短短几年间获得历史性的突破。1900 年之前的整整一百年只有屈指可数的三部女性创作的小说问世，而在 1900—1919 年的二十年间却产生了长篇 17 种，短篇 150 种。其中刊载于《眉语》的作品计 26 篇短篇，刊载于《礼拜六》的作品计 15 篇短篇；《眉语》推出女小说家计 14 人，在《礼拜六》推出女小说家计 5 人，足见《眉语》《礼拜六》两种刊物是民初小说界女作家发表作品的重要阵地。

还应该注意到，20 世纪初女性小说作家多集中在江浙、广州等经济文化比较发达的地方，她们的亲友、家人、朋友往往是知识分子，与报刊出版单位有千丝万缕的联系，如高剑华主编女性小说杂志《眉语》，该刊物几乎每期都有她的小说，这得力于她的丈夫"鸳鸯蝴蝶派"干将许啸天。如《女界报》主笔曾兰、身为石门教员的吕韵清，也与当时的文化界（如"鸳鸯蝴蝶梦"作家群）有着千丝万缕的联系。

"鸳鸯蝴蝶派"这个概念最早是被周作人提出来的。1918 年，他在北京大学文科研究所作了题为"日本近三十年小说之发达"的演讲，在批判当时的旧派小说时提到"此外还有《玉梨魂》派的鸳鸯蝴蝶体,《聊斋》派的某生者体,那可更古旧得厉害,好像跳出在现代空气之外的,且可不必论他"①。后来他又在《中国小说的男女问题》一文中称:"近时流行的《玉梨魂》,虽文章很是肉麻,为鸳鸯蝴蝶派小说的始祖。"② 周作人这里所说的"鸳鸯蝴蝶派"乃专指才子佳人的哀情小说。无独有偶,鲁迅对"鸳鸯蝴蝶派"的理解也与此近似。他在《上海文艺之一瞥》中说到民初的文学,提及"这时新的才子+佳人小说便又流行起来,但佳人已是良家女子了,和才子相悦,分拆不开,柳阴花下,像一对蝴蝶,一双鸳鸯一样"③。这算是对于"鸳鸯蝴蝶派"的狭义定义了。到了 20 世纪 20 年代初,新文学家又把批评的矛头转而指向了以消遣和趣味为特点的休闲读物。郑振铎在《中国新文学大系·文学论争集导言》里明确地说:"鸳鸯蝴蝶派的大本营是在上海。他们对于文学的态度,完全是抱着游戏的态度的。那时盛行的'集锦小说'——一人写一段,集合十余人写成一篇的小说——便是最好的一个例子。他们对于人生也便是抱着这样的游戏态度的。他们对于国家大事乃至小小的琐故,全是以冷嘲的态度处之。"④ 这样一来,凡民国期间强调趣味性、娱乐性和秘闻性的通俗文学作品就都被归入"鸳鸯蝴蝶派"中来了,也就是说,"鸳鸯蝴蝶派"并不是一个组织严密的文学团体,而只是文学倾向、艺术趣味相近的一个文学流派,这算是对于"鸳鸯蝴蝶派"的广义上的范围界定。魏绍昌编的《鸳鸯蝴蝶派研究资料》⑤ 和芮和师等人编的《鸳鸯蝴蝶派文学资料》⑥ 都是以这样一个广泛的群体作为收录对象。20 世纪 50 年代以后的各家现代文学史,以及范伯群著《礼拜六的蝴蝶梦》⑦、魏绍昌著《我看鸳鸯蝴蝶派》⑧,等等,也都如是诠释和评述"鸳鸯蝴蝶派"。由于新文学阵营对"鸳鸯蝴蝶派"的

---

① 周作人:《日本近三十年小说之发达》,《新青年》1918 年 5 月第 1 期。
② 周作人:《中国小说的男女问题》,《每周评论》1919 年 2 月第七号。
③ 鲁迅:《上海文艺之一瞥》,转引自魏绍昌《鸳鸯蝴蝶派研究资料》(上卷),上海文艺出版社 1984 年版,第 4 页。
④ 郑振铎:《中国新文学大系·文学论争集导言》,转引自魏绍昌《鸳鸯蝴蝶派研究资料》(上卷),上海文艺出版社 1984 年版,第 805 页。
⑤ 魏绍昌编:《鸳鸯蝴蝶派研究资料》,上海文艺出版社 1962 年版。
⑥ 芮和师等编:《鸳鸯蝴蝶派文学资料》,福建人民出版社 1984 年版。
⑦ 范伯群:《礼拜六的蝴蝶梦》,人民文学出版社 1989 年版。
⑧ 魏绍昌:《我看鸳鸯蝴蝶派》,中华书局香港有限公司 1990 年版。

猛烈抨击，致使很多人都对归入"鸳鸯蝴蝶派"敬谢不敏。如周瘦鹃就只愿意承认自己是个"十十足足、不折不扣的'《礼拜六》派'"。

其实"鸳鸯蝴蝶派"也叫"《礼拜六》派"，它萌芽于20世纪初的上海，辛亥革命到五四运动之间达到鼎盛，其活动范围由上海蔓延至京津，直至全国，是20世纪上半叶中国文坛上规模最大、传播范围最广、活动时间最长的一个文学流派。"鸳鸯蝴蝶派"的作家队伍庞大，以创作小说为主，所作短篇、中篇、长篇小说数量都很多，短篇尤甚。除此之外，他们还翻译了大量的小说及其他文学作品，代表人物有徐枕亚、吴双热、王钝根、李定夷、包天笑、陈蝶仙等。

"鸳鸯蝴蝶派"在当时占领了相当可观的小说发表领地，杂志有《小说月报》《小说时报》《小说丛报》《小说大观》《小说海》《中华小说界》《礼拜六》《民权素》《游戏杂志》《香艳小品》《眉语》等，报纸副刊则有《申报》副刊"自由谈"，《新闻报》副刊"快活林"，《时报》副刊"余兴"，等等，都是当时发行范围很广、影响很大的刊物。以《礼拜六》而言，它拥有一个庞大的发行网络，不仅在其诞生地上海，而且在江苏、山西、四川、湖北、云南、福建、广东、安徽、浙江、奉天及北京、天津、保定等省市有33个发行处，同时还向海外办理邮购业务。它的第一期发行量就达两万册以上①，比《申报》《时务报》等大报的销量还要大。

"鸳鸯蝴蝶派"的文学创作主要是小说，他们写小说重"趣味"和"兴味"，他们的小说观念在其经典杂志《礼拜六》中就有明确的表述：

> 买笑耗金钱，觅醉碍卫生，顾曲苦喧嚣，不若读小说之省俭而安乐也。且买笑觅醉顾曲，其为乐转瞬即逝，不能继续以至明日也。读小说则以小银元一枚，换得新奇小说数十篇。倦游归斋，挑灯展卷，或与良友抵掌评论，或与爱妻并肩互读。意兴稍阑，则以其余留于明日读之。晴曦照窗，花香入坐，一编在手，万虑都忘，劳瘁一周，安闲此日，不亦快哉！故人有不爱买笑，不爱买醉，不爱顾曲，而未有不爱读小说者。况小说之轻便有趣如《礼拜六》者乎？②

---

① 参见周瘦鹃《〈礼拜六〉旧话》，转引自王智毅《周瘦鹃研究资料》，天津人民出版社1993年版，第241页。

② 王钝根：《〈礼拜六〉出版赘言》，《礼拜六》1914年第1期。

"省俭安乐""新奇""万虑都忘""安闲此日，不亦快哉""轻便有趣"这些用词都可以看出"鸳鸯蝴蝶派"重消遣娱乐的创作态度，他们对小说的要求是"情节则择其离奇而最有趣味者，材料则特别丰富，文字力求妩媚""无论文言俗语，一以兴味为主"。然而，"鸳鸯蝴蝶派"所强调的这种游戏式的文学观念与他们实际上的创作实践和编辑理念也并不完全相符，"鸳鸯蝴蝶派"的作品中也有严肃的一面，绝不仅仅是把小说当成博人一笑的娱乐工具。如《玉梨魂》作为"鸳鸯蝴蝶派"的奠基之作，就融入了作者徐枕亚真实的情感经历和人生体验，写出了封建礼教对人性自由的压抑与摧残，在当时的读者群体中引起了强烈的心灵共鸣；再如周瘦鹃的《卖国奴日记》《南京之围》暗讽袁世凯等卑鄙的当权者卖国求荣、争权夺利，作者的爱国主义情感溢于言表。这些小说都不能简单地被视为游戏消遣之作；《礼拜六》反复倡导"爱国小说"，成为民初"爱国小说"的重镇，所发表的多数作品也并不像郑振铎所说，"对于国家大事乃至小小的琐故，全是以冷嘲的态度处之"。

一 民初女作家与"鸳鸯蝴蝶派"之间的关系

(一)《眉语》的女主编高剑华

民初，九位女编辑会于一堂，创办《眉语》杂志。《眉语》是女性的小说天地，也是我国第一个女性小说刊物。

高剑华，号俪华馆主，许啸天（则华）的夫人，浙江杭州人。本书对其生平作品所作论析见第三章"民初小说界女作家里籍生平考论（上）"。

据郑逸梅《清末民初文坛故事·死于飙轮下的许啸天》[1] 一则记载及高剑华夫婿许啸天胞兄许家惺之孙，许家后人许宝文回忆[2]，高剑华也曾与秋瑾结拜姐妹，是姐妹中"最幼的一个"。剑华亦能诗文，著有《俪华馆吟草》[3]。

---

[1] 郑逸梅：《死于飙轮下的许啸天》，《清末民初文坛故事》，学林出版社1987年版，第268页。

[2] 参见许宝文《我的祖父许家惺和新发现的他的诗稿》，http：//www.xbaowen.cn/xujiaxing2.htm

[3] 高剑华：《俪华馆吟草》，上海群学社1936年。

　　高剑华夫婿许则华 1914 年助夫人主编《眉语》。五四时期积极提倡新文化。1930 年主办《红叶周刊》。早年亦热心戏剧，参与春柳社。抗日战争期间流亡各省，1946 年重返上海，在诚明文学院任教。同年死于车祸。①

（二）"鸳鸯蝴蝶派"高产女作家：吕韵清

　　吕韵清女士，名逸，浙江浔溪人，与秋瑾及徐自华姐妹均有交往，郭长海、李亚彬编著的《秋瑾事迹研究》曾简单介绍其资料。本书对其生平作品所作论析见第三章"民初小说界女作家里籍生平考论（上）"。

　　正如徐自华在《寒谷生春记》所回忆，当时韵清正与南社作家倦鹤（陈匪石）、小凤（叶楚伧）、朴安（胡朴安）、病倩（陈去病）等人商讨编辑小说杂志《七襄》。其《凌波阁》《狸奴感遇》《白罗衫》后来都刊载于《七襄》。

　　她同时也有多篇小说发表于《小说丛报》《春声》《香艳杂志》等"鸳鸯蝴蝶派"报刊，与后者渊源颇深。其"劝俗导俗"的小说观念更与民初"鸳鸯蝴蝶派"相契合，而与晚清"小说界革命"旨趣不同。魏绍昌《鸳鸯蝴蝶派研究资料》和芮和师《鸳鸯蝴蝶派文学资料》都将韵清作品列入《鸳鸯蝴蝶派小说目录》，把她当作"鸳鸯蝴蝶派"的代表作家之一。与早期作品借助血缘、地缘等为基础而得以人际传播不同，韵清在民初以后的作品流传，尤其是小说作品，主要经由报刊和社团而实现。她是民初女小说家中少有的与南社、"鸳鸯蝴蝶派"两大文学派别都有渊源的一个，又是以实名发表作品最多的一个，还是本人照片见刊最多的一个。即此而言，吕韵清无疑是民初小说界社交观念和传播意识最自觉、最现代的女作家之一。

　　吕韵清的夫婿王艺也是"鸳鸯蝴蝶派"代表作家，著有《语怪》《孤雏泪史》《斗富奇谈》《纨绔镜》等小说。据沈惠金文介绍，吕韵清少年丧父，事母至孝，直到母亲故世后才嫁与王艺，定居杭州。王艺字兰仲，别号无愁、毋仇等，年龄比韵清小几岁，民初曾供职浙江省水利局，居住在杭州旧藩署内东公廨 24 号。王艺善书法，有汉魏金石风骨，而韵清善绘画，杭城以得其夫妇合作之扇面为荣。夫妻俩无子女。②

---

① 陈玉堂编：《中国近现代人物名号大辞典》，浙江古籍出版社 1993 年版，第 234 页。
② 沈惠金：《吕韵清：绝妙风华笔一枝》，《嘉兴日报》2011 年 8 月 8 日《南湖副刊》。

（三）向包天笑投稿借以谋生的黄翠凝

职业女性文人出现的一个重要原因是当时小说的商品化。稿酬制的实施使一些家境窘迫的知识女性找到了一条不失体面的谋生之路。如长篇小说《姊妹花》的作者黄翠凝，主要以卖文为生。丈夫早死，她孤身一人抚养年幼的儿子张毅汉。不仅谙西文，常翻译小说，也常创作小说。《离雏记》就是她邮寄给包天笑发表的。《离雏记》刊登于 1917 年 7 月《小说画报》第七号，插以多幅图画。署名"岭南黄翠凝女士"，文首有包天笑序。前文已引，不累赘。

黄翠凝，生卒年不详，广东番禺人，嫁新会人张姓。丈夫早逝，遗下一子名张毅汉。毅汉（1895—1950）亦为民初重要作家之一。她谙西文，能译小说，卖文抚孤，常托包天笑介绍出版。包天笑和黄翠凝相识于 1907 年之前。① 包天笑的鼎力相助缓解了黄翠凝的经济压力，但母子相依为命，生活仍非常艰难。

（四）陈蝶仙门下女弟子陈翠娜、温倩华等

陈小翠，又名玉翠、翠娜，别署翠候、翠吟楼主，斋名翠楼。女，浙江杭县人。父天虚我生陈栩、兄定山（字小蝶）。② "天虚我生"即"鸳鸯蝴蝶派"代表作家陈蝶仙。

温倩华，江苏无锡锡山人。

温倩华与陈翠娜时相唱和，《游戏杂志》第九期有署名"温倩华女士"的《消夏杂诗》和署名"十三女子翠娜"的《消夏词和倩华姊》。

翠娜为陈栩（蝶仙）之女，蝶仙 1917 年起曾借助《文苑导游录》（一名《文学指南》）、《文艺丛编》等刊物，用函授方式招生学习，在以上刊物上发表她们的写作，小翠（翠娜）、小蝶、佛影、温倩华等人的作品都曾登在上面。③

陈栩的办刊办学宗旨见于《文苑导游录弁言》："吾书一名《文学指南》，为从游弟子而作也。盖吾以为文学之道，歧路甚多，彼醉心于东西，

① 包天笑：《我与鸳鸯蝴蝶派》，引自魏绍昌编《鸳鸯蝴蝶派研究资料》，上海文艺出版社 1984 年版，第 178 页。
② 陈玉堂编：《中国近现代人物名号大辞典》，浙江古籍出版社 1993 年版，第 491 页。
③ 周妙中：《江南访曲录要》，《文史》第 2 辑，1963 年 4 月。

而趋向不与我同者，我不必强之使难；惟我从游诸子，则我必示之以方针……我于其间，略识门径，则情愿为向导，以导我从游之人。其不与我同趋向者，则不妨分道而扬镳……故吾此书，不过一游戏场之入场券耳。后列各栏，则陈列品也，为美为恶，见知见仁，是在阅者，吾不敢谓必有可观者焉。"

则温倩华为陈栩（蝶仙）"从游诸子"之一、入室女弟子之一无疑，当可归入"鸳鸯蝴蝶派"作家阵营。1921 年 5 月起至 1922 年 11 月，陈栩编辑出版共 5 期《文艺丛编》，其中《栩园儿女集》包含温倩华的《翠吟楼诗草》。

（五）受到《礼拜六》主编王钝根评价的"幻影女士""秀英女士"

"秀英女士"在发表于《礼拜六》的《杀妻记》中讲述了这样一个故事：英人麦克与德女梅丽相爱结合，后来第一次世界大战爆发，英德为敌，麦克因爱国故，杀妻奔赴前敌。《礼拜六》的男性编辑钝根觉得"终太忍"。前文已引，不赘。

幻影女士在《礼拜六》共发表十二篇小说，而钝根对其中三篇给予了评语，显见后者对女性作品的尊重和重视。男性编辑与女性作者之间这种良性互动，对女性小说的发展显然是有利的。

二　"鸳鸯蝴蝶派"由此应该得到的"正名"

（一）尊重女性，而非亵玩女性

如上文所述，钝根评价幻影等女士作品的态度、包天笑对待黄翠凝母子的态度，在在流露出真挚的关怀、帮助、赏识之情，其中绝无亵玩女性的低级趣味。

（二）重视社会小说、家庭小说，而非单纯炒作艳情小说

《礼拜六》刊载的 31 篇署名为女性的小说作品中，言情小说类别（含言情、苦情、哀情）只有 11 篇，且内容大多相当严肃，其余均为反映社会、家庭问题的作品。倒是女性任主编、编辑的《眉语》，刊载的 26 篇女性小说作品中，20 篇为言情小说。对于鸳蝴派所谓"诲淫诲盗"的问题，有必要给予重新认识。

（三）借助民初报刊改变了女作家的社交方式和写作方式

围绕《礼拜六》《眉语》等刊物，形成了女作者群体，而这一群体同时也是民初小说界女作家群的主体。"鸳鸯蝴蝶派"代表作家陈蝶仙、包天笑、王钝根等鼓励奖掖女作家，甚至以刊物为媒介设帐授徒，与女作家之间形成了超越血缘和地域限制的师友关系，扩大了女作家的社交圈，影响了其写作方式。在促进女作家写作形态的现代转型方面起到了重要作用。

第二节　南社女小说家

南社是在近代资产阶级民主革命运动中成立的一个以诗歌为创作主体的文学团体，1909 年（宣统元年）11 月 13 日在苏州虎丘正式成立。南社的名字，含有鲜明的政治色彩，南社发起人之一陈去病说："南者，对北而言。寓不向满清之意。"高旭在《南社启》中也说："然则社以南名，何也？《乐》操南音，不忘其旧。"南社又与明末的复社、几社有一定的历史联系。宁调元在《南社序》中谈到明末崇祯之际的社团之后说："流派虽别，大都以诗古文词相砥砺，而统归于复社。"高旭也说："窃尝考诸明季复社，颇极之一时之盛。其后国社既屋矣，而东南义旗大举，事虽不成，未始非提倡复社诸公之功也。"这说明南社继承了明末复社、几社的传统。因此，以文学创作弘扬民族气节，反抗清王朝的封建专制制度，鼓吹资产阶级民主革命，就成为南社的政治目标和文学宗旨。

南社领袖大都倡导女权，对女子入社持欢迎态度。南社是中国近代第一个无性别限制的文学社团。柳亚予《南社纪略》统计，有女社员 61 人。在近千名的南社社员中，女性所占的比例并不算大，但在当时的文学社团中，能拥有 60 多位女性的，恐怕还找不出第二个；而且明文规定男女有平等入社权的，除南社外，在近代文学史上恐怕也难找出第二个。①

在南社 61 名女性作家中，最多的是女诗人，如徐自华、吕碧城、徐蕴华、张昭汉、唐群英、张汉英、何昭，以及陈家的家英、家杰、家庆三姊妹，等等；也有政论家如唐群英、吕碧城。过去学者较少提及的，是其中还有女性小说家，如曾兰（1875—1917），字仲殊，号香祖，四川成都人，

---

① 参见郭延礼、郭蓁《南社女性作家论》，《学术研究》2011 年第 2 期。

著有《定生慧室遗稿》，其小说《铁血宰相俾斯麦夫人传》1914 年 8 月连载于《娱闲录》第二至三期，《孽缘》载于《小说月报》1915 年第六卷第十号。另如吕碧城（1883—1943），一名兰清，字遁天，号明因，后改作圣因，别署晓珠、信芳词侣等，晚年法号宝莲，安徽旌德人。擅写诗、词、文，有《信芳集》《吕碧城集》《鸿雪因缘》《晓珠词》等作品集传世。近年，吕碧城被发现曾著有一篇白话小说《纽约病中七日记》，连载于 1923 年 3—4 月上海出版的《半月》杂志第二卷第十二号至第十五号。

一 "中国女性第一篇现代白话文小说"作者：曾兰

曾兰是清末民初知名女诗人、书法家、政论家与小说家，四川第一份妇女报纸《女界报》主笔，中国南社社员。其政论文批判旧礼教、争取妇女权益，多篇被《新青年》《妇女杂志》等刊物转载。其白话短篇小说《孽缘》描写包办婚姻给女性带来的悲惨遭遇，是一篇有着新文学萌芽的佳作。

正如本书第五章所述，吴虞参与了曾兰小说《孽缘》的创作和发表过程。在此篇小说受到《小说月报》编辑恽树钰奖掖后，吴虞非常激动，曾题写对联表达与妻子互知互赏、携手文苑儒林的欣慰和自豪。

吴虞（1872—1949），原名姬传、永宽，字又陵。四川新都（今属成都市）人。1919 年 11 月，吴虞在《新青年》6 卷 6 号发表《吃人与礼教》，大力攻击"吃人的礼教"。胡适称他是"只手打翻孔家店的老英雄"。因此被视为民初反旧礼教和旧文化的代表人物。曾任《西成报》等报纸主编。

吴虞曾兰夫妇都是南社会员。据《吴虞日记》，曾兰于 1917 年 4 月 14 日填写南社社书。柳亚子曾委托吴虞、曾兰夫妇为四川南社的联络人，后者一起为南社发展了新的四川社员。据统计，当时共有 20 余名川籍南社社员。

曾兰亦为著名的女书法家。曾师从合州戴光习篆书，后来由湘潭王壬秋辅导，专攻绎山刻石、李阳冰城隍庙碑，整整二十年，笔法纯正，清劲圆畅，古朴刚健，其造诣深为行家赞赏。南社盟主柳亚子也曾从上海寄来宣纸斗方一幅，请曾兰题"分湖旧隐图"五字。南社社员、四川书法家谢无量也曾在得其墨宝后，作诗为谢。吴虞为妻子高兴，兴味盎然地写下

《读谢无量谢香祖篆书诗题示香祖》诗，其二为：

> 篆室千年几服膺，藤笈遗迹见飞腾。
>
> 偶传玉箸斯冰法，莫被人呼管道升。

曾兰病逝于 1917 年 11 月 19 日，其小说与政论遗文经由吴虞编辑成《定生慧室遗稿》二卷刊刻出版。1921 年 10 月初版《吴虞文录》"附录"亦收入《吴曾兰女权平议》《吴曾兰孽缘》两文。

二 "以小说为古文"的吕碧城

近年，上海古籍出版社李保民先生发现近代杰出女作家吕碧城有篇近于小说的白话文作品，收入所辑《吕碧城诗文笺注》。碧城一生坚持以文言文写作，如果本篇确系碧城所作，当是"迄今为止所发现的作者唯一一篇用白话文写成的文学作品"，也是其唯一的白话文小说，有其特殊的意义。

对比其前此所作数篇文言笔记，语体虽异，写法则近似。盖因"以小说为古文"，是碧城笔记的基本特征。

（一）碧城游记文

碧城写过很多优秀的游记文，五四之前有《游庐琐记》，五四之后有游记文集《欧美漫游录》、文章《横滨梦影录》。

与《妇女时报》上刊登其他作者的游记文相比，碧城游记有一个非常独特之处：写景与写人并重，且有情节、有故事，即将小说的笔法用于写文章。在此，倒可仿用学界对明末清初古文家侯方域的评价："以小说为古文。"

以 1917 年年初发表的《游庐琐记》为例，其中有这样一些段落：

> 予室前有长廊，装以玻璃窗，左右隔以板壁，每桌皆如此也。顾壁不甚高，其上皆通。一日，邻室西童数人架叠桌椅，欲跨壁而入，予止之曰："勿尔！否则余将告知尔母。"一童答曰："吾无畏！盖汝不识我母为谁，我母乃密昔斯台乐耳也。"予为失笑，乃按铃呼侍者，告以故。侍者往该室，吁长声叱之，如驱逐鸡犬。一阵履声跶蹭，已

群向林中奔去也。

次日午餐时，来一肥客挈一美妇，气度名贵，光艳照人。每次入餐堂，必易服装，其衣亦诡丽无伦，薄绡抹胸，袒其皓腕，如轻烟之笼芍药。胸前恒悬宝石，亦逐日易之，如其色绛，则衣裙以及腰带、手帕等皆绛，若碧，则皆碧矣。髻鬟高拥作旋螺状，一日忽斜覆其额，若有意效予之梳掠者，尤饶风致，但予较彼实自惭蒲柳耳。吾友某君有"西方终觉美人多"之句，可谓知言。

晚餐后，予与旅馆司账爱格德夫人闲话，高力考甫来索纸笔，就案头作书。爱格德故以肘触之阻挠为戏，且语予曰："彼乃作情书也。"予不觉失声而笑。爱格德曰："汝笑何为？讵以彼年老不应作情书耶？"予顿悔冒昧，乃亟辩曰："否，予乃笑汝之善于雅谑耳。"爱格德有幼子，年甫七龄，憨而多力，每见予则拖曳而走，强与嬉戏，予力不胜则随之往。一日，夺予妆镜，予恐其碎之也，力持不与。镜有机括，予左指适夹机中，彼力阖其机，指如被箝，痛甚。予呼其释手，不顾也，乃以右拳痛捶其首，始释去，而予指肿且破矣。恚极，奔告其母，戒以后不许入予室。彼虽不敢入，然每遇予必拈糖饵举示，呼与嬉戏。

类似段落，描写同游之人颇见神采：孩子的调皮、妇人的爱美、西人的虽老仍不乏求爱之心等，都闲闲道出。其中"予"的反应也很有个性：能自觉"实自惭蒲柳"，能认识到笑年老之人求爱行动失礼亦浅薄，又能坚决地对众"西童"的过分之举予以制止和痛击，的确自尊、自爱而又能自知、自省，颇富人格魅力。

尤其值得注意的是，文中多处笔墨写到一个德国男子，似对"予"颇有好感，"予"数次与之同游，最后早归也与此人有关：

山中阴雨，则云气腾涨，山峦悉隐，窗外景物虽近咫尺无所睹……午后予散步山麓，山花作蓝色，娇艳可玩，寻而撷之，渐忘路之远近。偶一回顾，则千峰夕照，又易原境矣。欲行迷路，欲伫立以俟行人，既足音杳然而日堕崦嵫，怅怅何往，愧惧交并。方彷徨间，忽山麓之翠丛微动，一白衣西人款步而出，向予致辞曰："予睹君于前山，为时久矣。君必迷途，愿为引导。可乎?"予欣然谢之。询其姓氏，为威尔思。彼访予时操英语，然予固辨其为德人也。伴予至旅馆门外，并以所采之紫花一握赠予而别。

遇威尔思于门次，盖为谒予来也。遂同行溪畔，于途间谈话，抵御碑亭止小憩已。暮山凝紫，一丸赤日艳如火，齐渐匿于湿蔼间，返射作奇彩。威尔思嘱予注目视之，时丹轮尚余半规，其堕力甚速，倏乃无睹。予慨然曰："是不啻送人易箦也，我亦何乐乎视此。然彼固万劫不磨者，伊古以来，先我辈来此凭眺者，不知几千万人，皆逝而不返矣。"威曰："君言甚当，然何感慨之深也!"时欧战方启，威尔思日盼捷音，而不知德意志帝国之命运同此将沉之旭日耳。予兴辞，威仍送予返寓。

予为风寒所袭，颇感不适，就佛堂假寐。已而，僧来礼佛，膜拜诵经，且击磬焉。因室小相距咫尺，梵音直贯耳膜。因自诧曰：吾身何为在此？讵梦境耶？四顾荒山积砾，荒渺无垠。一西人面白皙微有短髭，因兵败国破而自戕，由巨石跃下，头颅直抵于地，有声砰然即委身不动。盖已晕矣。须臾勉自起立，予视其颅凹陷，盖身已内碎而皮肤未破，予先知其已无生理，钦其为殉国烈士也，乘其一息尚存之际，遽前与握手为礼。其人精神立焕，且久立不仆。予诧之，因问曰："汝将何为者?"意盖谓生乎死乎。其人答曰："我为汝忍死须臾。"言甫竟，血从颅顶泛出，鲜如渥丹。予大骇，立时惊醒，则一梦耳。舆夫来问欲观三叠泉否，距此不远矣。予曰："天尚未霁，白雾迷漫，即往亦无所睹，日暮途远，宜早归也。"乃复忍寒下山，薄暮抵寓。或问此游乐乎，予惘然无以为答。次日，即理装返沪。

"予"迷路时幸遇德国男子威尔思引路，而后者言"睹君于前山，为时久矣"，后来"予"甫出门又遇到特意来访的威尔思，以及至梦中见威尔思跳崖后竟还为"予""忍死须臾"，似都表明了"予"与威尔思的有缘和后者对"予"的有意。威尔思为人彬彬有礼，有绅士风度，懂感情，又充满爱国情怀，在在表现出高贵的教养和素质，这似乎表达了作者对德国人、德意志民族的看法：血统高贵，值得欣赏和尊重，但发动战争却是不义、不明智的，也不会有好的结果。这样一段文字还扑朔迷离，留下了许多悬念："时欧战方启"，"予"怎么会知道德国必败？最后梦见威尔思跳崖殉国，那么现实中有没有发生这样的事情？这些问题都不会有答案。此篇文章因此还有了传奇和志怪的色彩。

碧城 1924 年所作《横滨梦影录》也有类似特点，篇中写 1922 年"予"由加拿大返国途中经日本横滨，登岸游览，遇有日本少年，对"予"颇示好感。临别赠"予"名片，别后却被"予"扔进海中。1924 年，一日忽然梦到一日本少年登门拜访，"予"母见吾与日人交好，大怒。梦觉醒悟，横滨当时恰经历了地震奇灾，全境陆沉，少年应该也已罹难。读完此种文字，读者莫辨是耶非耶。

只有一点是肯定的：一生漂泊的碧城是浪漫的，她的游记也是奇幻多彩的。更重要的是，旅行中的碧城相信自己的美丽和魅力，也乐于编织旅途中的神话。她没有留下小说，但以小说为古文，留下了不少传奇式的游记。

（二）碧城新近被发现的白话小说作品：《纽约病中七日记》

《纽约病中七日记》连载于 1923 年 3—4 月上海出版的《半月》杂志第二卷第十二号至第十五号，署名"圣因女士"。据保民先生考证，此文"作于第一次游学美洲之时，当在一九二一年夏秋之际"，"碧城《欧美之光》有云，'予昔年寓纽约 Hotel Pennsy Lvania，乃世界最大之旅馆，广厅坐客盈千'，所叙与本文所记正相契合"。作为证据，后者比较可靠，前者则不过据碧城的行踪加以逆断，从文章发表的日期和文本所叙只能判定写作时间必在 1923 年 3 月之前，很难得出"当在一九二一年夏秋之际"的结论。碧城《欧美漫游录》之《国立机关应禁用英文》曾明确表示"国文为立国之精神，决不可废以白话代之"，"且文辞之妙，在以简代繁、以精代粗，意义确定，界限严明，字句皆锻炼而成，辞藻由雕琢而美，此岂乡村市井之土语所能代乎？"持此观念的吕碧城，竟会推出一篇白话文作品吗？

其实不仅署名、文中所谈地点等与碧城相关情况大致相符，文章所载刊物《半月》杂志由袁寒云等任主编，而碧城与袁寒云交情不浅，向后者投稿也当在情理之中。文中提到"当我初到美国旧金山的那一年，正赶上下雾的天气，不能出游。同船的一百多中国学生，多数都愿多住几天"，其中"那一年"显然不是去年，而是早几年前的某一年，"同船的一百多中国学生"说明作者多半也是学生，赴美的时间、身份基本都符合碧城的第一次游美。

仔细阅读《纽约病中七日记》，发现此文虽系白话，却符合碧城此类文言文的几个基本"细部特征"。

其一，文中"我"的外部形象符合碧城海外游记中"我"的一贯形象定位——富贵、自矜。碧城在《信芳集·题辞注》中自称"习奢华，挥金甚巨"，在海外尤其注意，"不唯须合本人之身份，亦以保持大国之风度"。

《纽约病中七日记》中"我"要去富室席帕尔德夫人家中做客，到旅馆中女修容店梳头。有个侍女姓道亦尔的，"每梳一次头，金洋二元半，我总给三元，多余的就算赏钱了"，道亦尔为"我"将至席氏家中做客惊喜，"教我许多的方法，如何与富人周旋应对"，"我从容地对他说道：'你知道吗，我比席帕尔德夫人还要富呢'"。"我"的气度、声誉征服了不少人，爱尔兰少年鲍登说"我"是"东方的公主"，美国舞伴汤姆也猜"我""地位很高"，唯恐与"我"的交往会亵渎了我的身份。

其二，文中"我"的精神面貌符合碧城诗文经常自然流露的个人意识——富贵而凭自立，自重而不伤人，表现出特有的人格风范。樊增祥在《信芳集·题辞》中曾赞吕碧城"即论十许年来以一弱女子自立于社会，受散万金而不措意，笔扫千人而不自矜，此老人所深佩者也"，可谓知者。

《纽约病中七日记》中，汤姆说："我猜你的地位很高，我不敢瞒你，我是个工人。你须酌量，要是你的富贵朋友知道你跟我来往，他们就不跟你来往了。""我答道：'我并不是势利人，别人的富贵，与我何干？况且我是经济独立的，不靠别人为生活。'"可见"我"有极强的独立意识，物质上完全自立，取舍中也坚持个人评判标准，不受他人立场所左右。文中记述"我"后来与"某银行经理"跳舞，散会后忘记与汤姆谈谈，以后"屡次仍到这跳舞场来，再也遇不见他，他是从此绝迹了。在形迹上，显见得我得了富朋友，就立时舍了穷朋友，但我并无此心，然而无可辩白，就连自问，也不肯恕我自己"。之所以会"自问也不肯恕我自己"，也是唯恐自己潜意识中残存有世俗之见，反躬自省，严厉地予以自我检讨。这种真切的反省体验，恰恰表明"我"确实有着自觉的反世俗意识，唯恐堕入俗流；同时又充满同情心，唯恐会伤害真正值得自己尊重的人。

其三，文中的"我"有着碧城式的超脱出尘之想和悲天悯人情怀。前述碧城特有的人格风范不仅来自天性，其形成与碧城的个人经历也有着密切联系。碧城《欧美漫游录·予之宗教观》中曾言"众叛亲离，骨肉其龃龉，伦常惨变而时世环境尤多拂逆，天助我而复厄吾，为造成特异之境，直使鲁宾逊漂流荒岛绝处逢生，又如达摩面壁沉观返省获证人天之契，此则私衷所感谢愉快者"，谈的就是自我的达成与个人经历之间的关系。这种特异经历使碧城追求超脱世俗，参证所谓"人天之契"，也使其对万物苍生充满了宗教式的悲天悯人情怀。

《纽约病中七日记》中，"我""午饭后又觉着无事可做，到楼栏间，看看广厅里往来客人，真是形形色色，也不知道他们忙的是什么。回想到我自己，也是如一粟飘在沧海，也不知道生存的目的何在……当时梦醒了，眼皮乍开，电灯的光芒如万缕金丝，密密四射成缬"。这与碧城《访旧记》中"是夕返京寓，华灯如雪，方张乐跳舞，如春潮之涨也。……乃按铃传餐入寝室，膳毕不易寝衣即颓然卧案上。诸银器为灯光反射，照眼生缬，耳畔隐隐闻乐声，苦不成寐。百忧骈集，生趣索然，如处墟墓"一段文字相比对，不仅情绪如出一辙，甚至写灯光反射成缬，比喻、用词都无二致。

其四，文中有碧城诗文（尤其是游记文）经常出现的"奇梦"情节。碧城《信芳集》中《某岁游春明……》①诗序中自言"予平生多奇梦，此尤冷艳馨逸"，从中可见其关注"梦"，尤其偏爱"冷艳馨逸"之"梦"。碧城游记文如《游庐琐记》《横滨梦影录》《范伦铁瑙之梦谒》等也都有关于"冷艳馨逸"之"梦"的记述。《游庐琐记》述碧城与俄国茶商高力考甫同游庐山，登山时多次遇到一德国男子，时值欧战，碧城一日忽然梦及所遇德国男子为悲伤的爱国者，因祖国将失败而跳崖自尽。《横滨梦影录》写碧城自欧美归国路经日本，参观期间遇一日本少年对自己热情有加，几年后梦见收到来自日本的信函和礼物，醒后猜测这个少年也许已经在不久前的横滨地震中罹难。《范伦铁瑙之梦谒》则记述梦到明星范伦铁

---

① 《某岁游春明，于寓邸跳舞大会后，梦雪花如掌，片片化为蝴蝶，集庭墀墙壁间。俄而雪花愈急，蝶翅不堪其重，乃群起而振掉之。迥旋间悉化为天女，黑衣银缕，皓质辉映，起舞于空际。予平生多奇梦，此尤冷艳馨逸。因诗以记之。惜原稿散失，仅得其残缺耳》。

瑙（Rudolph Valentino）来谒，而此前碧城曾评范氏"世人多慕其美，然
貌亦寻常"，这次梦见其人，令前者幽默地想到"其犹未忘人间令节乎"，
即言"难道他气不过我评价他貌不够美吗？"这些梦都与死亡、偶遇、性、
幻想等元素有关，足够玄幻和冷艳。

　　而《纽约病中七日记》中也有奇梦。"十一日，晨起，尚觉体气清爽。
天气很不好，下雨又不能出外，无聊极了……晚间睡得很早，仿佛身体在
空中游行，有几株很高大树，开着细小的白花，我的身体，就拂擦着过
去，看见这花已经半谢了。又走过一株小些树，白花盛开，极其芬芳细
腻，我不知不觉地抱着这树哭起来，并且诵程芙亭女士《落花赋》'莫待
西风古墓，青冢萧条；休教落日飞磷，红颜拌弃'的句子。但是我沉痛极
了，哭不出声来，久而久之，才由心房里抽出一股酸劲的气，就一恸而
绝。当时惊醒了……"与碧城《某岁游春明……》中所记述之梦相比，此
"梦"之"冷艳馨逸"也不遑多让。

　　其五，文中还有碧城诗文（尤其是游记文）经常出现的"奇缘"情
节。碧城一生独身，其《欧美漫游录·予之宗教观》曾自述"年光荏苒，
所遇迄无惬意者，独立之志遂以坚决焉"，阐明其独身并非由于排斥婚姻，
而只是对婚恋始终坚持美好的理想。《游庐琐记》《横滨梦影录》《范伦铁
瑙之梦谒》等游记文中"冷艳馨逸"之"梦"，分别述及碧城与德国男
子、日本少年或好莱坞影星的"梦"中奇缘，均无关风月，却又都包含隐
秘乃至神秘的两性之间的好感。《游庐琐记》中德国男子仅仅与碧城同爬
过几次山而已，并无更深的交情，但"梦"中的他却要当"我"之面自杀，
而且在死前明确表白"忍死待汝"（"我"）的心意。《横滨梦影录》中碧城
所遇到的日本少年在参观的众人中也独对"我"热情有加，几年后"我"
梦见收到礼物，母亲怒斥"我"结交"倭奴"，而我实际上想不起少年的
姓氏身份。《范伦铁瑙之梦谒》中，来谒的范伦铁瑙，索求的只是"我"
对他相貌的较高评价，多情如"我"，难道仅仅因为几句戏评，觉得自己
冥冥之中亏欠了范氏吗？

　　《纽约病中七日记》中也写到两性之缘，但不在"我"的"梦"中，
而在纽约势力场的现实之中。文中述及两段两性之缘："我"与乔治，后
者之名在文章开头（第一日，即七月九日）出现，但没有出场，只从门口
塞进一封信，"他每天在晚九点或十点钟的时候，来寻我问候"，可见联系

之密切。这次他"说明天要到匹特斯伯尔格去",直到十三日才回到纽约,十四日约我下楼一谈;而"谈话时,意见略有冲突。我们虽然常见面,究竟彼此很客气,不便争论,我就告辞上楼去了"。这样一个人物与"我"的关系似密似疏,行踪明确而活动内容不详,有关叙事中扣留了太多的信息,难免给读者留下神秘之感,容易使人产生遐思。"我"的另外一段异性之缘是与汤姆,"我"与后者在舞场相识,如前文所述,彼此能捐弃贫富成见而相互尊重,但后日"我"与一银行经理跳舞,散会后忘记与汤姆叙谈,自此再也未见到汤姆,自思汤姆可能认为"我"也憎贫爱富,盼能对之解释而不得。这样一段交情因其超脱世俗而难能可贵,却又因终为世俗所牵绊、伤害,而令人感慨和深思。比较起来,此文中上述两段"情缘"的实质内容如碧城诗文中常见的"奇缘"那样,止于两性之间形而上的相互吸引和欣赏;写法上则摄其神理而遗其貌,多虚少实,偏于雅化。

上述五点符合碧城诗文的一般特征,可借以辅助判断此篇确系碧城之作。前面提到碧城与《半月》主编袁寒云亲厚,其实借此也可逆推,后者必熟知"圣因女士"之名,若系同名作者之文,按常理说应该作注加以说明。

如果此篇确系碧城之作,它究竟有何意义?在哪些方面可加深我们对碧城的认识?

首先,借助此篇的发现,我们第一次知道碧城于白话文写作尚有实践。此前,碧城被认为"始终是'旧'文学中人","与'五四'时期反对白话文学者如林纾,如《学衡》派相比,吕碧城并没有提出什么新见解,而反对白话文的态度同样执拗"。

其次,尽管目前发现碧城所作的白话文仅此一篇,我们也可借以比较其与碧城诗文的异同。如前所述,相同之处在于,此篇符合碧城文笔的五个"细部特征"。不同之处在于,洗却文言的铅华,此篇相形之下更见质朴、平实。保民先生称其为"写实小说",良有以也。

最后,深入思考本篇"写实"风格之成因及意义,会发现其中隐藏着问题。白话小说固然没有文言显其馥雅,也可借助叙事手法或设置"关目"增其奇趣。以碧城之才,应不难于此。其游记文《游庐琐记》等尚有"艳遇"之"梦",而本篇白话文则梦即梦,现实即现实,两段两性之缘均示之以人际的本来面貌,读之备感现实人生的烦琐无奈。白话小说的"奇趣"本是取悦受众的手段，而此文通篇美学风格上的"写实"与其说是不善"炫奇"，毋宁说是自觉克制"炫奇"之想，抗拒俗化；或者说"写实"是此文风格的表象，其真实的美学追求其实是平中见雅。

有意思的是，本篇"七月九日，病了。……十日，病体也没见加减……"的平实语调中，只有开篇开得有些"惊悚"：

> 七月九日，病了。晚间睡得很早，就是不能睡得着，于是把床上的电灯开开，拿几本《礼拜六》闲看。那插图里面有《宋园鬼影》①一幅，看着可怕，毛发都竖起来。可是我想这是摄影人故弄手术也，不足信。看了一时，疲倦了，丢了书，模模糊糊地渐入了梦境。忽然，听见有纸声从门外送进来……过了两三个钟头的以后，忽然听见有奇怪的声音，发生在门的近处，不觉吃了一惊，就凝神静听。那怪声又发了，比前一回更厉害，并且好像是在门里，并不是从门外来的声音。我就下床去看，门依然关得好好的，地毯上清清楚楚，并没有什么东西坠落或翻倒，只有一封信在门下，就顺手拾起来。再看桌上的钟，已交四点，旅馆内外都安静，没有一点声音。我虽然不迷信，这时候也有些胆寒，疑惑有鬼气。②

《礼拜六》于1921年3月复刊，如以往一样重视做广告和宣传。"我"的观感如果也被看作"宣传"，则其方式也太过诡异另类。"我"受惊后又闻怪声，下文对此却再无解释照应，后者之"惊悚"和"奇"很容易仅被理解作实录"我"病中读玄怪之书所产生的幻觉。但篇首的"炫奇"与全文的平实相对照，实因其突兀而显得含有某种意味：此文风格的平实，"平中见雅"，是否对"玄怪"类（如《礼拜六》插图《宋园鬼影》）等娱乐性通俗文艺作品的反讽和潜隐性反拨？碧城对当时通俗文艺的态度于此可见。参以前引其反对以白话代文言的表述，我们对碧城的通俗文艺观当有更加全面而真实的认识。

一直以来，对吕碧城的研究存在几个难点。

第一，有关碧城的身世，迄今还没能弄清她幼年时其母为强盗所劫究

---

① 笔者遍索未果，不知此图见于《礼拜六》何期。
② 转引自李保民《吕碧城诗文笺注》，上海古籍出版社2007年版，第212—213页。

竟是何原因；被劫后究竟发生了什么；碧城被退婚是否与此有关；她与姐妹们之间究竟有何矛盾，会闹得"骨肉齮龁，伦常惨变"；碧城后来究竟靠什么致富。第二，碧城才华出众，却与五四新文学隔膜，她究竟有怎样的文艺观；怎样评价其文学成就。

如前所述，这篇白话文作品的存在及其平实风格的反讽内涵可以帮助我们认识前述第二个问题。文中提及一美国人打算与"我"合作为报刊撰稿，多方从"我"这里打探中国国内时政，而"我"则反感其暴露黑暗满足美国受众的立场心态，而且"又不愁自己发稿"，拒绝与之合作。从中似乎可见碧城对"黑幕文学"的看法，也可发现其与报刊之间有着较密切的联系。在《半月》杂志刊发的这篇白话文小说，就是碧城并未绝缘于新文学的一个佐证。

从身世考证的角度看，文中所述乔治的行踪特点颇类商人，如《游庐琐记》中碧城与俄国茶商高力考甫同游庐山等线索一样，也隐隐显露出碧城经商致富的信息。准确的答案，当然还有待于更翔实的证据和更翔实的分析考察。

三 与南社渊源颇深的"鸳鸯蝴蝶派"作家：吕韵清

幼年丧父的吕韵清曾被南社女作家徐自华的父亲徐杏伯收为义女，后者常教自华和韵清学唱昆曲。吕韵清与徐自华相伴同居徐家月到楼，每逢月明，则徐杏伯撅笛，吕韵清与徐自华"合谱《赏秋》等阕，丝竹达旦，不亚霓裳风景"。少年吕韵清与徐自华伴读联吟，朝夕相处，结下深厚的姐妹情谊。

1906年春，嫁在南浔梅家的徐自华受聘主持浔溪女学。吕韵清受徐自华之邀出任国文兼图画教员，徐自华胞妹徐小淑也同往浔溪女学借读，适逢鉴湖女侠秋瑾也来浔溪女学执教，几位才女碰在一起，意气相投，纵论国事，时有诗词唱和。

辛亥革命以后，吕韵清移居上海，与陈世宜（倦鹤）、叶楚伧（小凤）、胡韫玉（朴安）、陈巢南（去病）等南社诗人常在一起诗酒唱酬，一起编小说杂志《七襄》。这样一个代表作家与南社、"鸳鸯蝴蝶派"两大派别都渊源深厚，说明两个流派之间本身就有很多交集，也可资佐证前文为"鸳鸯蝴蝶派"正名的提法并非无据。吕韵清笔下小说多写情，有

"鸳鸯蝴蝶派"之风；而《秋窗夜啸》却如同其诗作《忧国吟》，颇具爱国血性，又有南社之气韵。寄情人生，关怀国运，正该合为复调，不相牴牾。

　　如前所述，与早期作品借助血缘、地缘等为基础而得以人际传播不同，韵清在民初以后的作品流传，尤其是小说作品，主要经由报刊和社团而实现。她是民初中少有的与南社、"鸳鸯蝴蝶派"两大文学派别都渊源颇深的女小说家之一，又是以实名发表小说作品最多的女作家之一，还是本人照片见刊最多的女作家之一。即此而言，吕韵清无疑是民初小说界社交观念和传播意识最自觉、最现代的女作家之一。

第八章

女作家与民初社会思潮

—— 以民初女作家的民族国家叙事话语为例[*]

第一节　第一次世界大战与民初爱国思潮

"爱国"一词承载"热爱自己的国家"的内涵，在汉语典籍中较早见于《战国策·西周策》："今秦虎狼之国也，兼有吞周之意……周君岂能无爱国哉？"春秋战国时代，各诸侯国之间的区别与对立，促使了中国早期爱国思想的诞生，"一齐人傅之，众楚人咻之"，虽然此时的国家实际上是各个诸侯国，但"齐人"与"楚人"之别却体现出人们思想中初步具备的国家观念与国籍意识。"爱国"自此成为一条重要的社会道德标准，人们会为了自己国家的尊严与安全去牺牲个人的利益，而背叛祖国的行为也同样会受到强烈的道德谴责。

现代国家作为一种政治共同体，与前现代的各种政治共同体有着根本性区别。这种区别主要体现在不管实质意义上，还是作为装饰意义上，以及以何种方式理解现代政治，现代国家普遍以民主、自由等价值为政治理念，在共同体内部反对专制主义，在国际关系中则反对霸权主义。与之相反，在前现代国家政治理念中，专制主义和霸权主义则占据压倒性优势。

然而，现代国家又是以前现代的政治共同体为基础建立起来的。武力革命可以在较短的时间内完成，但观念的转变却非一朝一夕可以完成。众

---

* 本章第一、二节由笔者指导研究生王双腾完成。王双腾，中国海洋大学文新学院 2013 级古代文学专业研究生。

多学者致力于揭示现今国家中的各种专制主义和霸权主义，以求破除对专制主义和霸权主义的集体无意识，建设民主的现代国家和平等的国际社会。卡尔·波普曾以其思想引导人们深入理解苏联的专制主义本质，汉娜·阿伦特也曾深刻揭示号称"自由灯塔"的美国所存在的严重的专制主义和霸权主义现象。

近代中国面临着前所未有的亡国灭种危机，在此危机中谋取现代国家的建立。在内长时间的专制统治，在外高强度的霸权压力，都使现代中国经历着无比艰辛的锻造过程。从以发展现代生产为导向的"洋务运动"到以建立现代政治为目的的"维新运动"，再到整体性的改革"清末新政"，再到初露现代国家曙光的"辛亥革命"，以上社会变革内容和形式不尽相似，却都在寻求新的政治共同体的艰难历程中留下了蹒跚的背影。"辛亥革命"后民国初建，很快就有袁世凯复辟；第一次世界大战加入协约国，协约国却瓜分中国利益：初建的民国见证了民主主义和世界主义两个所谓现代国家观念基石的"祛魅"。无助的弱者更需要一个政治共同体，爱国思潮裹挟着现代的风沙和海浪，向着前现代未及打扫的河床扑面而来。

1914 年 6 月 28 日，奥匈帝国王储斐迪南大公于萨拉热窝被塞尔维亚民族主义激进分子普林西普刺杀，第一次世界大战的导火索就此点燃。1 个月后，奥匈帝国向塞尔维亚宣战，战争波及范围随之迅速扩大，至8 月初，欧洲交战双方已迅速分化为以德、意、奥为主的同盟国集团和以英、法、俄为主的协约国集团。面对这次人类历史上空前规模的大战，当时掌握政权的北洋军阀政府为防止战火蔓延至中国，于 8 月 6 日发表中立宣言并公布 24 款"局外中立条规"。但是，由于英、法、俄、德、日等主要参战国均在华持有不同程度的利益，加之自身实力弱小且内耗不断，中国的中立未能使自己幸免于难，最终还是卷入了第一次世界大战的旋涡。

第一次世界大战中涉及中国的核心问题是关于山东权益的最终归属。1898 年，德国强迫清政府签订《胶澳租借条约》，自此以青岛为据点，将整个山东纳入自己在远东的势力范围。第一次世界大战爆发后，日本借口英日同盟对德宣战，但参战后的日本非但未派一兵一卒赴欧作战，反而欲借德国深陷欧洲战场之机夺取其在华的权益。1914 年 8 月 15 日，日本向德国发出最后通牒，要求其将全部胶州租借地无条件交付日本。接到最后通牒后，因无力在远东对抗日本的进攻，德国驻华使馆代办马尔参向北京政府表示，如果中国以后给予补偿，德国可以立即将胶州"交还中国"。北洋政府获悉后随即与德国展开非正式磋商，但日本则警告北京方面必须马上停止此项活动，不敢得罪日本的北洋政府被迫停止了与马尔参的谈判。此后，北洋政府提议将德国在胶州的权益先转让给美国，然后由美国交还中国，但遭到美方拒绝，中国利用美国阻止日本出兵山东的计划就此破灭。1914 年 9 月 2 日，日军在山东龙口等地登陆，对德军展开军事行动，无计可施的北洋政府无奈之下将龙口、莱州及胶州湾附近各地划为"战区"，11 月 7 日，日军占领青岛。以上是 1914 年第一次世界大战爆发之初中、日、德三方围绕山东问题展开一系列博弈的大致过程。史料显示，第一次世界大战爆发之初，北洋政府的核心集团就已敏锐地察觉到这是解决山东问题的难得契机，如素有"财神"之称的梁士诒曾谏言袁世凯："德奥以小敌大，战之结果，必难幸胜。在我见，正不妨明白对德绝交宣战，将来与和议中取得地位，与国家前途，深有裨补。"袁世凯亦曾私下向英国驻华公使朱尔典表示愿意出兵帮助英国占领青岛，但朱尔典毫不领情，反劝袁世凯"保持冷静"。北洋政府为收回山东进行的一系列努力，最终由于自身实力所限未能成功，无奈之下方才采取中立政策，以期避免战火燃及自身。与政府积极应对第一次世界大战的态度不同，民间对此却持中立观望的态度。从当时的舆论焦点可以看到，各界关注的中心并非山东主权，而是中国能否实现中立，维持稳定，正如 1914 年 8 月 8 日，北京商务总会发出维护社会稳定的传单所言：大战尽管对商业和外贸有一定影响，但因战争"万无旷日持久之理"，且国家又已"按照公法宣布局外中立"，国内金融不会出现大震荡。各商家不必"自相惊扰"，而要"同心协力，镇定市面"。可见，在第一次世界大战刚刚爆发的 1914 年，国人仅仅将其当作"欧战"看待，多数是站在局外中立的角度对待战事，关注的焦点也只是一些可能直接影响经济利益和社会生活的问题，业已出现新契机的山东问题尚未进入大众视野，更未产生趁机夺回山东权益的想法。

　　随着第一次世界大战的深入，中国民众中立观望的态度在 1915 年发生了变化。青岛陷落后，北洋政府于 1915 年 1 月 3 日宣布取消"战区"，要求日军撤回。日本不但不予理睬，反而不顾外交惯例于 1 月 18 日由驻华公使日置益径直向袁世凯提出"二十一条"——要求中国政府承认日本享有德国在山东的一切权利并加以扩大。为避免英、法等国干涉，日本政府要求北洋政府对此事严格保密。在日本的蛮横威胁下，北洋政府被迫未能将条约的具体内容向外界泄露。对于"二十一条"，袁世凯直言，"所要求太无理，令人愤恨"，"日军打到新华门也不同意"。这一言论虽有惺惺作态之嫌，但也反映出北洋政府各级官员的抵制情绪。只可惜由于自身实力有限，北洋政府无力与日本正面对抗，遂采取拖延的策略，于1—5月与日本谈判近三十次。中日谈判期间，北洋政府有意无意地将条约内容经由《申报》《大公报》等报纸向外界披露，试图通过社会舆论向日本施加压力，进而增加谈判的筹码。面对日本提出的"种种可愕之要求"，中国民众之前中立观望的态度开始发生变化，如《申报》时评所言，"中国之失土地与权利，屡矣"，推之"不外有二原因，其一与人战而败，败而割弃者也；其一，以中国之善意而让与也"。但此次失去之土地，则是日本在中国宣布中立的条件下，不经允许而占据的"假道之战区"。日本竟要求中国以让出此区作为撤兵的交换条件，实是不能开的先例。对于这一时期的国民情绪，英属京津《泰晤士报》曾作出如下描述：北京人心对于日本之要求"异常愤激"，但"因无确实可靠之消息，故大众之揣测露出一种惊扰之态"。可见，1915年年初，在报纸等媒体的影响下，国人开始意识到第一次世界大战已经涉及中国的领土主权等核心利益，只是由于一些关键信息尚未披露，社会舆论整体处于焦虑之中。此后，在袁世凯的默许之下，端纳、莫理循等人借助外国媒体将条约内容向社会披露。随着"二十一条"全文的曝光，民众的愤怒情绪迅速点燃，报界公开号召：既然日本"唯问我以可否二字，而无其他之商量余地"；那么，"我政府当之，亦唯自问以存亡二字，而无其他之斟酌也，如自愿于亡则应曰可，如不自愿亡则尚欲于亡中求存，则应曰否"。此前提倡严守中立政策的北京商会此时亦致电总统："日人此等无理要求，实系有碍中国主权"，必须"严词拒绝"。社会的反日情绪由此可见一斑。在这种社会氛围下，储金救国、抵制日货、提倡国货等一系列活动迅速开展起来。但民众的爱国行动最终未能阻止条约的签订，英、法等国获悉"二十一条"内容后，虽认为有损本国在华利益，但为获得日本的军事援助，均对日本的要求给予默认与支持。在洞悉英、法等国的态度后，日本更加有恃无恐，遂于5月9日以最后通牒的形式迫使袁世凯接受其要求。5月25日，北洋政府无奈之下与日本签订《关于山东之条约》和《关于南满洲及东部内蒙古之条约》及换文，总称《民四条约》或《中日新约》。通过该条约，日本获得了山东权益，同时扩大了日俄战争之后取得的满蒙权益。"二十一条"签订之后，举国哗然，潘志仁等数百人联名致电政府："最后通牒，完全答复，朝鲜覆辙，殷鉴不远。人民闻战而勇，闻不战而丧，衮衮诸公，其何以对？宁蹈东海而死，不睹国亡之惨。迫不择词，听加刀斧。"向来主张以强硬态度对付日本的冯国璋、张勋更是怒责中央："此次日人非理要求，原本无交涉之价值，更无承认之必要，乃政府慑于日本哀的美敦书之下，遂至不求民意，不察利害，竟将全案承认，是何异举我数千年堂堂中国捧送于人。天下最可痛可哀之事，孰有过于此者？""二十一条"的签订使弥漫中国社会已久的反日情绪最终全部迸发出来，一时间诋斥政府丧权辱国，要求拒约开战的言论成为舆论的主流。

不过这次发生于第一次世界大战初期的反日行动在出现短时的轰轰烈烈之后迅速趋于沉寂，据史料记载，"二十一条"签订前后最为严重的事态仅有国民对日同志会和归日留学生发起的少量集会，以及汉口抵制日货游行演成的小规模暴力冲突，并且这些严重事件都未向全国蔓延，影响十分有限。与此相适应，舆论中的反日情绪同样未能持续长久。其中原因，首先在于以袁世凯为首的北洋政府对于舆论的控制。中日就"二十一条"谈判之时，袁世凯期望借助中国社会的反日情绪对日本施加压力，因而便通过披露条约内容等方式通过报纸等媒体对民众加以引导。"二十一条"签订之后，利用报刊舆论的目的已不再是通过"泄密"以造成新的救国反日舆论，而转变为控制各界过激的排日言论及其对政府外交政策的干预和批评，以免影响自身的统治基础。北洋政府遂通电各省当局忍辱负重，励精图治，同时约束军民，要求各地镇静，使交涉期间激昂的反日舆论迅即走向平静。据史料记载，面对时局的变化，"国人似决计服从北京之训示，不作暴动，不出恶言"。"官方一直以抗拒为无望，政府与反对派都抱这种观念，乱党首领亦知目下起事无益，故中国不致有内乱之虞，国人皆有忍受之势。"于是以指导国民为天职的报纸，转而劝慰国人，不要因爱国而"激发逾越范围之举动"，而要"出以镇静，处以隐忍，万众一心，始终勿懈，以维持吾国货，振兴吾工商"，如是则"民生日裕，国势亦因之日强"。由"二十一条"引发的反日行动随之偃旗息鼓。

通过以上对第一次世界大战初期中国社会动向的梳理，可以看到1914

年第一次世界大战爆发之初除少数上层人物之外，国人大多采取中立观望的态度，中国的社会秩序及思想舆论并未受到严重影响。但在1915年随着中日双方围绕"二十一条"展开的一系列博弈，民众开始对第一次世界大战给予关注并爆发了强烈的反日情绪及抗议行动。条约最终签订之后，反日行动则迅速偃旗息鼓，社会舆论亦迅速归于平静。

第二节　第一次世界大战时期的爱国小说

一　"小说界革命"与清末"爱国小说"的兴起

文学作品作为人们精神生活的重要载体，从爱国思想诞生的一刻便与之紧紧联系在一起，《诗经·秦风·无衣》中"王于兴师，修我戈矛，与子同仇"的凛然无畏，《离骚》中"不抚壮而弃秽兮，何不改此度。乘骐骥以驰骋兮，来吾道夫先路"的赤胆忠心……大量作品成为爱国思想与文学碰撞中擦出的火花。爱国思想一直绵延至近代，鸦片战争的炮火惊醒了沉睡的古老中国，面对空前的民族耻辱与灾难，爱国主义成为近代文学"最光辉、最集中"的主题之一。就文体而言，先秦至近代前期之间反映爱国思想的文学作品多为诗歌，小说创作虽不乏反映社会黑暗的讽刺之作，但在作品中直接表达爱国思想的作品却并不多见。这一现象一方面由于小说作为叙事性作品，受到文体特征与写作方式的限制；另一方面，则是由于古人对小说这一文体的功能定位造成的。"诗言志，歌咏言"，与诗歌与生俱来的抒情功能不同，早期的小说被视作"小道"或"不足观"，面对这一卑微地位及由此导致的恶劣创作环境，小说得到人们的承认首先得益于其"羽翼信史"的史鉴功能，即刘知几所说的"史有阙文"而"博雅君子"可利用小说"以补其遗逸"。宋代话本小说兴起，小说的游戏娱乐功能借此确立，正如胡应麟所言："小说者流，或骚人墨客游戏笔端，或奇士洽人搜罗宇外……其善者，足以备经解之异同，存史官之讨核，总之有补于世，无害于时。"除史鉴功能、游戏娱乐功能之外，世人对小说的博物功能、教化功能、主体表现功能等一系列功能的发掘，也使其社会价值不断提升。但即便如此，近代前期之前，小说在整个文学体系中仍未摆脱边缘性文体的地位，爱国思想很难在小说作品中得到直接体现，这种情况下，"爱国小说"也就无从产生。

可见，"爱国小说"的产生，必须以小说地位的提升及国人小说观念的转变作为必要条件，而开始于1902年前后的"小说界革命"则使这一条件最终成熟。作为"小说界革命"的主将，梁启超在《论小说与群治之关系》一文中开宗明义地指出："欲新一国之民，不可不先新一国之小说。故欲新道德，必新小说；欲新宗教，必新小说；欲新政治，必新小说；欲新风俗，必新小说；欲新学艺，必新小说；乃至欲新人心，欲新人格，必新小说。何以故？小说有不可思议之力支配人道故。"首次将小说这一传统文学观念中的"末技""小道"与"治国安邦"相提并论，这是对鄙视小说的传统观念一次强有力的挑战与冲击。在"小说界革命"中，梁启超等近代小说理论家将小说奉为"国民之魂""正史之根"，把小说从"末技""小道"的束缚中解放出来，由一种边缘性文体提升至"文学之最上乘"，由此使国人的小说观念发生了深刻的历史性变革。在这一背景下，爱国思想与小说两条线索在发展的过程中渐行渐近，最终交汇于"小说界革命"这一节点上，正如1902年《新民丛报》在对即将出版的《新小说》进行宣传时所言："本报宗旨，专在借小说家言，以发起国民政治思想，激励其爱国精神。一切淫猥鄙野之言，有伤德育者，在所必摈。"人们从此开始将爱国思想在小说中显露地表达出来，小说与诗歌一样成为爱国思想的载体，"爱国小说"的产生水到渠成。

《中国近代期刊篇目汇录》等资料显示，清末报刊中冠以"爱国小说"之名的作品共计两篇，分别为《女子世界》（刊于1904年1月17日第一期至1904年4月16日第四期）中"东海觉我"（徐念慈，笔者注）《情天债》及《扬子江小说报》（刊于1909年6月18日第一期至1909年9月14日第五期）的《罗马七侠士》（又名《新七侠五义》，石庵著）。《情天债》的类别标注具体为"女子爱国小说"；《罗马七侠士》前两期标注"爱国小说"，后三期标注"奇情爱国小说"。

1904年1月，《女子世界》创刊。主编丁初我提出"欲拯今日之危亡，必先解脱女子之羁勒，俾立于平等地位，而聪其听焉！明其视焉！鼓吹其精神而感刺其脑筋焉！是不可无物以司其运动之机。此本志发行之目的也"，金天翮在《女子世界》发刊词中也强调，"女子者，国民之母也。欲新中国，必新女子；欲强中国，必强女子；欲文明中国，必先文明我女子；欲普救中国，必先普救我女子"。发刊伊始，编者就以爱国主义为刊物定位，表现出强烈的时代感和责任感。在"欲新一国之民，不可不新一国之小说"的观点影响下，《女子世界》积极开辟小说专栏，从女子恋爱、母职、增智、爱国等方面，探讨在国民观念下女子世界的建构，传达对女子身份的定位和认同。署名为东海觉我（徐念慈）的《情天债》就紧密围绕社会需求，刻画了帝国第一女杰革命花苏华梦的理想女国民形象，想象了中国从1902—1962年的强国历程，凸显女主人公的社会革命价值，使其成为传统才女的对立面，将其视为历史发展的化身，甚至是中国前途的希望。

　　《扬子江小说报》创刊于1909年5月19日，第一期中刊载瞿园胡楫的《〈扬子江小说报〉缘起》，这篇发刊词中表现出"小说界革命"之后诸多新的文学观念。首先，作者将小说与报刊视作不可分割的整体，即"天地间足以监督政府之强权，代表国民之舆论者，报章之能力也。天地间足以洗剔顽锢之脑气精，变更腐败之习惯性者，小说之能力也。报章与小说并发达于天下，而后国家文明程度之增长，乃如极沸鼎之水汽蒸蒸上升于云表。有小说而无报章不可，有报章而无小说亦不可"。其次，指出小说因其"浅近白话之文"的特点，在"改良社会"中具有独特的优势，即"盖报章偏于改良政治之一方面，小说偏于改良社会之一方面。改良政治之问题，其义理既高，其担任至重，可警觉一般有学力之志士，不可以开通一般不知不识之国民。惟以家庭社会之事，编以浅近白话之文，使愚者读之而惊为奇，小人读之而引为戒，潜移默化，则沉迷昏梦者，自渐生合群爱群之思想"。"其造就普通国民之效力，初不在报章下也。"最后，作者明确表示："试执小说与报章，度长较大，衡轻量重，其造就普通国民之效力，初不在报章下也。"可见，经过"小说界革命"的激荡，报刊编辑者已经彻底摆脱了视小说为"小道"的传统文体观念，对小说的文学地位及社会功用均给予了充分的重视。在这一思想背景下，小说最终在清末报刊中赢得一席之地，进而成为近代各种思想的载体。

　　近代报刊就地域而言以上海最为集中，其他地区在报刊数量与质量上均处于落后地位，这一极不平衡的格局严重限制了近代报刊的发展及新兴思想的传播。因此，作为近代中国上海地区以外较早的小说刊物，创办于汉口的《扬子江小说报》在发行伊始便显示出强烈的自豪感与使命感，正如王钝根在《〈扬子江小说报〉发刊词之五》中所言："夫以小说魔力之大，感化之速，例以吾国二万万方里之土地，四万万丁口之人民，则其杂志之发行，虽多至数千百种，未足为多。而今夷考其实，乃仅有一上海，月布小说杂志一二种，不亦陋乎？今若曰边缘之区，其民程度不足，尚未足以语此，则如扬子江流域所经之通都大邑，要皆号为得风气之先者也，而夷考其实，则亦仅有一上海，月布小说杂志一二种，不亦羞乎？……同人有鉴于此，爰集同志，共矢宏远，发起兹报。……其名以'扬子江'命名者，盖当创设之始，同人不敢过存奢望，而曰将以普及全国也。若以之被于扬子江流域，以辅教育所不及，则固同人所甚愿也。"在这种自豪感与使命感的鼓舞下，与众多纯文学性期刊不同，《扬子江小说报》的办刊宗旨体现出极强的现实功利性，这一特点集中表现于瞿园胡楫的《〈扬子江小说报〉缘起》。在这篇发刊词中，作者明确写道："……泊（洎）乎海禁大开，轮舶云集，东西洋潮流输入我震旦者愈涌。我邦人士稍有世界之雄心者，知非合中外学术冶于一炉，不足与列强相角逐。乃研究科学之精理，提倡社会之改良。又知高尚之义理，浩瀚之文章，不足以唤醒醉生梦死之睡眠也。编成小说，以鼓舞民智，或译述欧化之贤豪，或形容社会之怪状，以提撕觉醒之文，促国民于进化之域。……故本社同仁组织一扬子江小说报社，仿杂志体，月出一册，以开化普通一般国民为宗旨。凡于忠奸大节、中外伟人，及内忧外辱之近状、人民顽锢之性质，科学、地舆、理想、实事，则用慷慨淋漓之笔墨，摹擬其情神，玲珑巧话之评词，褒贬其贤否。亦有用白话浅文者，俾愚夫愚妇、幼女学童，一目了解。务使一般读者于诙谐滑稽之间，即以启发其神智，鼓舞其热肠，此则本社同仁创设是社之苦心也。本社预收国民进化之功，不专注谋一己之私利，故不求辞藻之工，但期有补于社会，宁为体例不备，无使事理之乖张。"在"开化普通一般国民"这一办刊宗旨的指引下，《扬子江小说报》所刊作品较少言情游戏之作，而多为与现实政治相关的题材，爱国思想就此成为刊载作品重要的思想来源。

　　《情天债》和《罗马七侠士》这两部"爱国小说"都从创刊号开始推出，可见编者推动爱国之迫切。这种编辑理念，与其发刊词所表达的"小说界革命"立场是相表里的。

二　"爱国小说"与翻译小说及"侠义公案小说"

　　徐念慈的《情天债》刊载于《女子世界》首期至第四期，女主人公为

"新党""帝国第一女杰革命花"苏华梦，在1902—1962年的强国历程中，与钟文秀等人共同发挥了重要作用，成为历史发展的化身，甚至中国前途的希望。徐念慈（1875—1908）原名蒸义，字念慈，以字行；后又改字彦士，别号觉我、东海觉我、晚清诸生。著名翻译家。江苏常熟人。1897年与张鸿、丁祖荫在常熟创办中西学社，任教数年。1903年开始文学生涯，翌年与曾朴、丁祖荫在沪创办小说林社，任编辑主任。后又任《小说林》杂志译述编辑。《情天债》为白话小说。

《扬子江小说报》今存前五期，《罗马七侠士》于1909年5月19日第一期开始连载，作者胡石庵。胡石庵（1879—1926），名人杰，又名金门，字天石，以号行，别署忏憨（詹按：一作观下心）室主。20岁赴北京，与谭嗣同研读《天演论》，参与戊戌变法。失败后潜返武昌，入经心书院。宣统元年（1909）任汉口《中西报》《公论报》《扬子江小说报》主笔。一生所著有大量诗歌、散文、政论，另有中短篇小说计四十余种，如《新儒林外史》《马上女儿传》《明珠血泪恨》《血风花雨录》《湘灵瑟》《蒲阳公梦》《罗马七侠士》等。生平事迹见贺觉非《辛亥武昌首义人物传·胡石庵》（1982年10月中华书局出版）、徐友春主编《民国人物大辞典》等。

《罗马七侠士》刊发于《扬子江小说报》首期至第五期，此时胡为该报主笔。第五期整部作品其实尚未结束。前五期作品回目分别为："月神庙琵琶擅顿老　风人堡宝剑卖侯生（第一回，1909年5月19日）""威士忌巧访黑衣侠　坡仙拿大开武士会（第二回，1909年6月18日）""苦命儿伤心哭父母　独夫贼辣手害英雄（第三回，1909年7月17日）""伸巨掌窗前退刺客　使长枪会上败英雄（第四回，1909年8月16日）""大不平侠翁逞奇勇　小失算义士被幽囚（第五回，1909年9月14日）"。作者于卷首作一"楔子"，可视为整部作品的故事梗概："这部书，便是说西历纪元以前五百余年间，古罗马帝国一段事迹。这罗马帝国自纪元前七百五十三年起，至纪元前五百余年间，已易君六位，忽然生出一个暴乱之主，行纂（篡）逆之事，握住罗马君主大权，横行无忌，上下离心，外患纷起。眼看罗马帝国危亡旦夕，全亏有数位豪杰之士，仗一片爱国热忱，逐暴君，行新政，御强敌，救危城，奇情侠行，照耀千古。种种事迹，真个令人可歌可泣、可惊可骇、可爱可慕者，不一而足。今虽代远年湮，伊人已渺，而英风义气，实有不可埋没者。闲着无事，待小子权理宿墨香毫，一效龙眠白昼。正是：未得跃身千古上，聊从纸上识英雄。列位勿噪，且听小子一一讲来。"

《情天债》与《罗马七侠士》作为已知较早明确标记为"爱国小说"的作品，可资考察"爱国小说"这一小说的源流。

从作品内容与形式的角度进行分析，爱国小说是近代特殊环境中中西文化交流的产物。《罗马七侠士》在体例上采用传统的章回体，具体内容更是中国本土小说早已写得烂熟的侠义之士在国家危难之际救困扶危、行侠仗义的故事，似与中国传统章回体小说并无二致，但作者却将整个故事的发生背景设置在"西历纪元以前五百余年间"的"古罗马帝国"，这一新奇的背景使整部作品具有了不同于中国本土题材的特质，即"西方世界发生中国故事"。翻译小说刚刚进入中国时，限于作品来源及译者水平等因素，大部分作品并非按原文翻译，有的只是借他人之酒杯，浇自己之块垒，假托原有的故事抒发个人情怀，或是为便于读者接受，以翻译为基础大加改造，使最终翻译出的作品仅有原著的影子，这种称作"译述""译意"或"编译"的翻译形式成为近代翻译小说创作的主要手段。同时，随着翻译小说在中国的盛行，面对读者阅读趣味及书局出版倾向的转变，小说家们开始对翻译小说进行大量仿作，中国近代本土创作的小说由此出现大量西方元素。现有资料无法查证《罗马七侠士》在西方是否具有原型故事，因而无法确定这部小说属于翻译小说的"译述"抑或仿作，但无论属于哪种创作模式，以《罗马七侠士》为代表的清末爱国小说作为近代中西文化交流产物的性质却是毋庸置疑的。

而从小说类别的角度分析，爱国小说当是近代侠义公案小说演变的产物。依照文学史上的传统观点，近代小说以侠义公案小说、言情小说、社会小说、历史小说、神怪小说五种为主要类别。从爱国小说的源流考察，侠义公案小说与社会小说可能在思想内容上都启发了后起的爱国小说，但就创作倾向而言，社会小说旨在暴露社会的黑暗、人性的丑恶，这与爱国小说歌颂人性光辉的创作理念恰恰相左，因此，侠义公案小说对爱国小说的影响可能更为潜隐而深刻。侠义公案小说一直被认为在近代后期出现分化，其侠义部分演变为武侠小说，而公案部分则演变为侦探小说。公案部分演变为侦探小说这一观点没有问题，但侠义部分演变为武侠小说则过于片面。侠义公案小说在描写侠客们的高超武艺的同时，也在歌颂侠客们除暴安良的美好品行，与此不同的是，清末《七剑十三侠》《仙侠五花剑》等武侠小说已将描写重点放置于对武艺及打斗场面的具体描写，而弱化除暴安良的侠义行为，民初的《江湖奇侠传》《蜀山剑侠传》等更是舍弃了侠客们的价值判断，开始单纯描写江湖世界中的快意恩仇，这一创作模式直到金庸笔下才发生转变，即通过塑造郭靖等"为国为民"的"侠之大者"实现"侠"与"国"的统一。但从侠义公案小说的流变过程来看，金庸的武侠小说与近代前期的侠义公案小说之间存在着巨大的时间空白，如果按照侠义公案小说中的"狭义"部分演变为武侠小说的传统观点，在近代前期至金庸小说的这段时间里，早期武侠小说可以视作"侠"的载体，"义"的部分则并未在早期武侠小说中得到直接体现。对于这一现象，比较合理的解释可能是侠义公案小说在近代演变过程中除侦探小说与武侠小说外尚有其他小说类别作为其思想内容的载体。在近代后期的众多小说类别中，"爱国小说"诞生于清末，并于民初继续发展，时间段上恰好处于近代前期与金庸小说之间，就作品思想内容而言，"爱国小说"所描写的大义凛然、为国牺牲等情节，也与侠义公案小说中侠客们的除暴安良具有高度的相似性，据此我们可以认为爱国小说在清末民初的时间段里成为近代侠义公案小说中"义"的载体。由于晚晴时期因统治腐败而产生的失望情绪，侠客们便舍弃国家而行"义"，清末的革命热潮与民国的建立使人们重拾对国家的希望，"义"随之又转化为对国家的热爱，侠义公案小说中的"义"与"爱国小说"的"爱国"均为近代中国国家观念演变的产物，彼此之间也呈现出一脉相承的关系。毋庸置疑，侠义公案小说中"义"的部分在清末民初的载体并非仅有"爱国小说"一种，社会小说、国民小说等小说类别中对社会现实及国家命运的关注均是对这一思想的继承与演变，不过这并不影响侠义公案小说作为"爱国小说"源流之一的判断。

三　民初"爱国小说"的演变

与清末的仅仅两篇作品不同，《中国近代期刊篇目汇录》等资料显示，在民国建立至五四运动爆发的近十年时间里，各种期刊中刊载的"爱国小说"已达 34 篇（"女子爱国小说""爱国短篇"等含有"爱国"一词的小说类别一并纳入讨论范围），现根据作品刊载时间先后列表依次排列如下。

表 8 - 1

篇名	出处	类别	作者	刊载日期
《华胥游》	《歌场新月》	爱国短篇	吴门杨剑花著	第二期 1913 年 12 月 25 日
《拿破仑之友》	《礼拜六》	爱国小说	瘦鹃译	第一期 1914 年 6 月 6 日
《密罗老人之小传》	《礼拜六》	爱国小说	天虚我生著	第三十八期 1915 年 2 月 20 日
《小学生》	《礼拜六》	爱国小说	藜青著	第四十二期 1915 年 3 月 20 日
《南山情碣》	《中华妇女界》	爱国小说	牛侬著	第一卷第三期 1915 年 3 月 25 日
《爱国少年传》	《礼拜六》	爱国小说	瘦鹃译	第四十三期 1915 年 3 月 27 日
《爱夫与爱国》	《礼拜六》	爱国小说	瘦鹃译	第四十四期 1915 年 4 月 3 日
《小子志之》	《中华小说界》	爱国小说	江白痕著	第二卷第五期 1915 年 5 月 1 日
《爱国丐》	《双星杂志》	爱国小说	涵秋著	第三期 1915 年 5 月 15 日
《闭门推出窗前月》	《礼拜六》	爱国小说	花奴	第五十一期 1915 年 5 月 22 日
《五花球》	《礼拜六》	爱国小说	剑影著	第五十二期 1915 年 5 月 29 日
《祖国重也》	《礼拜六》	爱国小说	瘦鹃著	第五十三期 1915 年 6 月 5 日
《罗曼老人之家乘》	《礼拜六》	爱国小说	南村著	第五十四期 1915 年 6 月 12 日
《为国牺牲》	《礼拜六》	爱国小说	瘦鹃著	第五十六期 1915 年 6 月 26 日

篇名	出处	类别	作者	刊载日期
《爱妻与爱国》	《礼拜六》	爱国小说	行乐著	第六十一期 1915 年 7 月 31 日
《大理石象》	《中华小说界》	爱国小说	天笑、毅汉译	第二卷第八期 1915 年 8 月 1 日
《伤心之交》	《礼拜六》	爱国小说	法·大小说家阿尔芳斯陶苔著，凭周译	第六十四期 1915 年 8 月 21 日
《死而后已》	《礼拜六》	爱国小说	雏鹤著	第六十四期 1915 年 8 月 21 日
《坎拿大之爱国女子》	《国货月报》	爱国小说	瘦鹃译	第二期 1915 年 9 月 9 日
《莫教女儿误英雄》	《礼拜六》	爱国短篇	绮录著	第六十八期 1915 年 9 月 18 日
《血婚衣》	《小说大观》	爱国小说	天笑、毅汉译	第二集 1915 年 10 月 1 日
《蒙边鸣筑记》	《小说大观》	爱国小说	叶小凤著	第二集 1915 年 10 月 1 日
《无国之人》	《小说大观》	爱国小说	美·名小说家爱得华哀佛莱海尔著，瘦鹃译	第三集 1915 年 12 月 1 日
《侠妓》	《礼拜六》	爱国小说	昂昂著	第八十三期 1916 年 1 月 1 日
《亡国英雄之遗书》	《礼拜六》	爱国小说	镒湖双影著	第九十期 1916 年 2 月 19 日
《潜水艇》	《中华小说界》	爱国小说	霆锐著	第三卷第三期 1916 年 3 月 1 日

续表

篇名	出处	类别	作者	刊载日期
《鸽》	《小说大观》	爱国小说	英·赫洛德斯的温斯著,甄汉译述,天虚我生润文	第三集 1916 年 3 月
《断肠酒》	《中华小说界》	爱国小说	法·棣筏著,汉声、亚星译	第三卷第六期 1916年 6 月 1 日
《伟影》	《小说大观》	爱国小说	瘦鹃译	第六集 1916 年 6 月
《最后一课》	《工读杂志》	爱国小说	梁荫会译	第一卷第一期 1917年 5 月
《水手》	《青年进步》	爱国小说	无风、无我译	第五册 1917 年 7 月
《铁血女儿》	[商务]《妇女杂志》	爱国小说	拜兰译	第三卷第十二号 1917 年 12 月 5 日
《佗傺英雄》(未完)	《广东省会学生联合会月报》	爱国小说	卓冠英著	第一期 1918 年 10 月 5 日
《好男儿》	《复旦》	爱国短篇	句容杨祚璋(字胤成)著	第七期 1918 年 12 月

以上 34 篇作品按年度数量综合如下。

表 8 - 2

刊载时间（年）	作品数量	百分比（%）	出处
1913	1	3	《歌场新月》1 篇
1914	1	3	《礼拜六》1 篇
1915	21	61	《礼拜六》13 篇 《小说大观》3 篇 《中华妇女界》1 篇 《中华小说界》2 篇 《双星杂志》1 篇 《国货月报》1 篇

续表

刊载时间（年）	作品数量	百分比（%）	出处
1916	6	18	《礼拜六》2篇 《中华小说界》2篇 《小说大观》2篇
1917	3	9	《工读杂志》1篇 《青年进步》1篇 [商务]《妇女杂志》1篇
1918	2	6	《广东省会学生联合会月报》1篇 《复旦》1篇

如上表所示，34篇爱国小说并非平均分布在民初的近十年中，而是不均衡地出现在三个时间段：1912—1914年为第一阶段，这一阶段总共出现2部作品，整体创作情况与清末相比并未发生太大变化；1915—1916年为第二阶段，共出现27部作品，数量上占全部作品的近80%，是民初爱国小说的主体；1917—1919年为第三阶段，这一阶段共出现5部作品，可视作上一阶段爱国小说创作的延续。其中第二阶段的作品分布情况如下。

表8－3

刊载时间 （年、月）	作品数量	百分比 （%）	作品名称（出处）
1915年2月	1	4	《密罗老人之小传》（《礼拜六》第三十八期）
1915年3月	3	11	《小学生》（《礼拜六》第四十二期） 《南山情碣》（《中华妇女界》第一卷第三期） 《爱国少年传》（《礼拜六》第四十三期）
1915年4月	1	4	《爱夫与爱国》（《礼拜六》第四十四期）
1915年5月	4	11	《小子志之》（《中华小说界》第三期） 《爱国丐》（《双星杂志》） 《闭门推出窗前月》（《礼拜六》第五十一期） 《五花球》（《礼拜六》第五十二期）

刊载时间 （年、月）	作品数量	百分比 （%）	作品名称（出处）
1915 年 6 月	3	11	《祖国重也》（《礼拜六》第五十三期） 《罗曼老人之家乘》（《礼拜六》第五十四期） 《为国牺牲》（《礼拜六》第五十六期）
1915 年 7 月	1	4	《爱妻与爱国》（《礼拜六》第六十一期）
1915 年 8 月	3	11	《大理石象》（《中华小说界》第二卷第八期） 《伤心之交》（《礼拜六》第六十四期） 《死而后已》（《礼拜六》第六十四期）
1915 年 9 月	2	8	《坎拿大之爱国女子》（《国货月报》第二期） 《莫教女儿误英雄》（《礼拜六》第六十八期）
1915 年 10 月	2	8	《血婚衣》（《小说大观》第二集） 《蒙边鸣筑记》（《小说大观》第二集）
1915 年 12 月	1	4	《无国之人》（《小说大观》第三集）
1916 年 1 月	1	4	《侠妓》（《礼拜六》第八十三期）
1916 年 2 月	1	4	《亡国英雄之遗书》（《礼拜六》第九十期）
1916 年 3 月	2	8	《潜水艇》（《中华小说界》第三卷第三期） 《鸽》（《小说大观》第三集）
1916 年 6 月	2	8	《断肠酒》（《中华小说界》第三卷第六期） 《伟影》（《小说大观》第六集）

　　表 8 - 3 显示，1915 年"爱国小说"发表最为集中，合计 20 篇；其中 3—10 月共 19 篇，已占民初同类作品的半数以上。

四　《礼拜六》是民初"爱国小说"的重镇

　　与创作时间分布不均衡类似，民初"爱国小说"在刊载杂志上的分布情况也高度集中于某些报刊。具体刊载数量在各报刊的分布如下。

表 8 - 4

出处	数量	百分比（%）
《礼拜六》（前百期）	16	46
《小说大观》	5	15
《中华小说界》	4	12
《中华妇女界》	1	3
《歌场新月》	1	3
《妇女杂志》	1	3
《双星杂志》	1	3
《国货月报》	1	3
《复旦》	1	3
《工读杂志》	1	3
《青年进步》	1	3
《广东省会学生联合会月报》	1	3

排在《礼拜六》（前百期）之后的杂志为《小说大观》与《中华小说界》，刊载作品数量分别为 5 部与 4 部，其他 9 种杂志均只刊载一部作品，《礼拜六》作为民初"爱国小说"发表重镇的地位毋庸置疑。

五　《礼拜六》"爱国小说"的起落与第一次世界大战相关

《礼拜六》刊载的 16 部"爱国小说"按刊载时间顺序排列如下。

表 8 - 5

作品名称	出处	刊载期数	刊载时间
《拿破仑之友》	《礼拜六》	第一期	1914 年 6 月 6 日
《密罗老人之小传》	《礼拜六》	第三十八期	1915 年 2 月 20 日
《小学生》	《礼拜六》	第四十二期	1915 年 3 月 20 日
《爱国少年传》	《礼拜六》	第四十三期	1915 年 3 月 27 日
《爱夫与爱国》	《礼拜六》	第四十四期	1915 年 4 月 3 日
《闭门推出窗前月》	《礼拜六》	第五十一期	1915 年 5 月 22 日
《五花球》	《礼拜六》	第五十二期	1915 年 5 月 29 日

作品名称	出处	刊载期数	刊载时间
《祖国重也》	《礼拜六》	第五十三期	1915 年 6 月 5 日
《罗曼老人之家乘》	《礼拜六》	第五十四期	1915 年 6 月 12 日
《为国牺牲》	《礼拜六》	第五十六期	1915 年 6 月 26 日
《爱妻与爱国》	《礼拜六》	第六十一期	1915 年 7 月 31 日
《伤心之交》	《礼拜六》	第六十四期	1915 年 8 月 21 日
《死而后已》	《礼拜六》	第六十四期	1915 年 8 月 21 日
《莫教女儿误英雄》	《礼拜六》	第六十八期	1915 年 9 月 18 日
《侠妓》	《礼拜六》	第八十三期	1916 年 1 月 1 日
《亡国英雄之遗书》	《礼拜六》	第九十期	1916 年 2 月 19 日

由上表可以看到,《礼拜六》"爱国小说"多刊载于 1915 年 2—9 月,正是民初"爱国小说"发表最为集中的时间段。正是《礼拜六》(前一百期)1915 年大量刊载"爱国小说",才促使"爱国小说"成为一个醒目的小说类别。为什么此时《礼拜六》高度关注"爱国小说"?

1915 年前后发生的最重大事件当属第一次世界大战的爆发及蔓延,而其对中国的影响又可以 1914 年年底日军占领青岛和 1915 年 5 月中日签订"二十一条"为节点分为前后三个时间段。

1914 年第一次世界大战爆发之后,由于战争范围尚局限于欧洲,因而国人对此多持观望中立的态度,与此相对应,整个 1914 年《礼拜六》(前一百期)刊载的爱国小说仅有一篇。1915 年 1—4 月随着日本提出对山东的权益要求,以及"二十一条"内容的陆续曝光,国人开始意识到中国的主权利益已经受到损害,反日情绪在社会中开始蔓延,只是由于"二十一条"的内容尚未全部披露,民众的情绪多以焦虑为主,在此期间内《礼拜六》(前一百期)刊载的爱国小说共有 4 篇,较上一阶段出现了缓慢增长。

1915 年 5 月 25 日,随着中日最终签订"二十一条",社会中积蓄已久的反日情绪被最终点燃,各种反日活动此起彼伏,《礼拜六》(前一百期)中在 1915 年 5—12 月刊载的爱国小说也激增至 9 篇,成为爱国小说这一小说类别诞生以来作品发表最为集中的时期。此时发表的《小学生》《五花球》等小说，都直接表达了民众的爱国情感。而《爱国少年传》《闭门推出窗前月》《祖国重也》《为国牺牲》等作也抒写了第一次世界大战期间民众情绪的变化。

1916 年《礼拜六》（前一百期）刊载的爱国小说仅为两篇，爱国小说数量上的锐减一方面是由《礼拜六》（前一百期）于 1916 年 4 月 29 日出至一百期后宣布停刊造成的；另一方面，也与此时反日运动的落潮密切相关。

第三节　《礼拜六》女作者的"爱国"叙事

一　《礼拜六》没有刊载标记为"爱国小说"的女性作品

《礼拜六》（前一百期）刊载的 16 部标记为"爱国小说"的作品中，没有一部出自女作家。但"幻影女士"的《小学生语》（第八十二期，1915 年 12 月 25 日）标记为"国家小说"，宽泛地说，差可比拟于"爱国小说"。

小说通过兄妹两个小学生之间的对话，谈到民初"复辟"和"第一次世界大战"所引起的争议：

> ……近自国体变更论起，英文教员谓吾辈曰："中国人赞成帝制者首推乡村绅士。盖自革命后，子弟辈目无王法，为彼辈所深恶也。呜呼！白人知吾内容何其稔熟也！"女曰："吾之英文教员所言，有更可恨者，谓支那女子只知赌博、看戏、装饰，或慕虚荣，于国家事，一无所知。吾白人则不然，其夫出战，则妻代其职，或入红十字救护伤兵。如有儿女缠绕，不能赴战地者，必抽暇助军用品。寒风起矣，合亲友纠银成征衣会，缝厚绒衣服，寄赠军人。凡此种种，华人女子所未尝梦见也……"童曰："吾忆及仲秋时，以事渡海。同舟有白人二，高谈中日交涉事，旁若无人。彼二人者，一名咸勿顿，一名葛登。吾于其言词间知之。"葛登曰："此次交涉，中国人低首下心，脑然承认，何其怯也！若我白种，则必起与抗，宁死不辱。"咸勿顿曰："中国久称病夫，起且无力，遑论战。人民思想薄弱，事急则惶然叫，

事定则淡然忘。君试观之，不久且怡然矣。"葛登曰："或不至如二辰丸案之虎头蛇尾耳也。使二辰丸案当日能坚持到底者，何至有今日之事？中国商务亦不致受偌大之损失也。"

"二辰丸案"发生于 1908 年（光绪三十四年）2 月，澳门商人柯某购买日本军械由日轮"二辰丸"运抵澳门海面，被清廷缉获。日人提出抗议。澳督张人俊卒以赔偿损失及鸣炮谢罪了事。澳人引为大耻，上海两广同乡会及政闻社等皆电澳力争，遂发起抵制日货运动，香港方面并组织"振兴国货会"，运动持续八个月，日商损失颇大。引文评价中方处理此事"虎头蛇尾"，预言 1915 年"二十一条"在民间引起的反日情绪不久将淡然。

此作从内容上看与"爱国小说"《小学生》《五花球》等相类，之所以没有被标记为"爱国小说"，主要原因估计有三：其一，小说借助对话讨论国家问题，没有实质上的"爱国"情节；其二，文中借几个外邦人"咸勿顿""葛登"之口抨击了中国在政治、经济、教育乃至国民性等各方面的严重弊端，更接近于"谴责"或"黑幕"小说；其三，文中特别强调了当时女性教育的弊端，所借助的叙事者中又有一位"坐案前温（中国历史）课"的"十三四岁"女孩，其于"性别政治"的关涉似乎在一定程度上冲淡了"爱国"主题。

二 "义烈小说"《杀妻记》透露出"爱国小说"与"侠义小说"之间的关联

刊载于 1915 年 11 月 20 日《礼拜六》第七十七期"秀英女士"的《杀妻记》，从内容上看也是一篇"爱国小说"：英国人麦克和德国的一位小姐梅丽相爱结合，后来第一次世界大战爆发，德国和英国为敌，麦克出于对祖国的热情，遂杀了自己的妻子梅丽，后奔赴前线。"秀英女士"在小说中表明态度说："杀妻求将，昔我国之吴起曾为之，惟彼为一己之功名耳。若麦克以爱国故，竟杀其新婚之爱妻，令人可怜而又可敬。回视吾华男子，且有因狎日妓而卖国者，何中外人之不相及也。吁！可胜叹哉！"这里可以看出作者对麦克杀妻是持肯定态度的，她甚至觉得这种行为可敬可佩。而编辑王钝根显然不能认同《杀妻记》处理"爱国"与"爱妻"

之间矛盾的激烈方式。可能正因为此文处理矛盾的方式过于激烈，钝根将其归于"义烈"类，强调其特征，而不冠之以"爱国小说"标记。

从钝根为小说《杀妻记》归类的这种用心，还可以得到如下两个判断：第一，在他看来"爱国"主题与"侠义"主题有一定程度的相近相通之处，这也可以佐证前文关于"爱国小说"渊源之一为"侠义小说"的猜测；第二，钝根标记"爱国小说"有自己的尺度和原则，表达"爱国"主题不是唯一的条件，表达方式也关乎考量尺度。参考上文所探讨"幻影女士"《小学生语》被标记为"国家小说"的具体原因，可以看到钝根心中的"爱国小说"，在表达方式上似乎应该兼具"爱"的感性（积极肯定为主）和理性（包容理解其他内涵之"爱"）双方面特征。

三　"幻影女士""秀英女士"笔下的女性"身体"与"国体"

《小学生语》以两人之间对话形式展开：正在阅读历史典籍的"十二三岁女儿"，对面"略大之少年"。"女儿"读史，感慨伍子胥报私仇而灭故国；谈学校，不满于"英文教师"言必称"大英"；论女界，转述"英文教员""轻蔑我中华女同胞"之语。"略大之少年"始则"置笔"做听众，继而评价"白人知吾内容，何其稔也"，就此以"白人""葛登""咸勿顿"对我"何其稔熟"的认识，全面评判了中国时局。概言之，小说有两个叙事层，主叙事层展开为"女儿"与"少年"之间的对话，"少年"为评判者和主导；次叙事层系"少年"所转述两个"白人"之间的对话，即所谓对我"何其稔熟"的剖析判断。前者以性别个体而论，男性为主导；后者以国体而论，西方价值观为尺度和主导。小说结尾"甚愿吾人养成深沉远虑之性质，自行其道，敌国亦吾如我何。贸易人有主权矣，奚能强我以购不喜之物？患在无毅力而徒事叫嚣，酿成无意识之举动，重为外人耻笑耳"，此"愿"无主语，可为"少年"，亦可为叙事者。叙事层次边界的模糊，也显示出叙事者主体意识的不够明晰。

《杀妻记》所讲述的故事亦以男性为主导：英人麦克奉父命游学德国，成绩优等，在跳舞场中结识梅丽，卒业后携梅丽回国举办婚礼；英德宣战后遽然杀妻投军。女主人公是娶妻、杀妻两项主要行为的受者，没有主体性。男女主人公的祖国英国与德国是对等的，但男主人公为了表示爱国不惜杀妻，女主人公则认为"国交破裂，公事也；夫妇静好，私事也。公私并行不悖也"，甚至强调说"吾虽德人，心已属君。决不为祸"。性别的附属性带来了国民观念、政治观念的依从性。上述附属性和依从性认识来自专制思想，与现代国家理念显然相悖。

当然，从《杀妻记》全文看，小说叙事者关注的是如何通过男主人公的爱国行为抨击当时"吾华男子且有因狎日妓而卖国者"，鼓励在外侮即国家霸权主义面前更多的主体性。吊诡的是，小说刺激"吾华男子"的方式，是虚构"外邦男子"的爱国行为，感叹"何中外人之不相及也"，观念上先在地设定了国家之间的不对等性。这种国家观念既来自对当时国家贫弱的现实判断，也表现出缺乏平等意识的前现代特征。

"秀英女士"另有小说《髯翁之遗产》，发表于《礼拜六》第九十四期。小说写一位五十余岁的髯翁，他平时在家中十分重视对儿子进行爱国教育。有一天，他对坐在自己膝上的儿子说："吾家固赤贫者也，遗产一无所有，吾之所界汝者，惟此数言耳。"在这里，小说颠覆了世俗观念中"遗产"的概念，把"精神遗产"视为比万千家产更加珍贵的遗产。小说写至此，将镜头推后二十年。二十年后，中国与强邻交战，苦战五年，中国胜利，全师凯旋。坐在马上的一员大将，勋章灿烂，制服辉煌，神采奕奕。此人正是当年坐在髯翁膝上接受精神遗产的童子。文章直至最后方才显现出髯翁之遗产的珍贵之处，它所实现的价值远不是金钱可以比拟的，这种爱国教育正是建构民族国家所必需的精神资源。

小说用"祖国"概念替代了"国家"，强调国家观念中的民族共同体内涵，如"髯翁"所说："彼不爱祖国者，实人民中之蟊贼，人人得而诛者也……汝知'祖国'二字之名义乎？族者，创始之谓也。故开国成家者，谓之祖。祖有遗产，保而不失，为贤子孙。保之即所以爱之也。祖有遗法，守之而不废，则为佳子弟，不废即所以爱之也。吾国自我远祖以来，生于斯，长于斯，衣食于斯，垂五千年，其关系不亦大耶？故不爱国，实与忘祖无异。"对长期实行宗法制度的中国而言，民族共同体观念容易与传统价值观对接；在强敌环伺的国际语境中，民族共同体观念也有助于最大限度地整合社会力量。只是宗法制思想作为专制主义的基础，在民族国家的建立过程中所带来的负面影响不能不详加辨析。叙事者讲述这个故事虽然还有理念化之嫌，但讨论"不爱国"即为"忘祖"，娓娓道来，找到了比较切实的"爱国"依据，在某种程度上体现了女性化和生活化的叙事特点。

综合以上女性所作的类"爱国小说"作品，可以总结如下特征：第一，女作者笔下的国家观念多借助对话表达，如《小学生语》《髯翁之遗产》，相对理论化和概念化；第二，女作者笔下的女性，如《小学生语》中的女学生、《杀妻记》中的梅丽，以上人物相对缺乏主体性；第三，女作者对国家观念的表达偏重于主权意识，如《小学生语》所谈的中日纠纷、《杀妻记》中的英德对抗、《髯翁之遗产》所预言的与"暴邻"之战争，等等，相对缺乏反专制意识和平等精神。

四 从女性作品无标记为"爱国小说"者看《礼拜六》归类 "爱国小说"的标准

还有一个问题值得注意，《髯翁之遗产》也没有被标记为"爱国小说"，而是"家庭小说"，可能《礼拜六》编者钝根认为"遗产"问题主要是"家庭"问题。即此而言，《礼拜六》在推出"爱国小说"过程中选择尺度还是相当审慎的：从主流不从支流，主要情节归属为判断的首要标准；从旧不从新，可归属于旧有类别如"伦理""义烈""家庭"者，不界定为"爱国小说"。

事实上，除女作家作品，《礼拜六》也有男性笔下探讨"爱国"的作品未被标注为"爱国小说"。如周瘦鹃发表在《礼拜六》第3期的《行再相见》，标记为"伦理小说"。小说中，叙桂芳在叔父的逼迫下，为了家仇国恨，毒死了情人弗利门。后者在"庚子之乱"中，误伤一位商人。而这位商人就是桂芳的父亲。桂芳在是否复仇的艰难抉择中，考虑的主要是爱情和亲情孰轻孰重，国籍在这个考量中并无实质性意义。编者将之列为"伦理小说"而非"爱国小说"，良有以也。

判断《礼拜六》编者对"爱国小说"择之偏苛，还另有一个根据，即编者语录曾直接表达的编辑理念。如：

（第三十五期）注意：《礼拜六》小说皆有益社会之作，孝悌忠信、圣贤豪侠莫不跃跃纸上，使人读之瞿然兴起，或鼓励国民尚武之精神，或揭破社会奸险之真想，或描写男女高尚之爱情，或以小言发明科学，或以滑稽讽刺人情庄谐，并擅惩劝兼施，使读者诸君读一篇得一篇之益，迥废市上流行之道淫小说可比也。

（第四十八期）《礼拜六》，《礼拜六》，已经出到四十八。女人学士才要看，夫人小姐喜欢读，官场读之能清廉，军人读之能爱国，学生读之心开花，商界读之通文学。礼拜六，礼拜六，纽约也有礼拜六，上海也有礼拜六，百千万年无尽期，中美两大文明国。

（第四十九期）中华民国，世界大族。智识开通，人人爱国。抵货齐心，储金迅速。帮助政府，兵精粮足。暴邻无理，自取其辱。惟我同胞，不可退缩。

（第五十期）嗟乎！国耻至此，尚复何心作小说。然而卧薪尝胆，或能治吴，奴隶自甘，灭种且至，此热心同胞所以痛哭号呼，而我辈小说家不能已于言也。《礼拜六》向以振作民志为目的，五十一期起尤当增刊《国耻录》，以副读者爱国之怀，并有《矮国奇谈》亦痛快淋漓之作，愿诸君留意焉。

（第九十八期）本周刊自发行以来备蒙各界欢迎，销量额达数百万册，其内容之优美已久为读者公认，无待自述。惟期间尤有四大特色（另列于下）实为畅销之原因……特色：（一）……（二）……（三）……（四）本周刊汇集百期小说几达七百种，如爱国军事类三十余种，侠义复仇类三十种，哀情类百种，一切言情类百十余种……

以上引文反复表述对"爱国"主题的关注，尤其第九十八期编辑语录概括小说类别，将"爱国军事类"放在首位，足见重点推介"爱国小说"的用心。"爱国军事类"小说居于首位，数量上却仅"三十余种"，显然不欲以数量取胜，而是审慎地予以选择。女性作品较难入闱，主要当是女性主体性较弱，相对缺乏清晰的国家观念所致。

余论

中西小说史上早期女性
作者群体生成状态述论

中国小说史上较早的女性作者群体出现在清末民初，而西方小说史上早期女性作者群体一般指 17、18 世纪老牌资本主义国家英国的一批女小说家。笔者在此通过比较中西小说史上早期女性作者群体，旨在分析二者生成状态所需条件、表现形态的异同。

第一节　中国小说史上早期女性作者群体生成状态

中国古代女性其实不乏诗词创作，甚至出现过李清照等一流的作家，但几乎没有女性创作小说。清代汪端的历史小说《元明佚史》、晚清满族女作家顾太清的《红楼梦影》，是目前所知现存最早的女性小说作品。直到 20 世纪初，尤其是在民国初年，出现了一个写作小说的女性作者群体，其中个别作者，如黄翠凝等发表过多篇小说，且以写作小说为主要谋生方式，基本上已成为职业化的小说家。迄今主要的女性文学史专著，如谢无量的《中国妇女文学史》（1916）、谭正璧的《中国妇女文学史》（1930）、盛英的《二十世纪中国女性文学史》（1995）等或未提及女性小说作者，或只介绍早期个别的女小说家，但都未提到当时小说界存在的一批女作者。五四运动之前的几年（1912—1919）涌现的一批女性作者虽然没有写出经典性的小说作品，但这个女性作者群体是中国小说史上第一批女作者，是过去被视为第一批女性小说家的冰心等人的"前辈"。这样一个群体的出现，在小说史、女性文学史上有着开创性的价值，但因资料有限，直到今天我们也没能准确掌握有关这一群体的更多史实。

笔者曾在《中国女性小说的起步》（2000）、《近代女性文学研究》（2004）、《民初小说界女性作者群体的生成状态研究》（2010）等文著中考证得出，"近代是女性创作小说的起点"，考证了20世纪前20年女性小说作者的人数、作品数量。①郭延礼教授在《新世纪古典文学研究路向的思考》（2002）、《重新认识中国近代小说》（2004）等文中也反复强调，"需要我们下真功夫，通过各种途径发掘史料，填补女性文学史的这一空白"②。2004年，上海师范大学研究生沈燕的硕士学位论文《二十世纪初女性小说作家研究》确认20世纪前20年有37名女性小说作家，但如其所言，"不少女性小说作家仍湮没在历史的长河中"③。郭延礼教授在《20世纪初中国女性文学四大作家群体考论》（2009）、《20世纪初中国女性小说家群体论》（2011）等文中进一步提出"20世纪第一个二十年（1900—1919）在中国文学史上首次出现了一个女性小说家群，据不完全统计，大约有60余人，其创作既有长篇，也有中篇和短篇"④。2011年，我国台湾中正大学黄锦珠女士向中国近代文学学会小说分会年会提交的论文《女性主体的掩映：〈眉语〉女作家小说的情爱书写》，有意识地关注了期刊与女性小说群体之间的关系及女作家小说的美学特点，为类似研究提供了一个很好的范本⑤。同类论著还有：杜敏《现代女性话语的萌芽——以〈眉语〉杂志为中心》⑥、笔者的硕士研究生杨肖敏的《〈礼拜六〉前一百期的女性作品研究》⑦、鲁毅《鸳鸯蝴蝶派编辑策略及清末民初女性小说》⑧等。类似研究对民初女性小说作者这个特殊群体的勾勒分析逐渐深入细致，有助于提炼相关领域的问题情境，"复原"民初这个最早的女性小说作者群体赖以生成的文化生态。

---

① 薛海燕：《中国女性小说的起步》，《东方丛刊》2000年第1期。
② 郭延礼：《新世纪古典文学研究路向的思考》，《文学评论》2002年第4期。
③ 沈燕：《二十世纪初女性小说作家研究》，硕士学位论文，上海师范大学，2004年。
④ 郭延礼：《20世纪初中国女性小说家群体论》，《中山大学学报》2011年第2期。
⑤ 黄锦珠：《女性主体的掩映：〈眉语〉女作家小说的情爱书写》，2011中国近代文学学会年会会议论文，济南，2011年。
⑥ 杜敏：《现代女性话语的萌芽——以〈眉语〉杂志为中心》，硕士学位论文，中山大学，2009年。
⑦ 杨肖敏：《〈礼拜六〉前一百期的女性作品研究》，硕士学位论文，中国海洋大学，2014年。
⑧ 鲁毅：《鸳鸯蝴蝶派编辑策略及清末民初女性小说》，《济南大学学报》2015年第5期。

第二节　西方小说史上早期女性作者群体生成状态

早在 1929 年，美国女性主义先驱、著名小说家伍尔芙在《自己的一间屋》中曾说，"所有女人都应在阿芙拉·贝恩（1640—1689）墓上撒下鲜花"①，因为她较早为女性争得了借写作小说表达自我的权利；而其后继者的代不乏人和不俗表现，则说明"小说过去是现在仍然是，妇女最容易写作的东西"②。但在此后大半个世纪中，无论用社会历史学方法研究英国小说史（1957）的瓦特，抑或被哈贝马斯"公共领域"理论（1962）点燃了对 18 世纪英国小说学术兴趣的学者，更多关注的都并不是创作了早期"大多数英国小说"的女性作者，而是女性读者群体的存在之于"小说兴起"乃至文化转型的意义。女性主义批评家也多认为，应首先关注"妇女作为读者"，第二才是"妇女作为作者"（肖瓦尔特，1979）。被"第二关注"的妇女文学自身传统逐渐被梳理，"浮出历史地表"，代表作如《女性想象》（斯帕克斯，1975）、《文学妇女》（莫尔斯，1976）、《她们自己的文学：从勃朗特到莱辛的英国妇女小说家》（肖瓦尔特，1977）、《阁楼上的疯女人》（吉尔博特，1977）、《妇女小说》（贝姆，1978）、《女性观察家：1800 年前的英国女作家》《诺顿妇女文学选》（桑德拉·吉尔伯特，1985）等。其中前四部最负盛名，而其对于英美妇女小说源头实际上已迟至 19 世纪。究其原因，主要在于"她们"也很难避免以常规艺术标准剪裁妇女文学史，早期作品缺少历史经验作为参照，虽有筚路蓝缕之功，却难免粗糙幼稚之弊，容易被淡化和遗忘。

第三节　中西方早期女性作者群体生成状态的异同

众所周知，无论中西，女性在小说创作领域都有突出表现。但很少有学者提及，中国女性曾长期习染诗词创作，不像西方女性那样相对缺乏抒

---

① ［美］弗吉尼亚·伍尔芙：《伍尔芙随笔全集》（第二册），中国社会科学出版社 2001 年版，第 7 页。

② ［美］伊莱恩·肖瓦尔特：《她们自己的文学：从勃朗特到莱辛的英国女性小说家》（增订版），外语教学与研究出版社 2004 年版，第 43 页。

情文学写作经验，中西女性小说兴起的条件、状态、意义必然存在差异。因此，对比其中异同，不仅是小说史研究的重要内容，而且对女性文学研究和跨国别、跨语际的性别诗学研究而言，也有重要的参考价值。

一 中西方早期女性作者群体生成状态之同

主要在于：中西小说史上第一个女性作者群体的出现都是在社会文化的近代转型期，都以近代报刊出版业的繁荣为背景。

如伍尔芙所言，英国 17 世纪奇女子艾芙拉·贝恩通常被视为女性创作小说的先驱，其三卷本长篇小说《豪门兄妹的爱情书简》（1684—1687）等熔爱情传奇和"丑闻实录"于一炉，被其后不少女作家，如德·拉·里维埃·曼利（1663—1724）、伊莱莎·海伍德（1693—1756）等效仿，给人留下一个印象：似乎英国 17 世纪女小说家热衷于描写"越轨的情爱和女性激情"。英国"18 世纪的小说大部分是由妇女写的"①，据瓦特分析，一方面，由于 18 世纪中产阶级妇女的生活范围日益受到限制，而束缚她们的家庭却为她们提供了独特的创作题材，使她们拥有优先的条件去处理类似素材；另一方面，中产阶级妇女的家庭生活条件得到改善，也使她们有条件改善自己的写作环境，这种写作环境经过不断改进，被称为"私室"，既能满足有闲有钱的妇女以读书读小说自娱，借以支持图书事业（尤其是长篇小说）的发展，又使某些有兴趣有才能参与写作的女性尝试练笔，借此拥有了施展才华的空间。基于此，"詹姆斯还在其他的场合更为笼统地将现代文明中'小说的显著而引人注目的地位'，与'妇女态度的显著而引人注目的地位'联系起来"②。

如李舜华在《女性读者与明代章回小说的兴起》文中所言，"当前有关女性读者与章回小说之兴起的考察，明显来自西方小说理论的影响"，"一方面，重女教者鼓吹假通俗读物以教化女性，这一思潮直接影响了章回小说的兴起；另一方面，重性灵者鼓吹女性的才学，其结果却是大量女性首先折入诗文词曲的创作，她们对章回小说的影响只能是间接而曲折

---

① ［美］伊恩·P. 瓦特：《小说的兴起》，生活·读书·新知三联书店 1992 年版，第 43 页。
② 同上书，第 344 页。

的"。①明清女性钟情诗词创作，尤其清代女性诗文集"超轶前代，数逾三千"②，与中国重诗教的传统及明清特定的文化环境有关，兹不赘述。而在清末民初，女性的阅读的确有功于报刊出版业和小说的兴盛，民初小说界主要女作者之一幻影女士在《礼拜六》第二十八期发表的《小学生语》中即曾借西人谈话提到"华人妇女好观新剧小说，实欲与剧中人作不规则之聚会，新剧小说发达，此亦一因缘"；反过来报刊出版业的兴盛也造就了一批女性小说作者。据统计，民初发表过小说作品的女性合计60余人，其中43人主要借助报刊（如《礼拜六》《眉语》等）发表小说。近代报刊出版业的兴盛，显然为第一批女性小说家的出现提供了必要的条件。从传播载体与文学之间的关系看，近代报刊业在此方面的意义，可被看作近代传媒带动文学转型的范例。

二　中西方早期女性作者群体生成状态之异

如前所述，虽然早在明代，女性的阅读已经对章回小说的兴盛起到了一定作用，但多数女性还是倾向于创作诗词。清代女性诗文集众多，形成了女性创作的高峰，而写作小说者仅汪端、顾太清等寥寥数人。相形之下，西方早期以写作抒情文学闻名的女作者似乎并不多。西方文论家之所以形成"小说过去是现在仍然是，妇女最容易写作的东西"之类将女性与小说写作密切勾连的印象，应该与西方女性文学发展的这种实际情况有关。

民初（1912—1919）女性从知识结构上看也大多习染"高等文类"诗词，报刊的启蒙姿态又无形中阻碍了投稿者对小说文化品位的认同，这成为很多女作者只写一两篇便不再涉足小说创作的一个主要原因。女性对小说的文体认同不足，再次成为其投身小说创作的阻碍。这种情况在西方小说界早期女性作者群体的生成状态中，并不典型。

从早期女性作品的价值取向上对比，西方传媒多考虑市场因素，早期女性小说常写"越轨的情爱和女性激情"；而民初传媒在市场因素之外还多持"塑造国民之母"的启蒙意愿，常采用和鼓励女性创作社会责任感较强的作品，在《礼拜六》上发表作品最多的女作者幻影女士，就经常被编辑王钝根评价为"慈光照人"。

---

① 李舜华：《女性读者与明代章回小说的兴起》，《学术研究》2009年第10期。
② 胡文楷：《历代妇女著作考》，上海古籍出版社1985年版，第5页。

第四节　对中西小说史上早期女性作者
群体研究的不足及建议

综合而言，国内外学术界对早期女性小说家群体研究方面主要存在以下不足：第一，中国鲜见对小说史上最早的女作者群体的专门研究，西方学者对早期女作者群体的研究也比较薄弱。第二，中国学界对中国女性小说史的源头认识不清。古代文学研究者容易忽略女性小说，而治现代文学的学者则经常将五四女作家视为第一批女小说家。第三，对中国女性与小说之缘的认识存在误区。研究者移植了西方女性主义者"小说过去是现在仍然是，妇女最容易写作的东西"的论断，而忽略了中国女性文学曾长期以诗词创作为主的文体格局。

对此，笔者认为，对中西方小说史上早期女性小说家群体深入的相关研究应着重在以下五个方面：其一，考知中国早期（民国初年）女作者的人数、作品数量、生平交游情况。重点考察女性与报刊之间的关系，如分别倾向于向何种刊物投稿，以何种方式投稿，发表小说对其生活和创作的影响；发表女作者小说的刊物有几种，编辑意图、组稿方式如何等。其二，考察中西方近代传媒与早期女性小说作者群之间的关系，如编辑意图、编辑与具体作者之间的人际关系、女作者对小说创作的适应程度等，比较二者的传播动机、模式、效果，概括中西方女性小说兴起所需条件、表现形态、历史影响的异同。其三，分析中国早期（民国初年）女性小说相对于传统小说、同时期男性小说、早期西方女性小说的艺术个性，总结其在女性小说史上的意义。其四，考察中国诗学传统和女性文学的文体格局，分析中国性别诗学的特点。海外华人学者叶嘉莹、孙康宜曾以"香草美人"比兴传统、"声音互换"理论阐释诗词的性别诗学特色，兼顾叙事文学，可以尝试提出"声音模拟"概念，探讨中国文学相对更强的两性之间、叙事抒情各文体之间相互影响的关系。其五，在中国女性文学的总体格局中审视女性与小说叙事、女性小说与现代性之间的关系，思考西方学者将"女性·小说·现代性"相勾连的论断。中国早期（民国初年）女性习染诗词，其小说叙事多有模拟传统文体之处，应予以具体分析，客观全面界定其特质和意义。

参考文献

文献文本著述类：

包天笑：《钏影楼回忆录》，香港大华出版社 1971 年版。

卞孝萱、唐文权编：《民国人物碑传集》，团结出版社 1995 年版。

陈玉堂编：《中国近现代人物名号大辞典》，浙江古籍出版社 1993 年版。

陈玉堂编：《中国近现代人物名号大辞典》（全编增订本），浙江古籍出版社 2005 年版。

丁文江、赵丰田：《梁启超年谱长编》，上海人民出版社 1983 年版。

郭延礼、郭蓁编：《秋瑾集　徐自华集》，中华书局 2015 年版。

范伯群：《礼拜六的蝴蝶梦》，人民文学出版社 1989 年版。

广东省中山图书馆、广东省珠海市政协编：《广东近现代人物词典》，广东科技出版社 1992 年版。

胡文楷：《历代妇女著作考》，上海古籍出版社 1985 年版。

江苏省社会科学院明清小说研究中心·文学研究所编：《中国通俗小说总目提要》，中国文联出版社 1990 年版。

李保民：《吕碧城诗文笺注》，上海古籍出版社 2007 年版。

刘世德主编：《中国古代小说百科全书》，中国大百科全书出版社 1998 年版。

黄锦珠：《清末民初女作家小说研究》，里仁书局 2014 年版。

芮和师等编：《鸳鸯蝴蝶派文学资料》，福建人民出版社 1984 年版。

上海图书馆编：《上海图书馆馆藏近现代中文期刊总目》，上海科学技术出版社 2004 年版。

孙楷第：《中国通俗小说书目》，人民文学出版社 1982 年版。

天龙长城文化艺术公司编：《民国珍稀期刊》丛书，全国图书馆文献缩微复制中心 2006 年版。

王钝根等编：《礼拜六》（影印本），广陵书社 2005 年版。

魏绍昌：《鸳鸯蝴蝶派研究资料》（上、下卷），上海文艺出版社 1984 年版。

魏绍昌：《我看鸳鸯蝴蝶派》，中华书局香港有限公司 1990 年版。

薛海燕：《近代女性文学研究》，中国社会科学出版社 2004 年版。

郑逸梅：《清末民初文坛故事》，学林出版社 1987 年版。

郑方泽：《中国近代文学史事编年》，吉林人民出版社 1983 年版。

政协广州市委员会文史资料委员会编：《广州文史资料》总第 46 辑，广东人文出版社 1994 年版。

中华全国妇女联合会编：《中国妇女运动史》，北京春秋出版社 1989 年版。

中国革命博物馆整理，荣孟源审校：《吴虞日记》，四川人民出版社 1984 年版。

中国社会科学院文学研究所《近代文学史料》编辑组：《近代文学史料》，中国社会科学出版社 1985 年版。

《中国近现代女性期刊汇编》编委会：《中国近现代女性期刊汇编》，线装书局 2006 年版。

《中国近现代女性期刊汇编》编委会：《中国近现代女性期刊汇编（二）》，线装书局 2008 年版。

《中国近现代女性期刊汇编》编委会：《中国近现代女性期刊汇编（三）》，线装书局 2009 年版。

卓承元主编：《中国妇女人名大词典》，河北科学出版社 1991 年版。

刘巨才：《中国近代妇女运动史》，中国妇女出版社 1989 年版。

论文类：

崔文东：《家与国的抉择：晚清 Robinson Crusoe 诸译本中的伦理困境》，《翻译史研究》2011 年第 1 期。

丁粟：《一个命运多蹇的中国妇女解放运动先驱——广州奇女子黄璧

魂》，《羊城晚报》2014 年 3 月 8 日。

杜敏：《现代女性话语的萌芽——以〈眉语〉杂志为中心》，硕士学位论文，中山大学，2009 年。

郭浩帆：《清末民初小说家张毅汉生平创作考》，《齐鲁学刊》2009 年第 3 期。

郭延礼：《新世纪古典文学研究路向的思考》，《文学评论》2002 年第 4 期。

郭延礼：《二十世纪第一个二十年近代女翻译家群体的脱颖》，中华读书报 2003 年 9 月 26 日。

郭延礼：《20 世纪初中国女性文学四大作家群体考论》，《文史哲》2009 年第 4 期。

郭延礼：《20 世纪初中国女性小说家群体论》，《中山大学学报》2011 年第 2 期。

黄锦珠：《女性主体的掩映：〈眉语〉女作家小说的情爱书写》，2011 年中国近代文学学会年会会议论文，济南，2011 年。

李舜华：《女性读者与明代章回小说的兴起》，《学术研究》2009 年第 10 期。

鲁毅：《鸳鸯蝴蝶派编辑策略与清末民初女性小说创作》，《济南大学学报》2015 年第 5 期。

吕胜根：《容伯挺：主持报纸传播马克思主义》，《江门日报》2011 年 7 月 11 日，总第 7954 期。

马勤勤：《清末民初女小说家刘韵琴及其反袁小说》，《南京师范大学文学院学报》2015 年第 1 期。

沈惠金：《吕逸》，收于桐乡市政协文史委、桐乡市妇女联合会合编《桐乡文史资料·第二十三辑·桐乡巾帼专辑》，2004 年。

沈惠金：《吕韵清：绝妙风华笔一枝》，《嘉兴日报》2011 年 8 月 8 日《南湖副刊》。

沈燕：《二十世纪初女性小说作家研究》，硕士学位论文，上海师范大学，2004 年。

魏志江：《论韩国独立运动的主要团体、政党在广东的独立运动》，《东疆学刊》2010 年第 2 期。

魏中林、花宏艳：《晚清女诗人交际网络的近代拓展》，《暨南大学学报》2011 年第 2 期。

谢桃坊：《四川国学运动述略》，《文史杂志》2009 年第 1 期。

薛海燕：《中国女性小说的起步》，《东方丛刊》2000 年 1 期。

薛海燕：《近代女性小说的兴起》，《东方论坛》2001 年 1 期。

薛海燕：《民初小说界女性小说群体的生成研究——以报刊文化生态为视野》，《河南教育学院学报》2010 年第 6 期。

薛海燕：《纽约病中七日记作者吕碧城辩证及其意义》，《新疆教育学院学报》2012 年第 2 期。

薛海燕：《中西小说史上早期女作者群体述论》，《菏泽学院学报》2012 年第 4 期。

杨肖敏：《〈礼拜六〉前一百期的女性作品研究》，硕士学位论文，中国海洋大学，2014 年。

袁伟时：《文化专横与历史污秽——答容若先生》，《二十一世纪》网络版，2002 年 6 月，总第 3 期。